MEDO DO SILÊNCIO

ROBERT BRYNDZA

MEDO DO SILÊNCIO

TRADUÇÃO DE Raquel Nakasone

1ª REIMPRESSÃO

Copyright © 2023 Raven Street Ltd
Copyright desta edição © 2025 Editora Gutenberg

Título original: *Fear the Silence*

Todos os direitos reservados pela Editora Gutenberg. Nenhuma parte desta publicação poderá ser reproduzida, seja por meios mecânicos, eletrônicos, seja via cópia xerográfica, sem a autorização prévia da Editora.

EDITORA RESPONSÁVEL
Flavia Lago

EDITORAS ASSISTENTES
Natália Chagas Máximo
Samira Vilela

PREPARAÇÃO DE TEXTO
Natália Chagas Máximo

REVISÃO
Claudia Vilas Gomes

CAPA
Alberto Bittencourt
(Sobre foto de Adobe Stock)

DIAGRAMAÇÃO
Waldênia Alvarenga

Dados Internacionais de Catalogação na Publicação (CIP)
(Câmara Brasileira do Livro, SP, Brasil)

Bryndza, Robert
  Medo do silêncio / Robert Bryndza; tradução de Raquel Nakasone. -- 1. ed.; 1. reimp. São Paulo: Gutenberg, 2025.

  Título original: Fear the Silence
  ISBN 978-85-8235-788-0

  1. Ficção policial e de mistério (Literatura inglesa) I. Título.

25-250061   CDD-823.0872

Índices para catálogo sistemático:
1. Ficção policial e de mistério : Literatura inglesa 823.0872

Cibele Maria Dias - Bibliotecária - CRB-8/9427

A **GUTENBERG** É UMA EDITORA DO **GRUPO AUTÊNTICA**

São Paulo
Av. Paulista, 2.073 . Conjunto Nacional
Horsa I . Salas 404-406 . Bela Vista
01311-940 . São Paulo . SP
Tel.: (55 11) 3034 4468

Belo Horizonte
Rua Carlos Turner, 420
Silveira . 31140-520
Belo Horizonte . MG
Tel.: (55 31) 3465 4500

www.editoragutenberg.com.br
SAC: atendimentoleitor@grupoautentica.com.br

Para Sally

*Três pessoas podem guardar um segredo
se duas delas estiverem mortas.*
Benjamin Franklin

1

Como é possível que o pior dia da minha vida tenha começado como um dos melhores? Nada muito fora do comum aconteceu naquele domingo sonolento. Foi só um daqueles dias deliciosos e preguiçosos: dormir até mais tarde, sexo bom, café, frituras e ler o jornal ao lado do fogo. Uma alegria e um contentamento profundos com meu marido, Will. Às 5 horas da tarde, precisei me arrumar para ir trabalhar, e foi difícil sair dali.

Fazia frio quando abri a porta para a margem do Thames Embankment. O sol poente cintilava sobre os prédios de tijolos vermelhos do outro lado do rio e a água parecia tingida pelo crepúsculo.

Virei-me em direção a casa e avistei Will na janela saliente do andar de cima, com seus cabelos castanhos brilhando sob a luz do quarto. Estava vestindo sua calça de domingo e o seu velho moletom encapuzado do Nirvana, aninhando uma gatinha branca. Ele andava alimentando a vira-lata Luna, e estávamos conversando sobre instalar uma portinha para ela, mas, como acontecia com todas as nossas discussões, tive que interrompê-la para ir trabalhar.

Will me soprou um beijo e fez Luna acenar a patinha. Ele parecia tão feliz. Delirantemente feliz é como sempre vou me lembrar dele nessa última vez que o vi. Acenei de volta e parti caminhando rápido para o metrô. Ouvi o som de sucção da corrente passando enquanto a maré virava e o vento soprava contra mim através da água. Eu me encolhi, tremendo por dentro do casaco de *fleece*. Na semana seguinte, o dia começaria a ficar mais curto, o que significava que tanto o caminho para o trabalho quanto o de volta para casa seria feito no escuro. Era hora de resgatar meu casaco de inverno.

Morávamos em uma casa geminada numa tranquila viela à beira-rio de Bermondsey, um lugar caríssimo para se viver. Will vem de uma família abastada, e a casa foi nosso presente de casamento. Minha mãe nos deu um conjunto de facas, o que pode dar uma ideia da diferença de nossas criações. Claro, sou muito grata por tanta generosidade. Will e eu estávamos casados há 24 anos, mas sua mãe, Marelle, fazia questão de me lembrar dessa generosidade.

A caminhada até a estação de Bermondsey era curta, e o trem estava silencioso e vazio durante as quatro paradas até Westminster. Pensei na gatinha Luna e naquela história de instalarmos uma portinha para ela. Podia até imaginar a conversa de Marelle com Will:

"William, Maggie nunca quis ter filhos... por certo ela não vai se opor a uma gatinha".

Ou...

"William, fico feliz de pagar pela instalação da portinha. Deus sabe que eu ficaria feliz de pagar por uma creche, se ela me desse a chance".

Filhos era um tema que lançava uma grande sombra no nosso casamento. A verdade é que eu nunca quis ter filhos. Nem Will. Nós nos conhecemos na faculdade de medicina 29 anos atrás, e, quando as coisas começaram a ficar sérias, deixei esse assunto bem claro. Quis ser médica desde que me conheço por gente. Ao longo dos anos, fui subindo na hierarquia, tornei-me residente sênior e nunca me arrependi da decisão. Mas, enquanto os anos se passavam e Will trocava a carreira de médico-legista por uma de promotor imobiliário, percebi que sua posição foi mudando. Ele acompanhou seu irmão mais velho, Hugo, ser pai, e sua irmã passar muito tempo tentando engravidar, e Will vem de um tipo de família que valoriza muito o legado. Estou com 47 anos e já não consigo mais engravidar naturalmente, o que me deixa aliviada.

Era para visitarmos Marelle no fim de semana seguinte para um almoço no campo. A inevitável conversa sobre a gata sem dúvida levaria o assunto para os filhos. Se eu fosse contra a adoção de Luna, seria mais uma prova da minha antipatia por crianças. Se concordasse, será que ela pensaria que esse seria o último prego no caixão do seu desejo de formarmos uma família? Eu sabia que minha sogra ainda acalentava a esperança de que eu mudasse de ideia e cogitasse a fertilização. Conversar com Marelle era como jogar xadrez no nível dos grandes mestres: ela sempre estava vários lances à frente. Eu precisava saber o que Will estava pensando para não cair na armadilha.

Apesar de estar escuro e frio, a Ponte de Westminster estava lotada, e eu parecia ser a única pessoa atravessando-a no sentido norte, contra uma onda de turistas tirando fotos. O ar frio soprando do rio fazia meus olhos lacrimejarem, e, assim que olhei para cima, o Big Ben anunciou os quinze minutos. O relógio brilhante e a imponente fileira de janelas nas Casas do Parlamento reluziram amarelos, refletidos na água. Apesar de fazer esse caminho todos os dias, a nortista caipira em mim ainda ficava empolgada sempre que via os famosos pontos turísticos de Londres.

Apertei o passo, pois não queria me atrasar para o início do meu turno às 6 horas, e subi os degraus do vasto complexo do hospital Guy's and St Thomas'. Acenei a cabeça e dei boa-noite para a fileira de pacientes em cadeiras de rodas parados do lado de fora da entrada principal, revezando baforadas em seus cigarros e máscaras de oxigênio, e peguei um dos elevadores de serviço para descer até o térreo. O hospital tinha reformado fazia pouco tempo o departamento de acidentes e emergências, e o espaço era moderno e iluminado. A ala principal estava movimentada e barulhenta. Quando abri a porta da sala de descanso, minha amiga e colega dra. Diane Kochanowski se apressou para me receber. Ela era um pouco mais velha do que eu, com seus 50 e poucos anos, tinha um corte militar no cabelo grisalho e a pele oliva.

– Oi, Mags, nem respire. Tem um M10 chegando. Cinco minutos. Jovem, várias facadas – ela disse, colocando um par de luvas de látex.

Todos os traumas e condições recebem um código. M10 significava *trauma penetrante, ferimento por arma de fogo ou esfaqueamento*. Nós o usávamos com uma frequência deprimente.

Disparei para a área dos funcionários, enfiando minha bolsa em um armário, me troquei e me lavei. Saí para a enfermaria alguns minutos depois, quando dois paramédicos passaram correndo carregando uma maca com um jovem sangrando para a baia de reanimação mais próxima.

Tive o pressentimento de que seria uma noite agitada.

2

O rapaz devia estar no fim da adolescência. Suas roupas tinham sido cortadas na metade superior, e seu peito e estômago eram uma confusão de bandagens de compressão encharcadas de sangue.

Eu os segui até a reanimação e, com movimentos eficazes, o posicionamos na mesa de exame. Meu time para esse turno era Diane e dois enfermeiros emergencistas, Raj e Kelly. Trabalhei com Barry, o paramédico principal, durante anos. Ele tinha um sotaque irlandês agudo como o do Ian Paisley, que em nada combinava com suas feições brutas de urso.

– O nome do garoto é Kyle Lewis. Ele tem 15 anos. Levou sete facadas no peito e no abdômen – ele contou.

O jovem estava meio inconsciente, lutando para respirar, com o rosto contorcido pela dor. Sua cabeça estava raspada e maçãs do rosto eram finas e côncavas. Seu rosto sujo estava marcado por rastros de lágrimas.

– Não consigo... respirar – ele ganiu.

– Kyle, meu nome é Maggie. Sou médica. Você está seguro – eu disse, levantando com gentileza o chumaço de bandagens empapadas de sangue do seu peito.

As facadas eram fundas, o ataque devia ter sido frenético. Sua respiração ruidosa indicava um pneumotórax, o que significava que o ar estava entrando em seus pulmões através da perfuração em seu peito, e uma grande quantidade de sangue jorrava de uma facada próxima ao coração.

– Seis unidades de O negativo, 45 miligramas de morfina – pedi.

Raj e Kelly entraram em ação, inserindo cateteres, sangue e fluidos. Os olhos do rapaz se arregalaram, e seu corpo começou a tremer violentamente. O monitor de frequência cardíaca emitiu um som prolongado, anunciando uma parada cardíaca, e vi que ele não estava mais sangrando. Havia uma facada muito perto do coração.

– A faca pegou o ventrículo direito? – Diana indagou.

– Acho que sim – respondi, me inclinando para ele.

O tom opaco de seus sinais vitais perdendo força perfurou minha cabeça. Eu tinha que pensar rápido. Se a câmara que bombeava o sangue ao redor do órgão tivesse sido arranhada ou cortada, o aumento da pressão sanguínea caso eu tentasse reanimar seu coração poderia aprofundar o rasgo e causar danos irreparáveis. Não havia tempo para movê-lo e prepará-lo para a cirurgia. Tive que tomar uma decisão.

– Preciso de um pacote completo de toracotomia em concha. Preparem ele, lado direito – falei.

Eu era uma cirurgiã experiente, mas uma toracotomia de emergência era um procedimento delicado e arriscado. Envolvia abrir uma seção do tórax e realizar uma cirurgia improvisada no coração. Raj e Kelly intubaram Kyle rapidamente. Não havia tempo para anestesia, mas tinham que estar com a sedação pronta se o jovem recobrasse a consciência. Diane preparou o kit estéril em poucos segundos: uma serra Gigli (um cortador de ossos feito de um fio de aço longo e fino serrilhado, com um cabo em forma de T em cada extremidade), grampos, fórceps, um bisturi e uma tesoura para ossos.

Dois centímetros abaixo do mamilo direito de Kyle, fiz uma incisão de 10 centímetros em sua pele e músculos. Com dois golpes certeiros – esquerda, direita –, usei a serra Gigli para separar as costelas. Diane já estava a postos com o grampo de metal, que ela encaixou na incisão. Conforme o grampo se expandia, separando as costelas e abrindo a cavidade, um poço de sangue subiu, derramando-se no peito dele.

Com tanto sangue assim, era provável que a faca tivesse penetrado seu coração. Uma facada no coração era quase sempre fatal. O garoto estava imóvel, de olhos fechados. Seu peito e torso estavam uma bagunça, mas seu rosto era tanto o de um menino quanto o de um homem, ambos fortes e vulneráveis. Seria um desperdício morrer tão jovem. Imaginei-o curado e vestindo um terno, talvez em seu casamento ou no primeiro dia de um novo emprego. Suas cicatrizes poderiam ser seu segredo. Seu rosto permaneceu intacto ao ataque.

– Kyle, fique com a gente. Você não vai morrer – falei.

Raj posicionou a luz sobre nós para que eu pudesse ver bem a cavidade torácica de Kyle. Tive que trabalhar rápida e cuidadosamente com o bisturi, cortando camadas de músculos e nervos, o esterno e o saco carnudo que envolve o coração. Diane moveu com delicadeza o pulmão e, enfim, pude ver o coração dele. Eu estava certa. A faca tinha cortado o órgão, abrindo o ventrículo direito. Raj, Kelly e Diane estavam atentos, e trabalhamos com fluidez, sem precisar falar. Eles inseriram um tubo de sucção e logo drenaram a cavidade, e dei quatro pontos rápidos e precisos no músculo cardíaco para selar o ferimento.

Todo o procedimento levou quatro minutos.

A máscara estava bombeando oxigênio para os pulmões de Kyle, mantendo seu cérebro vivo. Estendi a mão para verificar o restante do coração e comecei a apalpar com delicadeza o órgão com minha mão enluvada. Senti um tremor. Seu músculo cardíaco se contraiu e começou a bater forte.

— Nossa senhora, ele é durão — eu disse.

Já vi muita coisa durante minha carreira e já realizei mais de uma dúzia de toracotomias de emergência, mas esta era a primeira vez que um coração se reanimava em minhas mãos enluvadas. Na maioria das vezes, é preciso dar um choque para que isso aconteça. Ele começou a respirar sozinho, e seu rosto ficou vermelho. Eu me permiti um breve segundo de alívio e alegria.

— Vamos fechá-lo e prepará-lo para a UTI — falei. — Bom trabalho, pessoal.

Ele iria viver.

3

Algumas horas mais tarde, eu estava na sala de descanso com Diane. Houve uma rara calmaria, e tiramos um tempo para trocar nossos uniformes manchados de sangue. O jovem estava estável e fora levado para fazer exames. Seus dois amigos não sobreviveram aos ferimentos e morreram antes de chegar à emergência. Fiquei parada ao lado do bebedouro enquanto Diane verificava o celular, me mostrando fotos do seu novo cachorro, um pequeno e saltitante labrador.

– Vou ter que ter outra conversa com Leon sobre ela dormir na nossa cama – ela disse. – Acordei no meio da noite, esmagada num cantinho da cama. A maldita estava roncando entre a gente.

– Acho que vamos adotar uma gatinha – falei.

Estava prestes a contar a Diane sobre Luna quando um dos residentes seniores, dr. Bryson, entrou na sala. Careca, com seus 50 e tantos anos, ele vestia um caro terno azul com uma gravata borboleta.

– Boa noite, damas – ele disse, caminhando até o quadro de cortiça para pregar um aviso. – O secretário da saúde vai nos visitar na sexta às 9 horas da manhã.

– Ele vai atravessar a ponte do escritório ou insistirá em dirigir com uma comitiva e bloquear a área das ambulâncias de novo? – Diane perguntou incisivamente, erguendo os olhos do celular.

Ele sorriu, exibindo uma fileira de dentes alarmantemente grandes, e então a ignorou.

– Dra. Kendall, eu queria dar uma palavrinha sobre você se juntar ao comitê diretor para o novo acordo fiduciário da fundação. Tem um tempinho pra tomar um café com leite desnatado lá em cima depois do seu turno?

No dia seguinte seria folga de Will, e eu estava ansiosa para me enfiar na cama com ele quando meu turno terminasse. As palavrinhas do dr. Bryson nunca eram breves. Ele adorava o som da própria voz. Hesitei, mas não consegui pensar em uma desculpa.

Dr. Bryson franziu as sobrancelhas. Não estava acostumado a ouvir "não".

– Só vai levar dez minutos. Pode ser uma boa oportunidade pra conhecer o conselho, Maggie. E você poderia opinar sobre a maneira como vamos pensar as coisas daqui para a frente.

– Claro. Encontro você na Starbucks – eu disse.

– Ótimo. Certo, bem, vou deixar vocês em paz, damas. – Ele notou as fotos do filhote no celular de Diane. – Ahhh, cachorrinho novo?

– Sim, o nome dela é Frida – Diane falou.

– De Frida Kahlo, a artista?

Diane olhou para ele.

– Não, de Frida do ABBA – ela provocou.

Dr. Bryson deu risada.

– Que legal. Meu José adora brincar com filhotes. Eles crescem tão rápido. – Ele acenou a cabeça e saiu da sala.

– Você acha que José é o cachorro dele ou o namorado? – Diane perguntou.

Gargalhei.

– Pare com isso.

– Deveria descobrir. Você não vai querer cometer uma gafe quando estiver no *comitê diretor*.

– Só vai ser mais um trabalho não remunerado.

– É, mas, quando forem aumentar os salários, vai ser pela caneta do dr. Bryson.

A porta da sala de descanso abriu com tudo, e Raj enfiou a cabeça ali.

– Temos outro M10. Homem de uns 40 anos com um tiro na cabeça. Uma vizinha o encontrou respirando, mas os sinais vitais deterioraram muito rápido na ambulância – ele disse.

Segui Diane pelo hospital enquanto o paciente era levado de maca até a baia de reanimação. A primeira coisa que vi foram as pernas do homem de pijama listrado. Conforme meus olhos se moviam pelo corpo dele, notei um moletom familiar do Nirvana e uma mancha brilhante de sangue reluzindo sobre o tecido preto. Sua mão direita estava coberta por sangue coagulado, e a esquerda estava limpa, com uma aliança de ouro simples no dedo anelar.

Congelei enquanto a máscara de oxigênio era tirada brevemente do rosto ensanguentado e a equipe o transferia depressa da maca para a mesa de exame.

Era Will.

O lado esquerdo de sua cabeça era um emaranhado de sangue e cabelo. Seu rosto estava mortalmente pálido, mas ele não estava morto. Seu braço estava se mexendo. Raj e Kelly ficaram olhando para mim. Diane preparava um catéter e hesitou ao me ver parada ali, em estado de choque. Ela seguiu meu olhar até o rosto de Will.

Não consegui me mover. A culpa que sinto por isso nunca vai me abandonar. Meu trabalho é salvar vidas e, depois de tantos anos, virou uma espécie de impulso, mas fiquei ali parada, sem conseguir me mover. Sem conseguir processar o fato de que Will estava deitado na minha frente, coberto de sangue.

Não. Will estava em casa. Enfiado no sofá com Luna.

Os sons se distorceram nos meus ouvidos e ficaram abafados quando Diane deu um passo à frente e assumiu o controle, no meio do borrão de cateteres, bolsas de plasma e fluido. Vi bocas se mexendo, mas suas vozes estavam confusas e distantes. Era como se eu estivesse embaixo d'água. O único som que ouvia era o longo bipe do monitor de frequência cardíaca. Will estava morrendo. Seu coração tinha parado de bater.

Diane gritou, e um outro médico da equipe de emergência apareceu e começou a trabalhar calmamente. Raj rasgou o moletom do Nirvana, expondo o peito nu de Will.

Senti uma mão gelada de luva de látex no meu braço enquanto uma jovem enfermeira que eu conhecia vagamente me puxava para trás com gentileza, me distanciando dos médicos e das enfermeiras em volta da cama. A enfermeira da triagem colocou pás de eletrochoque no peito dele.

– AFASTAR!

A palavra ficou ecoando na minha cabeça. O corpo de Will se contorceu. Tirei a mão que segurava meu braço e tentei me aproximar, mas mais pessoas o cercaram, bloqueando minha visão.

– AFASTAR!

...

– AFASTAR!

...

– AFASTAR!

Eu queria ouvir os batimentos cardíacos de Will, mas não houve nada além daquele bipe baixo e contínuo. Achei que desistiram cedo demais. Tudo aconteceu tão rápido. Depois, descobri que passaram 22 minutos tentando reanimá-lo. Enquanto isso, fiquei ali só olhando, parada no lugar.

Então a urgência abandonou a equipe de emergência. Eles deram um passo para trás e com cuidado removeram os cateteres do braço dele.

Ouvi uma voz gritar:

— Não! Por que vocês pararam?

Era a minha voz. Fui até a cama. Will estava imóvel. Sua pele tinha aquela aparência de plástico descarnado que logo acompanha a morte. Acontece em segundos.

Houve uma pausa terrível. Uma das enfermeiras que eu não conhecia cobriu Will com um lençol.

E então Diane estava ao meu lado, me arrastando consigo, e eu deixei. Enquanto ela me guiava para fora da baia de reanimação, eu não ouvia nada. Sua voz estava abafada, mas seus lábios se moviam. Tudo aconteceu tão rápido. Não podia estar acontecendo, mas estava. Eu ainda pensava que Will estava em casa, assistindo à TV, com Luna, a gata, no colo.

Tropecei no corredor, bati na parede e escorreguei até o chão conforme o mundo que eu conhecia ruía.

4

As horas seguintes à morte de Will foram devastadoras, e minhas memórias são fragmentadas. Lembro-me de acordar na cama de uma ala vazia, me levantar e tentar voltar para a emergência, convencida de que ainda poderia ajudá-lo. Uma enfermeira, cujo rosto esqueci, me parou no corredor e me conduziu de volta. O resto é um grande branco, até o apartamento de Diane no sul de Londres. Eu não podia voltar para casa. Era a cena de um crime. Deram-me um sedativo e me acomodaram no quarto do seu filho, recém-desocupado, enquanto eu permanecia em um estado meio acordado, meio dormindo.

Sonhei que estava em casa. Estava na cama, e Will lá em baixo. Eu ficava ouvindo um rangido e passos no corredor do lado de fora da porta do quarto e, quando fui investigar, vi um invasor desaparecendo atrás da parede na base da escada. Abri a boca para gritar e alertar Will, então ouvi um tiro, e já era tarde demais. Sonhei com isso várias vezes e, cada vez que ouvia o tiro, acordava suada e tremendo.

Uma pequena faixa de sol se infiltrou pela cortina, e fiquei observando-a se mover pelos cartazes na parede, iluminando um troféu de futebol até ele ficar dourado, depois desbotado, e o sol se pôr. Enfim, acordei no escuro e no silêncio. Estava frio. Diane bateu na porta.

– Mags... a polícia está lá em baixo querendo falar com você – ela avisou.

Sua voz era suave e distante. O pequeno trecho de tapete que levava à porta do quarto me pareceu intransponível. Não conseguia nem me sentar, muito menos atravessá-lo e descer as escadas para ouvir a polícia me dizer o que tinha acontecido com Will.

– Por favor, posso só ficar dormindo? – perguntei.

Diane entrou, se sentou na beira da cama e pegou minha mão.

– Estão dizendo que precisam de um depoimento. Estão esperando na cozinha.

– Depoimento? Sobre o quê?

– Você sabe o que eles precisam lhe perguntar. Fale com eles, Mags. Acabe logo com isso.

Lavei o rosto com água gelada no banheiro, ajeitei um pouco o cabelo. Olhei-me no espelho e não reconheci a criatura pálida e acabada que me olhava de volta.

A cozinha de Diane era pequena, aconchegante e quentinha, mas continuei tremendo. Uma mulher de terno cinza e corte reto estava sentada à mesa com um jovem de terno preto. Sua pele parecia calcário, desprovida de cor, seu cabelo era bem curto e até seus olhos eram cinza-claro, como lascas de pederneira. Em contrapartida, o jovem era um banho de cor, com cintilantes olhos azuis, lábios carmim e cabelo preto-azeviche penteado para trás. Seus rostos se contraíram quando olharam para mim. É uma expressão que aperfeiçoei para lidar com a morte e dar más notícias, que fica em algum lugar entre empatia e distância profissional.

– Oi, sra. Kendall – a mulher disse, ficando em pé e me estendendo a mão. – Sou a detetive-inspetora chefe Isobel Dixon, e este é o detetive-inspetor Trevor Finton. Sentimos muito pela sua perda. – Trevor também se levantou, e apertamos as mãos. – Podemos conversar, por favor?

Assenti e me sentei na frente deles. Diane foi até a pia, encheu a chaleira e pegou canecas no armário.

– Vocês sabem quem encontrou Will? – perguntei.

Isobel pareceu surpresa, como se não esperasse que eu fosse tão direta.

– Er... uma vizinha, acredito – ela respondeu, pegando um caderno e folheando as páginas. – Sim. Sra. Rust.

– Ela esteve na minha casa?

– A sra. Rust nos contou que estava no jardim dela por volta das 9 horas da noite colhendo hortelã quando ouviu um som ensurdecedor vindo de dentro da sua casa. Um tiro. Ela chamou uma ambulância, e os paramédicos entraram pela porta dos fundos.

– Vocês sabem quem foi? Que invadiu nossa casa?

Eles fizeram uma pausa e se entreolharam. Percebi que Diane se virou e se ocupou com o chá.

– Quando foi a última vez que a senhora viu seu marido? – Trevor perguntou. Ele era bastante polido.

A imagem de Will deitado na maca veio à minha mente. Ele parecia tão pequeno e amassado, com o lado esquerdo do cabelo todo bagunçado e encharcado de sangue. Fechei os olhos por um segundo e depois os abri.

– Domingo. Ontem. Antes de eu ir para o trabalho. Tomamos chá juntos, e eu saí por volta das 5h30 da tarde.

– Quer dizer que fizeram a refeição com o chá?

– Sim, nós jantamos – confirmei.

– Seu marido também era médico? – Trevor indagou.

O verbo no passado me atingiu com força, a ideia de ter que fazer isso dali por diante tornou difícil respirar. Diane atravessou a sala para se juntar a mim e colocar a mão no meu ombro.

– Sim, ele era médico-legista. Mas largou a medicina seis anos atrás. Agora é promotor imobiliário – eu disse, me recusando a falar de Will no passado.

– A senhora tem filhos?

Esperei um tempo para responder. Estava tentando me conter.

– Não.

– Como a senhora descreveria o humor e comportamento do seu marido antes de sair pra trabalhar ontem à noite? – Isobel perguntou.

– Ele estava bem. Ótimo. Sei que isso não é muito específico. A gente passou um dia gostoso juntos. O trabalho dele estava indo bem. Ele estava trabalhando num imóvel na França... Vocês devem saber que várias casas do nosso bairro foram invadidas.

Isobel me encarou e fechou o caderno.

– Dra. Kendall – ela falou com gentileza. – Acreditamos que ninguém mais esteve envolvido na morte do seu marido. Não encontramos sinais de entrada forçada. Acreditamos que seu marido tirou a própria vida.

Por um instante, não consegui respirar. Olhei para os policiais me olhando de volta. Virei-me para Diane, que estava enxugando as lágrimas dos olhos.

– Vocês acreditam que ele tirou a própria vida, ou vocês *sabem*? As pessoas acreditam em todo tipo de coisa. Não significa que é verdade.

– Temos quase certeza de que... – Trevor começou.

– Ele tirou a própria vida? – repito. – Se suicidou?

– Isso. Sinto muito – Isobel disse.

Tive que agarrar a borda da mesa. Depois, cobri o rosto com as mãos e tentei respirar. O relógio fazia barulho na cozinha silenciosa. Tudo da noite anterior era um borrão, mas uma coisa eu presumi: que Will tinha sido baleado por alguém. Pensei que alguém tinha entrado na nossa casa e atirado nele. Mantive as mãos no rosto, bloqueando todos.

– Podemos beber uma água? – Isobel perguntou baixinho para Diane.

Ouvi a água correndo da torneira. Um copo sendo enchido. Senti uma mão no meu ombro. Tirei as mãos trêmulas do rosto, e Diane colocou um copo molhado na mesa de madeira.

– Você sabia disso, Diane?

– Só soube o que Barry me contou depois. Ele recebeu o chamado e foi pra sua casa na ambulância.

– Mas você acredita nisso? – questionei. Parecia que Diane tinha só aceitado o que a polícia estava dizendo. – Will nunca faria isso. Com uma arma, ainda por cima? Ele não tem arma. Onde é que arranjaria uma arma?

Ela pegou minha mão. Eu a afastei, irritada por estar me consolando de uma coisa que não era verdade. Isobel consultou o caderno, mais uma vez folheando as páginas de anotações caprichosas.

– Dra. Kendall... posso te chamar de Margaret? – ela pediu.

– É Maggie.

Isobel assentiu e contraiu o rosto de novo naquela expressão profissional de pena e condolência. Senti vontade de dar um tapa nela.

– Maggie, está ciente de que seu marido tinha uma arma?

– Está me ouvindo? Acabei de falar: ele *não* tem uma arma! – respondi, erguendo a voz.

Isobel olhou para Trevor. Ele abriu a pasta e pegou a foto de uma arma em cima de uma mesa de madeira. A arma tinha um cano longo e fino, e o flash da câmera refletiu no metal escuro. Uma mancha de sangue brilhava em vermelho-rubi na superfície da madeira ao lado dela.

– Este é o revólver Taurus LBR que encontramos no escritório do seu marido – Trevor falou. Ele abriu a pasta outra vez, pegou mais um papel e o deslizou na mesa para mim. – Esta é a licença de porte de arma do seu marido para esta arma, que ele comprou seis anos atrás, em 15 de setembro de 2012 como arma de caça. Ele recebeu a licença em 21 de setembro de 2012.

Houve uma longa pausa enquanto eu olhava os documentos. Sentia-me enjoada e com frio, como se todo o sangue tivesse sido drenado do meu corpo.

– E você continua afirmando que não sabia disso? – Isobel perguntou com um tom de ceticismo na voz.

– Não. Eu não sabia de nada. Nunca vi isso antes. – Olhei para Diane, e até ela estava me olhando com aquela expressão contraída. – Não. Não me olhe assim... você não! – eu disse.

Diane ficou magoada e ia dizer algo, mas Isobel a interrompeu:

– Maggie, está ciente do processo de adquirir uma arma? Não é como comprar um celular. Will teve que passar por um exame médico. Um médico avaliou o estado mental dele. A polícia visitou a sua casa no dia 18 de setembro de 2012, como é exigido, para garantir que, quando a licença saísse, a arma ficaria guardada num local seguro.

Olhei para a foto de novo. A arma brilhando sob o flash da câmera me fez pensar em insanidade. Perigo.

– Esta arma estava guardada dentro da minha casa?

– Sim – Isobel respondeu. – E não era a única arma que seu marido possuía. Ele tinha uma licença de caça para duas espingardas de cano duplo mantidas na Hepworth House, em Surrey.

– Ah, sim. Claro – falei, de repente me lembrando. – Sim, essa é a casa da família... da mãe dele, Hepworth, no campo. As espingardas que têm são para caçar perdizes. Will e seu irmão, Hugo, as herdaram do pai. Estão guardadas num armário que fica trancado.

– Certo. Então agora está dizendo que está ciente de que seu marido tem uma licença de porte de arma de fogo? – Isobel indagou.

Percebi seu comportamento em relação a mim endurecendo, mas nunca pensei nas espingardas como parte da nossa vida em Londres. Will só saía para caçar na casa da mãe, que era um mundo totalmente diferente.

– Eu sabia das espingardas na casa da mãe dele. Will e o irmão as têm há anos – respondi. Olhei mais uma vez para a foto. – Onde esta arma ficava na minha casa?

– Em um cofre, dentro de um armário de metal com tranca – ela respondeu.

– No escritório de Will?

– Isso.

– Você tem foto desse cofre?

Isobel hesitou, abriu a pasta e pegou uma foto que mostrava o armário de arquivo atrás da cadeira de Will. A gaveta de baixo estava aberta, e estremeci ao ver a parte da frente coberta por uma mancha espessa de sangue.

Também vi o fundo falso da gaveta, que havia sido removido, revelando um pequeno cofre com a porta aberta ali embaixo, embutido no piso de parquet.

— Foi onde... Ele estava sentado nessa cadeira? — perguntei.

— Sim — Isobel respondeu com um tom mais suave. — A gaveta e o cofre estavam abertos quando os primeiros socorristas chegaram.

— O que faz vocês terem tanta certeza de que ele se matou? — insisti. — E o invasor? Como minha vizinha e os paramédicos entraram na casa?

— A porta dos fundos estava destrancada, a porta da lavanderia — Trevor falou.

Tentei me lembrar do momento antes de sair de casa para trabalhar. Will tinha destrancado a porta da lavanderia para deixar Luna entrar. Foi então que ele me perguntou sobre a portinha.

— Ela costuma ficar trancada. Will a abriu pra deixar a gata entrar um pouco antes de eu sair.

— Você viu Will trancar a porta de novo? — Isobel perguntou.

— Não me lembro. Vocês encontraram a gata na casa?

Isobel consultou as anotações.

— Não. Não havia sinal de arrombamento. Will estava com a chave do cofre no bolso... Podemos perguntar uma coisa? Você percebeu alguma mudança no comportamento dele recentemente? Ele estava deprimido?

Pensei no nosso último dia juntos e naquela última visão dele parado na janela, segurando Luna, com um sorriso caloroso no rosto.

— Não. Ele estava mais feliz do que nunca.

Houve um momento de silêncio.

— Por que ele abandonou a medicina? Ele foi um médico-legista bem-sucedido por muitos anos. O trabalho estava afetando a saúde mental dele?

— Sim, mas nada além do que acontece com qualquer médico-legista. A verdade é que ele nunca quis ser médico. O pai dele era um legista bem-sucedido, e Will sofreu muita pressão pra seguir seus passos. Tentou por muitos e muitos anos... Mas sua verdadeira paixão era arquitetura e design. Há seis anos, Will concluiu que só queria ser feliz, e a medicina não o fazia feliz.

Isobel e Trevor assentiram e tomaram notas.

— A medicina a faz feliz? — Isobel quis saber.

Pensei nas palavras "feliz" e "felicidade" e me perguntei se um dia voltaria a me sentir assim.

— Sim, eu amo meu trabalho.

– Então você não acha que Will estava deprimido? – Trevor insistiu.

– Não. Não! Seu negócio estava indo cada dia melhor, ele era o próprio chefe e ganhou um novo sopro de vida – respondi.

– Ele mostrou algum comportamento preocupante?

– Você não está fazendo as perguntas certas. Estou dizendo: Will não era suicida!

– Mas ele tinha uma arma que escondia de você – Isobel disse. – Como explica isso?

– Não consigo explicar.

5

— Você acredita que Will tirou a própria vida?
Minha pergunta ecoou nos ladrilhos brancos do necrotério frio e cavernoso do hospital. Pedi para ver a patologista, Bettina Folks-Broughton. O corpo de Will jazia na mesa de aço à nossa frente, pacífico e irreal sob um lençol branco puxado até o peito. Fazia cinco dias desde sua morte, e meu luto era pesado, uma vasta massa escura me pressionando.

Bettina me olhou por cima de seus óculos de meia-lua. Ela era muito pequena, de rosto bem marcado, e lembrava uma elfa. Seus olhos eram azul-celeste e pareciam ser a única centelha de cor entre as paredes austeras e as geladeiras de aço.

— Maggie, vou dizer pra você a mesma coisa oficialmente e extraoficialmente. Will morreu com um tiro na cabeça muito próximo. É consistente... — ela hesitou.

— Fale. Por favor, não precisa dourar a pílula. Preciso saber.

Bettina assentiu.

— É consistente com o cano da arma sendo colocado em sua boca. Uso a palavra "colocado" com muito cuidado. Não encontrei nenhum hematoma no corpo que indique luta ou que o cano da arma foi enfiado em sua boca — ela falou com uma voz suave e seca, como se sua boca fosse feita de papel de boa qualidade.

— Ele estava bebendo? Usando drogas?

— Não. Não havia nada no organismo dele. Também encontrei resíduo de pólvora no polegar e no indicador direito.

Bettina foi colega e mentora de Will. Sob sua tutela, ele recebeu o treinamento como médico-legista. Ele fez parte do time dela por muitos anos, trabalhando nesse necrotério. Dava para ver que isso tinha abalado Bettina. Eu estava determinada a ver o corpo dele, e ela resistiu, sugerindo que nos encontrássemos em seu consultório, mas me respeitou como colega e enfim cedeu.

– Não sei por que ele fez isso – desabafei.

– Será que nós conhecemos mesmo a pessoa com quem dormimos?

– Não fale assim.

– Só estou sendo sincera, Maggie. Não quero ofendê-la com chavões vazios. Tenho certeza de que vai ouvir um monte deles nas próximas semanas.

Fiquei observando Will em seu descanso pacífico. A atmosfera da clínica do necrotério me trouxe claridade. Seu rosto estava imaculado. A morte o transformou em uma versão pálida de cera. Ele tinha maçãs do rosto salientes, mas, agora, seu rosto parecia pender para baixo com as bochechas encovadas. Ele tinha lábios cheios e vermelhos, mas, agora, estavam rosa-claro e muito finos. Seu cabelo havia sido lavado após a autópsia e estava penteado para trás, mole e levemente despenteado, como quando estava vivo. Fiquei aliviada com isso. Ainda havia algo do velho Will ali. Já vi tantas vítimas de mortes violentas dizimadas por ferimentos...

Ainda sentia culpa por não ter sido capaz de ajudá-lo. Por ter congelado e não ter conseguido me mexer quando o trouxeram para a emergência. Bettina me mostrou o relatório da autópsia e me explicou a trajetória da bala. Era um milagre ele ter sobrevivido ao tiro. Ele se agarrou à vida por mais de uma hora, mas o tiro teria sido fatal de qualquer jeito.

Aproximei-me e toquei seu cabelo.

– Eu tinha que vir aqui. Ainda não fui pra casa, mas uma hora vou ter que voltar.

Bettina assentiu.

– Quer ficar sozinha, Maggie?

– Sim.

– Leve o tempo que precisar – ela disse.

Brevemente, ela colocou a mão sobre a minha e saiu. Fiquei ali, ouvindo o som dos seus passos se distanciando no corredor. Olhei para o rosto de Will, esperando que seus olhos fossem se abrir. Ele tinha partido, mas ainda estava ali, na minha frente, como se estivesse dormindo.

Os enormes refrigeradores atrás de mim zumbiam no silêncio. Corri o dedo pela sua testa e fiz carinho no seu rosto. É difícil descrever a textura da pele morta. Parece plasticina fria, ainda maleável, mas com certa rigidez. Posicionei-me atrás da sua cabeça e me agachei, levantando-a alguns centímetros da bancada de aço. Uma lua crescente de pontos, com cerca de trinta centímetros de comprimento, marcava a parte de trás do seu cabelo. Percorri o dedão pelos pontos intrincados, e a pele me pareceu macia, como uma almofada barata. Depois da autópsia de um ferimento de bala na cabeça, a cavidade é preenchida com algodão e o couro cabeludo é costurado. Tinham feito um excelente trabalho. Com cuidado, coloquei sua cabeça de volta na bancada e me levantei, voltando para o seu lado.

– Por que fez isso? Você não tinha motivos. Tinha? Você me deixou sozinha. – Minha voz ecoou pelos azulejos e pelo aço. Minhas palavras clichês pareceram se amplificar. – Já conversei com a sua mãe sobre o que você vai vestir no funeral. Pelo visto, vai ter que botar sua gravata escolar porque, mesmo como cadáver, as pessoas precisam saber que frequentou a escola certa.

Eu meio que esperava que ele fosse abrir os olhos e sorrir para mim, como costumava fazer sempre que eu o provocava.

– Ela é uma puta magnífica, sua mãe.

Uma noite, anos atrás, em uma de nossas visitas de fim de semana à Hepworth House, acabei ouvindo uma discussão em que o pai de Will chamou a mãe dele disso. Eu sei, essa palavra é horrível, mas a forma como ele gritou me deu arrepios. Pareceu um elogio e um insulto ao mesmo tempo.

Os olhos de Will permaneceram fechados. Nós nunca mais voltaríamos a conversar.

– Sei que minha mãe também dava trabalho. A gente só não tinha que lidar com ela o tempo todo – falei.

Nos últimos anos da sua vida, minha mãe viveu livre em uma caravana com seu namorado George, com quem vivia terminando e voltando. Quando eu era criança, ele era como um pai para mim, mas nos distanciamos e perdemos contato muitos anos atrás. Afastei o pensamento da cabeça.

Abri a bolsa e vi meu kit de unha no pequeno nécessaire de couro. Antes que mudasse de ideia, peguei a tesoura e cortei uma mecha do cabelo de Will. Depois, escondi o local onde fiz o corte. Tecnicamente, eu estava ali como membro da equipe médica e ele era meu marido, mas parecia que estava ultrapassando algum limite, pegando algo que não era meu. Roubando. Meu rosto corou diante da sensação de não ser boa o suficiente.

Levei a mecha ao nariz. O cheiro era de clínica, algo químico. O aroma complexo e terroso do cabelo de Will tinha sido substituído por xampu hospitalar e algo mais. Foi como inalar o cabelo de um manequim. Foi então que tive que aceitar que Will tinha mesmo partido.

Inclinei-me e apoiei a testa na dele. Lágrimas silenciosas escorreram pelas minhas bochechas. Elas estavam quentes contra o corpo dele tão gelado.

– Peço desculpas por não ter sido... melhor – sussurrei. – Por que você não conversou comigo? Por que fez isso depois do dia lindo que tivemos juntos? Por que guardou uma arma em casa durante seis anos? – Ajeitei a postura e enxuguei as lágrimas do rosto dele e do meu. – Eu devia ter percebido que tinha alguma coisa errada... me desculpe.

Ouvi passos voltando pelo corredor. A sala austera ficou borrada entre as lágrimas, e senti o braço de Bettina na minha cintura.

– Venha, querida – ela disse. – Vou fazer um chá pra gente.

Ela me conduziu pela porta, para o novo mundo onde eu viveria sozinha.

6

Voltei para casa três dias depois. A rua estava vazia, e as janelas das casas geminadas pareciam me olhar de volta sem expressão, refletindo o céu cinzento. Dava para ouvir o rio correndo, e um pedaço solitário de fita policial batia contra um poste de luz, balançando com a brisa.

Tentei entrar em casa, mas a chave não encaixou. Estava tentando puxá-la de volta quando a porta se abriu e fiquei surpresa ao ver a mãe de Will. Marelle era muito alta e esguia e estava elegantemente vestida de preto da cabeça aos pés. Nem um fio de cabelo estava fora do lugar. Sua altura sempre foi intimidadora para mim, e minha sogra tinha essa mania de me olhar sem precisar abaixar a cabeça. Meu primeiro instinto foi de abraçá-la, mas ela deu um passo para trás e gesticulou para que eu entrasse.

— A polícia sugeriu que trocássemos a fechadura — ela disse, seca. O corredor parecia muito limpo, emanando lustra-móveis e detergente. Ela esticou o braço para fechar a porta, mas minha chave ainda estava presa. Minha sogra esperou impassivelmente enquanto eu a soltava, e pude ver seu rosto de perto. Tinha grandes olheiras, e seus olhos estavam vermelhos. — Mandei fazer uma cópia pra você — ela falou, indo até o pequeno aparador, pegando uma das três chaves que estavam ali e me oferecendo uma.

— Obrigada. Quando a polícia liberou você pra vir pra cá? Só fiquei sabendo hoje de manhã.

— Acabei de fazer chá, venha — ela disse.

Eu a segui até a cozinha, me perguntando de quem eram as outras cópias. Eu tinha o direito de saber, mas estava assustada demais para perguntar.

Parei na porta do escritório de Will e fui tomada por uma sensação terrível e sombria de medo e revolta. A escrivaninha na frente do armário de arquivo estava vazia, e sua cadeira tinha sumido. Notei que o tapete persa abaixo da mesa ainda estava úmido no local onde fora lavado. O cheiro de desinfetante era forte. Na parede ao lado da escrivaninha estavam as fotos das casas em que ele estava trabalhando. Acima do armário, costumava ficar uma grande foto emoldurada do seu primeiro projeto, uma casa de férias que ele construiu para nós em uma ilha da Croácia. Ela ficava no topo de um penhasco, e era uma caixa de vidro e madeira com vista para o imenso azul do mar Adriático. Agora, a foto estava do outro lado da sala, encostada na estante. Uma enorme foto da Calçada dos Gigantes da Irlanda do Norte, que costumava ficar pendurada no quarto de hóspedes no andar de cima, estava em seu lugar.

Conheci Will quando estávamos na faculdade de Medicina, e, até seis anos atrás, ele trabalhava como médico-legista. Seu único ato de rebeldia contra a mãe foi largar a medicina e seguir o sonho de ser promotor imobiliário, então ver que a foto tinha sido retirada do lugar me irritou. Eu me virei e vi Marelle parada na porta.

– Por que você tirou a foto da parede? – perguntei, apontando para a moldura ao lado da estante.

A expressão dela se transformou em uma carranca.

– A... a bala se alojou na parede. A moldura da Calçada dos Gigantes é maior, então a coloquei aí pra tampar o buraco até que o rebocador venha – ela explicou.

Dei a volta na mesa, tirei a Calçada dos Gigantes da parede e a apoiei contra o armário.

– Maggie, não... – Marelle começou a dizer.

A tinta branca estava manchada com um rosa opaco onde alguém tentou limpar o sangue. O buraco da bala, que havia sido preenchido com gesso, era menor do que uma moeda de cinco centavos, e rachaduras que lembravam uma teia de aranha saíam do ponto de impacto. Dava para ver marcas fracas da ferramenta que retirou a bala.

Fui até a estante e peguei a foto. Passávamos o maior tempo possível na nossa casa da Croácia durante a primavera e o verão. Estávamos planejando ir fechar a casa para o inverno.

– Esta ainda é minha casa. Eu gostaria de tomar as decisões por aqui – eu disse, pendurando a moldura de volta na parede.

– Pensei que fosse ficar grata por não ter que ver isso – Marelle falou com uma voz baixa, glacial e calma, apontando para o buraco visível abaixo do quadro.

– Onde está a cadeira de Will?

— Você vai ter que perguntar pra irmã dele. Ela que cuidou disso.

— Então quer dizer que a polícia estava falando com você e Felicity? Você já tinha vindo aqui? A primeira vez que ouvi que podia voltar pra casa foi hoje. Onde estão as plantas dos projetos de Will? – perguntei, indicando o topo do armário, onde elas estavam.

As plantas tinham sumido, junto com os projetos das outras casas. Will estava reformando um castelo em ruínas do irmão, Hugo.

— Acho que você precisa se acalmar, Maggie. Venha tomar um chá antes que diga algo que vai se arrepender.

Ela saiu do escritório.

Olhei em volta, tentando imaginar o desespero de Will e o que poderia tê-lo levado a isso. Abri a última gaveta do arquivo e vi o local onde o cofre estava enfiado. Por que eu não sabia disso? De repente, senti frio e comecei a tremer. Ouvi Marelle se movendo na cozinha. Eu queria voltar para poder sentir minha dor... e processar o que aconteceu, mas sentia a presença pesada dela lançando uma sombra na casa. Esperando.

Depois que me recompus, fui até a cozinha. Marelle estava sentada ereta na mesa, com os joelhos unidos e os tornozelos cruzados.

— Venha tomar um chá, por favor – ela ofereceu, gesticulando para a cadeira à sua frente.

Minha sogra me serviu uma xícara e dei um gole. Lembrei-me de algo que minha mãe disse sobre ela: "Ela pode ser uma escrota, mas sabe fazer um bom chá".

Queria que minha mãe ainda estivesse viva. Ela sempre foi emotiva e encorajava os outros a também serem. Sempre pude chorar sem pudores no seu ombro. Ela não teria usado minha dor e minhas emoções contra mim, e desejei seus abraços e seu amor incondicional.

— Precisamos discutir umas coisas – Marelle disse com um tom cuidadoso. – Os arranjos do funeral já estão em andamento, de acordo com os desejos de Will...

— Quais eram os desejos de Will? – perguntei.

— Não consigo falar assim de cabeça. Nós vamos consultá-la, claro. E nosso advogado precisará iniciar o inventário. Você entende, Maggie, que esta casa não pertence a você, mas tem o direito de ficar aqui, desde que cuide da manutenção. Will lhe deixou os negócios e, claro, aquela casa na Croácia.

— Ele construiu aquela casa pra mim, pra gente, com o nosso dinheiro – eu disse.

Ela estremeceu com a menção ao dinheiro.

– O funeral vai ser na Catedral de Southwark. Espero que seja aceitável para você.

Aceitável para mim?, pensei.

– Você precisa me dar uma lista de quem quer convidar.

– Sabia que Will tinha uma arma? – perguntei.

– Não – ela respondeu em um tom equilibrado.

– Acredita que ele se matou?

– A polícia e a perícia confirmaram que ele tirou a própria vida.

Era difícil não me sentir intimidada, presa por seu olhar. Eu me senti mal, mas a raiva triunfou, e segui em frente, incitando-a a demonstrar alguma emoção.

– Isso não responde a minha pergunta. Você acha que seu filho se matou?

Marelle não vacilou.

– Você é médica, Maggie. E, supostamente, a pessoa mais próxima dele. Não viu que Will estava sofrendo?

Ela precisava mesmo que incluir aquele "supostamente"?

– Você era a mãe dele. Não deveria ter percebido?

Fui longe demais. A determinação se esvaiu do rosto de Marelle, e ela colapsou. Ela agarrou a mesa com as duas mãos e se curvou para a frente, soltando um soluço doloroso. Estendi a mão, mas Marelle me afastou.

– Não – ela cuspiu ferozmente, se levantando e erguendo a mão. – Não. Já chega. Preciso ficar sozinha.

Nunca tinha a visto chorando antes, fiquei chocada. Ela saiu da cozinha e, um instante depois, ouvi a porta da frente bater.

Fiquei sentada ali sozinha e tremendo, enquanto sua partida raivosa ecoava no silêncio feito um tiro.

7

O funeral de Will aconteceu em um dia frio e cinzento de novembro, duas semanas após sua morte e vinte e quatro anos depois do dia que nos casamos. Não era como eu planejava passar nosso aniversário de casamento.

Era estranho ver o círculo se completando. Só que, desta vez, minha mãe não estava aqui para se embebedar e me envergonhar. Nunca conheci meu pai, e vamos apenas dizer que minha mãe só o conheceu brevemente. Tentei entrar em contato com George. Por um tempo, ele foi meu pai substituto, mas sempre foi meio nômade, vivendo fora do sistema, e meus esforços para localizá-lo foram em vão.

A parte da igreja é um grande borrão. Sentei-me na frente com Marelle e os irmãos de Will, Hugo e Felicity. Estavam intimidados pela presença da mãe e tinham erguido muros desde a morte de Will. Limites tinham sido estabelecidos, e eu não fazia mais parte da família. Estava me sentindo muito solitária.

Will não deixou um grande legado para ser mencionado pelo vigário. Ele não se tornou pai. Abandonou sua carreira médica. Tirou a própria vida. Mantive a cabeça baixa durante todo o tempo. Não suportei aqueles rostos cinzentos me encarando. Sabia o que estavam pensando: Como eu não sabia que Will era suicida? Talvez estivessem pensando que fui eu quem o levara a isso.

Andar no banco de trás da limusine com Marelle, Hugo e Felicity foi uma das experiências mais bizarras e desconfortáveis da minha vida. Marelle permaneceu de olhos secos, encapsulada em gelo. A irmã mais velha de Will, Felicity, estava ao lado dela em uma solidariedade sombria e apática. Parecia mais uma dama de companhia do que filha. Sentei-me ao lado do irmão mais velho de Will, Hugo. Sempre me dei bem com *Hugio*, como Will o chamava.

– Era para o Will e eu viajarmos pra França amanhã... – ele ficava dizendo. – A gente ia trabalhar na reforma da casa que acabei de comprar. – Ele olhava para a janela com uma expressão perplexa, e eu o vi enxugar os olhos.

O velório foi realizado em um clube privado da cidade, num espaço todo de madeira escura e pilares de mármore. Uma estranha atmosfera pairava no ar enquanto todos passavam para me consolar. Ninguém queria falar de Will. Fiquei contente de ver alguns dos amigos que estudaram com a gente na faculdade, e Bettina estava lá. Meus amigos do hospital, Diane, Leon, Raj, Kelly e Barry, pareciam intimidados pelas presenças e pelo ambiente. Queria ficar com eles, mas se misturaram ao resto da festa fúnebre, composta por amigos da família de Will dos mundos da medicina, dos bancos e da política. Havia vários lordes e ladies, alguns dos quais eu já tinha conhecido no nosso casamento. E dois ministros que estudaram com Will. Em qualquer outra ocasião, eu teria achado isso surpreendente. Também recebi os pêsames de três embaixadores britânicos e duas amigas de escola de Felicity que namoraram (separadamente) o príncipe William.

Houve uma breve calmaria quando me vi sozinha. Resolvi aproveitar e saí do salão, procurando o banheiro. Uma mulher corpulenta com uma expressão sombria esperava do lado de fora do banheiro feminino e levantou a mão para me impedir de avançar. Mas, então, deve ter percebido quem eu era, porque acenou a cabeça e gesticulou para que eu passasse. Quando ergueu a mão, seu blazer se abriu ligeiramente e vi um distintivo da polícia em seu cinto e a coronha de uma arma no coldre debaixo do braço. Ela devia ser a encarregada da proteção no local.

Uma arma.

Os banheiros – ou lavatórios, como esse povo metido a besta dizia – eram luxuosamente decorados, com mármore preto e iluminação baixa. Fiquei parada diante da fileira de pias por um momento, respirando fundo. Ouvi uma descarga e uma bela mulher de cabelos escuros saiu de uma cabine. Ela estava usando um terninho preto de grife e saltos agulha.

– Maggie, oi. Lembra de mim? Sou a Daisy – ela se apresentou, me oferecendo a mão. Tinha mais ou menos a minha idade, e sua pele era linda, macia e oliva. Hesitei um instante e aceitei seu cumprimento. Ela colocou ambas as mãos na minha. Três pulseiras de prata tilintaram no seu pulso fino. – Estudei com Will na escola. Sinto muito, muito mesmo.

Seus olhos cor de caramelo eram ao mesmo tempo penetrantes e doces.

– Obrigada, claro que me lembro de você – respondi.

Era surreal encontrá-la ali. Daisy De Costa era deputada no governo do Reino Unido. Houve uma pausa constrangedora enquanto ela sustentava meu olhar, e então se virou para o espelho para lavar as mãos. Nosso casamento foi grande, e eu me lembrava de uma versão muito mais jovem dela. Naquela época, ela comandava uma empresa que organizava férias de luxo, mas sua educação de alto nível indicava que podia se envolver fácil e rapidamente na política. Eu a tinha visto na semana anterior no noticiário, fazendo um discurso na caixa de despacho do Parlamento.

– Aquela policial lá fora está fazendo a sua segurança? – perguntei.

– Sim. Ah, merda. A arma. Espero que ela não tenha lhe provocado nenhum gatilho – ela disse, se virando para mim e secando as mãos.

– Não. É só que ver... aquilo...

– Sinto muito.

– Você estava na catedral? Não a vi.

– Cheguei no último minuto – ela respondeu. – Preciso voltar para as Casas do Parlamento logo, mas eu *tinha* que vir. Nossa. Pensei que ele estivesse indo tão bem. Depois de todos esses anos, enfim tinha encontrado o que queria fazer da vida.

– Verdade.

– Eu vi no site dele o antes e depois daquela casa de fazenda caindo aos pedaços em Dordogne. Ele fez mesmo uma mágica ali. Fiquei arrasada e chocada ao saber que Will se matou.

Ela foi a primeira pessoa com quem conversei que falou sobre a morte de Will sem rodeios. Fiquei grata pela honestidade. O que era meio irônico, já que agora estava na política.

– Will foi meu grande amigo na escola, Maggie. Eu estava lá no primeiro ano em que o St Dunstan admitiu garotas. Éramos só seis no meio de trezentos garotos brutais. Mas o tempo voa, não é? Acho inconcebível que Will tenha se matado. Não quero ser grosseira, mas sabia que ele era suicida?

A palavra "suicida" me atingiu, e não consegui responder de imediato.

– Ele não era. Ele parecia mais feliz que nunca – falei.

– Que terrível. Terrível.

Ela se virou para o espelho e ficou observando seu reflexo, tentando descobrir alguma imperfeição. Então sacou um batom de bastão dourado.

– Quando foi a última vez que você o viu? – perguntei.

Daisy começou a passar batom vermelho nos lábios e hesitou um pouco.

– Nossa, deixa eu pensar. Faz um tempo. Talvez 2005? Isso. Eu estava num pub em Kensington uns meses antes de concorrer ao Parlamento pela primeira vez. Ele estava com Eric Stone, você conhece ele?

– É o melhor amigo de Will. E meu também. – Não sei por que senti necessidade de acrescentar a última parte.

– Deus, ele é tão lindo. Ele está aqui?

– Não. – Eu tinha ficado bastante decepcionada quando ele me ligou para dizer que não iria. – Ele está na Itália, supervisionando a construção do novo barco de corrida.

Daisy arqueou uma sobrancelha e fechou seu batom com um clique.

– Que melhor amigo, hein?

– Não, ele ficou arrasado por não poder vir. Eric é piloto profissional de barco, e está em Bari, na Itália. Ele passou anos angariando fundos para esse projeto e não conseguiu largar tudo pra vir – expliquei.

Estava tagarelando. Quem eu estava tentando convencer, ela ou eu? Quando não consegui rastrear George, me conformei com a ideia de que Eric estaria no funeral, mas até ele me decepcionou.

Daisy sorriu.

– Querida, você é que está arrasada. Eu conheço Eric. Não precisa defendê-lo. No passado, ele prometeu votar em mim, mas sei que estava fora do país durante a eleição de 2005.

– Will votou em você. E eu também.

– Ah, que fofos. E sua família? Está aqui?

A pergunta me acertou em cheio, e senti as lágrimas vindo. Daisy pegou um lenço em uma caixa na pia. Pensei que fosse me oferecer, mas ela o usou para corrigir o batom.

Peguei um lenço também e enxuguei os olhos.

– Minha família era só minha mãe – respondi, detestando o tom lastimoso na minha voz.

Daisy se aproximou inesperadamente e me abraçou. Então se afastou e ficou me olhando. Ela era muito magra e cheirava a perfume caro e almiscarado.

– Está usando rímel à prova d'água, né?

Assenti.

– Esperta. – Ela se voltou para o espelho, conferiu seu reflexo, hesitou e puxou um cartão da bolsa. – Ouça, se quiser visitar a Casa, me ligue.

Eu poderia mostrar a você os arredores. Podemos tomar chá no bar dos membros. É uma experiência e tanto.

Sorri e peguei o cartão. Sabia que Daisy só estava sendo educada e talvez se mostrando um pouquinho. Não a culpei por isso.

– Obrigada. E agradeço por ter vindo – falei.

– Claro. Will foi... Will foi bom comigo numa época difícil da minha juventude. Fique firme, Maggie. Você vai conseguir.

– Você acha?

– Confie em mim, sou política. – Dei risada, e ela também. – Agora preciso ir prestar minhas condolências à família. Estou falando sério sobre o chá. Se precisar de uma amiga, pode me ligar.

Ela saiu deixando um rastro de perfume. Olhei para o cartão e fiquei me perguntando se tinha sido apenas consolada ou se ela estava garantindo o meu voto na próxima eleição. Afinal, o funeral de Will foi em seu distrito eleitoral.

Diane entrou no banheiro assim que Daisy saiu.

– Aí está você – ela disse. – Acabei de ver uma mulher que me parece familiar, ela estava no corredor caminhando com uma policial armada.

– Daisy De Costa. Ela é política. Estudou com Will na escola.

Diane arqueou uma sobrancelha.

– Espero que ela não seja ministra da saúde. Se aquele idiota aparecer aqui...

– Ele não está aqui... até onde eu sei – esclareci.

– Nossa, Mags. Esse funeral é...

– Bizarro? – completei.

– Sim. Eu estava na fila do bufê com um sujeito que se apresentou como sargento da bandeira da rainha. Ao que parece, ele é o responsável por içar e baixar as bandeiras dos palácios. – Assenti e me virei para observar meu reflexo. Diane acompanhou meu olhar, e ficamos nos encarando pelo espelho. – Raj, Kelly e Barry estavam procurando você. Eles precisavam ir.

– Sério? – perguntei, genuinamente decepcionada, porque ainda não tinha falado com eles.

– Eles me pediram pra lhe mandar lembranças. Todos vão trabalhar no turno da noite.

Olhei para o relógio e vi que já eram quase 5 horas da tarde.

– Eu daria tudo pra trabalhar no turno da noite – falei.

Diane abriu um sorrisinho empático.

– Quanto tempo vai ficar afastada?

– Doze semanas. Se eu não enlouquecer até lá.

Peguei meu pó compacto. O velório ia acabar logo, mas eu sempre seria uma viúva enlutada. Este era o meu novo normal.

– O que você vai fazer?

– Preciso ir pra casa da Croácia dar um jeito nas coisas de Will e fechar tudo para o inverno. Mas vou ficar só uma semana.

– Você precisa se manter ocupada, senão vai enlouquecer – Diane aconselhou.

Olhei-me no espelho, me perguntando se isso já não tinha acontecido.

8

Fechei os olhos contra o sol, sentindo a brisa suave do mar Adriático. Era fim de novembro, pouco mais de duas semanas após o funeral de Will, e o sol estava quente e delicioso no meu rosto. Tinha acordado muito cedo e partido de Londres no escuro em meio a uma rajada congelante de granizo e neve. Peguei algumas horas de voo até a Croácia e depois um transfer em Dubrovnik para pegar a balsa do meio-dia.

Estava indo para a nossa casa de férias, localizada em uma ilhazinha croata, Tišina. Nunca tinha ido sozinha até lá. Nosso caseiro, Branko, vivia no continente e ficava de olho nas coisas, cuidando de tudo quando não estávamos por lá. Pensei em pedir que ele fechasse a casa, mas achei que uma semana nesse lugar lindo poderia me ajudar a colocar a cabeça no lugar, me curar e me sentir mais próxima de Will. Também tinha que decidir o que fazer com as coisas dele e resgatar um Rolex vintage, um quadro e um par de abotoaduras. Will herdara todos esses itens de seu pai, com a ressalva de que voltariam à família caso ele morresse antes de mim.

Por já ser novembro, havia poucos passageiros na balsa. Durante o verão, a balsa que fazia o traslado do continente para a ilha funcionava todos os dias, mas, no inverno, o trajeto era feito apenas uma vez por semana. Verifiquei o horário e vi que estávamos chegando.

Branko estava montado em um dos bancos no fundo do convés, fumando um cigarro. Era um homem baixo e corpulento, de olhos escuros e cabelos pretos cortados bem rente, com fios grisalhos. Vestia um shorts do Manchester United com um suéter grosso cor de vinho, meias brancas e um par de Crocs verde. Quando foi jogar a bituca do cigarro por cima do guarda-corpo, ele me viu, então acenei a cabeça e abri um sorriso desconcertado. Ele assentiu de volta e colocou a mão em concha para acender outro cigarro. Nunca falei muito com ele. Will era quem sempre combinava tudo, quem lhe pedia para nos buscar no aeroporto. Estava um pouco desconfortável com a ideia de ficar sozinha com ele ali, mesmo que só fosse me deixar em casa.

Eu me virei para a água e senti uma pontada de alegria ao ver a pequena ilha no horizonte. Foi ali que passei os dias mais felizes com Will. O mar era azul cobalto, e o sol brilhava na água, produzindo uma linha de diamantes cintilantes. O cheiro do mar Adriático era sempre divino, uma doce mistura de sal e eucalipto, e o sol esquentava meu rosto com gentileza, me senti melhor do que em semanas. Nos minutos seguintes, observei a ilha ficar cada vez mais próxima e emergir da água. Estar ali fazia eu me sentir mais próxima de Will, o que me confortava.

Existem mais de mil ilhas e ilhotas ao largo da costa da Croácia, espalhadas pelo vasto arquipélago do mar Adriático. Tišina é uma das menores ilhas habitadas, com pouco menos de 10 quilômetros quadrados. A balsa se aproximou pelo leste e depois virou para o sul para adentrar a larga baía em forma de ferradura. Ao contornarmos o afloramento rochoso, o tempo mudou. Nuvens espessas surgiram no céu azul, bloqueando o sol. Uma fina camada de névoa pairava alguns metros acima da água, sendo empurrada para a ilha por uma brisa forte. Estremeci, desamarrei o grosso suéter de lã da cintura e o vesti.

O topo do penhasco era ladeado por pinheiros-de-alepo, árvores altas e perenes, e, no centro da baía, no ponto mais alto, ficava o hotel Sun-Inn. Uma estrada descia a falésia até o pequeno porto, onde as ondas batiam em um cais de concreto.

Pensei na última vez que estive ali com Will, no começo de agosto. Era um dia quente e pegajoso. A água estava calma e não havia uma nuvem no céu. Enquanto nos aproximávamos da ilha, o barulho de conversas e risadas veio descendo da piscina do hotel no topo do penhasco. Nesse dia, a baía estava silenciosa, e o hotel, vazio.

Senti uma mão no meu ombro e dei um pulo assustado.

– Desculpe – Branko disse, levantando a mão. – Só vim avisar que precisamos ir para o carro, por favor.

Descemos a escada até o convés dos carros, que era escuro, úmido e cheirava a combustível. A cena era muito diferente do verão, quando aquele espaço ficava lotado de carros de turistas e caravanas, com bicicletas e pranchas de surfe amarradas na traseira. Agora, o convés estava quase vazio, e, além do Volvo marrom e surrado de Branko, havia dois furgões e um pequeno caminhão carregando tijolos de pedra clara, um trator coberto por lama e uma van Hrvatska pošta, do correio croata.

Entramos no carro e fechamos a porta. Os motores da balsa rugiram enquanto davam ré para reduzir a velocidade, e então houve um solavanco e um barulho metálico quando o barco fez contato com o cais de concreto. Um momento depois, uma forte luz nos inundou, e as portas gigantes da popa gemeram, abrindo-se devagarinho. A névoa vinha do mar e tomava conta do cais.

O enorme hotel assomava no topo da falésia, e as fileiras silenciosas de varandas vazias eram angustiantes. As janelas pareciam nos encarar.

Quando Branko deu a partida, olhei em volta e vi que a van Hrvatska pošta era o único outro veículo que também ia sair. A balsa iria parar em quatro outras ilhas e voltar para o continente às 5 horas da tarde.

Toda a minha empolgação evaporou, e senti minha garganta se apertar diante da ideia de ficar sozinha naquela ilha.

9

Quando saímos da rampa da balsa, um Fiat vermelho apareceu no alto da estrada e veio descendo rumo ao cais a toda velocidade. Ele parou no meio da pista cantando pneus e bloqueando nosso caminho. Branko freou com tudo e um homem de meia-idade, alto e largo, e com uma postura curvada saiu e passou correndo por nós, enquanto o vento balançava suas longas mechas de cabelo cor de carvão no lado esquerdo de sua cabeça.

– Dragan, zelador da ilha – Branko disse.

– Ele mora aqui?

– Sim, com o filho, Luka. Dragan sempre encontra o padre, quando ele vem visitar.

O vidro do carro estava ficando embaçado, então Branko limpou a condensação do para-brisa, formando um pequeno círculo. O padre era um homem pequenino, de pele enrugada, oliva e olhos pretos. A freira que o acompanhava era bem mais alta do que ele e muito grande. Ela parecia ter seus 80 anos e usava um hábito antiquado de pinguim. Ela segurava o padre pelo braço e o conduzia pela rampa da balsa, parecendo mais uma guarda-costas que uma noiva de Cristo. Dragan cumprimentou o sacerdote com entusiasmo. A freira, em comparação, ganhou um breve aceno de cabeça. Ele ajudou o padre a descer da rampa e o levou até o carro.

– O padre visita a igreja de vez em quando pra abençoar a água e ajeitar as coisas – Branko explicou.

Dragan e a freira auxiliaram o sacerdote confuso a se acomodar no banco do passageiro. Ele não seria muito útil em uma luta, mas a freira parecia ser capaz de tomar conta de si. Seria reconfortante saber que ela estava morando na ilha.

– Nunca fui à igreja – falei, notando um rosário com uma pequena cruz de prata enrolada no retrovisor de Branko.

– É linda, muito, muito antiga – ele contou.

Observamos Dragan manobrar no cais à nossa frente, enquanto as rodas traseiras chegavam perigosamente perto da borda. Ele nos viu esperando, acenou e subiu a colina com sua preciosa carga.

– A missa é daqui uma hora. Quer ir? – ele perguntou, me olhando fixamente. – Acho que será bom pra você. Que tal?

Tinha algo irritante na forma como ele falou. Como se eu *devesse* ir. Pensei em dar alguma desculpa, mas resolvi dizer a verdade:

– Não, obrigada. Não sou muito religiosa.

Branko me olhou de soslaio e deu a partida. Seguimos em silêncio.

A estrada ficou plana quando o topo do penhasco se alargou, tornando-se solo liso. À direita ficava a ampla entrada de carros que levava ao hotel Sun-Inn. Folhas mortas estavam empilhadas ao longo de uma fileira de postes de metal ornamentados, e outras cobriam o terreno ajardinado nos fundos. As varandas estavam vazias, e as altas janelas de vidro da recepção estavam sujas da maresia. Logo após a entrada do hotel, havia uma pequena alameda de bares, lojas de presentes e um mercadinho. Era um lugar animado no verão, cheio de turistas sentados sob guarda-sóis nos terraços dos bares e restaurantes. Mas estava tudo fechado com tábuas, o que fazia a alameda parecer menor.

O último restaurante tinha um extenso terraço amadeirado que estava todo coberto de folhas secas. Então, a estrada virava de terra e seguia perto do penhasco. A costa oeste da ilha era rochosa e ladeada por pequenas praias e enseadas. Passamos por uma grande casa branca construída em estilo *art déco* e depois por uma modesta cabana de madeira, cujas janelas também estavam fechadas com tábuas.

– Tudo fechou por conta do inverno mês passado – Branko explicou, seguindo meu olhar. – Conhece eles?

– Quem? Os proprietários dessas casas?

– Isso.

– Não, nunca os conheci. Também não conhecia Dragan – respondi. Eu me lembrava vagamente de Will ter mencionado o zelador da ilha, que o ajudou com as permissões para a construção.

Mais adiante, a estrada de terra se afastava da costa e subia até um aglomerado de colinas. No topo da colina mais proeminente no centro da ilha, estava a igrejinha com sua torre de tom amanteigado, e, ao longe, dava para avistar o Fiat vermelho subindo.

– Quantos anos tem o filho de Dragan?

– Sessenta e um.
– Quantos?
– Não, 16 – Branko respondeu, abrindo um sorriso largo, expondo uma fileira de dentes pequenos manchados de tabaco. – Não sou bom com números.

Sorri de volta, tentando não demonstrar que eu ficara nervosa. Nossa casa ficava no ponto mais isolado da ponta noroeste da ilha, e eu seria a única mulher ali no meio de dois homens.

O carro de Branko parecia não ter suspensão, e senti cada solavanco e arremetida enquanto sacolejávamos pela estrada acidentada. Passamos por antigas plantações atravessadas por muros de pedra. No verão, a ilha ficava quente, e os campos eram exuberantes e verdes, mas, agora, as flores silvestres e a grama haviam morrido, deixando tudo com um tom acastanhado. A névoa fina avançava por entre as árvores, movendo-se pela estrada à nossa frente. Vimos dois esqueletos de ovelha ao lado dos muros baixos, e, mais à frente, uma carcaça jazia em frente a um portão no meio da estrada. Branko teve que desviar para não passar por cima dela. Parecia ter acabado de morrer, e dois corvos gigantes com penas pretas e brilhantes estavam empoleirados em suas costas, bicando um buraco no cadáver lanoso. Eles levantaram voo, e os observei pairando no céu até nos distanciarmos. Então voltaram para continuar rasgando a carne da ovelha.

A estrada fez uma curva acentuada, e o motor do carro ganiu com o esforço. De repente, estávamos no portão da minha casa. Branko pisou no freio e deu ré. Ele desceu do carro, abriu o cadeado e soltou a corrente. O portão verde-claro destacava-se contra o muro desgastado de pedra cinza. Ele tremeu enquanto Branko o abria, e notei outra carcaça de ovelha caída ao lado. Era apenas lã e ossos. Ele voltou para o carro e nos conduziu pelo portão.

Muros ondulados cercavam três lados do nosso terreno, com o mar servindo de barreira natural no quarto. Uma trilha rústica de cerca de 300 metros seguia do portão até nossa casa, que ficava na beira do penhasco, mas, desse ângulo, não dava para vê-la da estrada.

Subitamente, fui tomada pelo desejo de ficar sozinha.

– Vou fechar o portão e encontrá-lo lá em cima – informei, descendo do carro.

Branko assentiu e gesticulou para que eu fosse na frente. Fechei a porta, e ele saiu. Fui caminhando pela trilha. O ar estava gelado e fresco, e o forte vento do mar fez meus olhos lacrimejarem.

O solo sob meus pés estava úmido e, em alguns trechos, rochas se erguiam por entre os tojos e arbustos. Depois da construção, não mexemos nesta parte do terreno. Will queria fazer paisagismo em tudo, mas eu adorava as flores silvestres no verão e os lagartinhos que gostavam de se aquecer nas pedras sob o sol. Havia algo diferente e, por um momento, não consegui identificar o quê. As cigarras. Seu cricrilar e seus ruídos eram uma trilha sonora sempre presente nos meses veranis, mas, naquele dia, eu só conseguia ouvir o vento contra os meus ouvidos.

Um instante depois, cheguei à garagem no topo da colina, onde Branko estava estacionando ao lado do pequeno carro inteligente que compramos para usar na ilha. Dali era possível ver os campos e até mesmo o hotel e, na outra direção, o mar. A balsa tornara-se apenas um pontinho no horizonte. Eu me desequilibrei um pouco por conta da força do vento.

Ao lado da garagem, havia uma elegante grade de metal. Só dava para ver a casa perto dessa grade. O leito rochoso havia sido cavado para a construção, e o telhado plano e gramado estava nivelado com o restante do terreno. Um portão e dez degraus íngremes de pedra cortados diretamente na rocha levavam a um pequeno pátio e à porta da frente.

Uma lembrança da primeira vez que estive neste lugar veio à tona...

O calor do meio-dia refletia-se no chão, e a grama e as árvores em volta retumbavam o cricrilar das cigarras. Ao meu lado havia um enorme buraco em uma lisa plataforma de pedra na beira do penhasco.

— Estamos usando explosão controlada — Will explicou, entusiasmado, apontando para uma caixa de metal e um botão aos meus pés. Ele estava sem camisa, e seus cabelos e seu peito bronzeado e suado estavam cobertos por uma fina camada de pó.

— Explosão assim tão perto da borda do penhasco? Seu barco está fora da linha de fogo? — perguntei para Eric. Ele estava ao lado de Will, tão sujo quanto, com a barba escura e o cabelo quase grisalho escapando debaixo da bandana.

— Ele está atracado na prainha da enseada — ele respondeu.

Vi os pedreiros parados ali, suando de calor, impacientes. Um deles me entregou um par imundo de protetores auriculares, e eu os coloquei. Dava para sentir o suor do usuário anterior. Eu me ajoelhei.

— Três, dois, um — Will falou.

Apertei o botão, e, após um instante, ouvimos um som ensurdecedor – mesmo com os protetores auriculares –, e o ar quente pareceu se comprimir contra nós. Um quadrado saliente da plataforma de pedra na ponta do buraco desmoronou e caiu em uma pilha solta de escombros.

Os pedreiros começaram a gritar e a descer até o buraco.

– Bom trabalho, Mags – Will disse. Ele colocou o braço ao meu redor, e eu me inclinei para ele. – Pode parecer só um buraco no chão, mas logo vai ser uma linda casa, nosso pedacinho do céu.

10

Recordo-me daquela sensação. Da empolgação com o futuro, e do seu peito quente e suado contra o meu. Eu me lembro de como meu pequeno corpo se encaixava nas curvas de sua figura alta. Éramos dois elementos que formavam uma peça completa. Abri os olhos e estava de volta ao presente, parada ao lado das escadas da porta, sendo fustigada pelo vento. Olhei para o terreno. As videiras tinham sido colhidas no início de setembro, e, agora, as folhas estavam mortas.

Doía pensar que Will nunca mais viria aqui, nunca mais apreciaria a beleza dessa casa outra vez. Ele adorava colher uvas e tinha acabado de começar a entender e curtir o processo de vinificação.

Este era o único lugar que nos acolhia quando queríamos fugir das limitações da vida londrina e apenas ficar juntos. Eu me virei e vi Branko descarregando a mala do carro e sentindo o peso da bagagem.

– Está trazendo pedra? – ele perguntou. E me aproximei para ajudá-lo, mas ele me dispensou.

– Trouxe bastante comida de casa – respondi.

Pensei na palavra "casa". Onde era a minha casa? Eu me perguntei se era aqui, mas não parecia. Sentia-me estranha e forasteira ali. Como se as férias tivessem acabado e eu tivesse ficado para trás.

O vento bagunçava meu cabelo. Fiquei observando uma fresta nas nuvens prateadas e um dourado raio solar se infiltrando por ela, iluminando um trecho de azul pastel. A balsa tinha sumido no horizonte, e a fenda entre as nuvens se fechou, extinguindo a luz. Estremeci e ajeitei o casaco. Apesar dos protestos de Branko, eu o ajudei a carregar a mala pelos degraus íngremes de pedra até o pátio e a porta da frente. Eu falava "porta da frente", mas tecnicamente ela ficava nos fundos da casa, sendo a frente a parte que dava para o mar.

Este pedaço da parte inferior da escada estava sempre úmido e mal iluminado. A palmeira que plantamos no pequeno pátio parecia fraca, lutando para crescer. Branko ergueu a mala no último degrau e a deixou na frente da porta de madeira. Ela era um acontecimento, com mais de 2 metros de altura, reaproveitada de uma antiga igreja espanhola. Era feita de carvalho grosso e tinha belos entalhes dos dois lados.

Queria fazer tudo isso sozinha. Eu sabia que, assim que entrasse em casa, seria atingida por lembranças e emoções. Não queria chorar na frente de Branko, mas ele estava esperando logo atrás, e não consegui pensar em um motivo para lhe pedir que ficasse lá fora. Senti o peso da porta quando ela se abriu. Respirei fundo e entrei.

A porta dava para a sala e a cozinha integradas. Como previsto, as memórias voltaram com tudo. Uma manta multicolorida que pertencera à minha mãe estava sobre o braço do comprido sofá verde-esmeralda. Fui até lá e corri os dedos pela lã macia. Ela a tricotara quando eu tinha 8 ou 9 anos, para me aquecer quando morávamos em uma tenda no acampamento de protesto pela paz em Greenham Common. Fazia dez anos que ela partira, então não chegou a conhecer essa casa.

Da última vez que viemos, em agosto, saímos atrasados para pegar a balsa, e ainda havia coisas intocadas desde aquela correria caótica. A caneca com os restos do chá apodrecido de Will ainda estava na beirada da gigantesca mesa de centro. Na ilha da cozinha estava a garrafa do vinho caseiro que eu abrira na nossa última noite ali, dois terços cheia. Foi a terceira garrafa que abri, e discutimos por isso. Will estava certo; não conseguimos terminá-la.

Na geladeira de aço inoxidável havia uma Polaroid de quando colhemos as uvas no ano anterior. Estávamos na frente das videiras, que exibiam cachos de uvas violeta. Meus braços envolviam a cintura de Will, e estávamos sorrindo para a câmera com rostos corados do sol. Sempre nos sentimos tão livres ali. Eu costumava desejar que pudéssemos sempre ser as pessoas que éramos na Croácia, longe da família de Will, sem o estresse que a mãe dele causava no nosso relacionamento.

Fiquei emocionada de ver tudo aquilo. Esta era a nossa casa dos sonhos. O projeto da vida de Will. Ele escolheu e supervisionou cada detalhe, cada pedacinho da casa. Os móveis, os pisos e as paredes pareciam vibrar com a personalidade dele, como se tivesse acabado de sair e fosse voltar a qualquer minuto. Cobri o rosto com as mãos. Branko esperava pacientemente na porta.

– Desculpe-me – eu disse, enxugando os olhos.

– Levo a mala? – ele perguntou.

Assenti. Então ele carregou a mala e a depositou ao lado da geladeira. Em seguida, foi fechar a porta.

– Deixe aberta, por favor... Este lugar precisa de um pouco de ar – eu disse.

– Precisa de mais alguma coisa?

– Pode me lembrar como mudar o código do alarme?

Fui até o painel de controle *touch screen* do alarme ao lado da porta. Branko pegou um estojo do bolso contendo seus grossos óculos de leitura. Tive que segurar a vontade de rir. Com eles, seus olhos se amplificavam e ficavam parecidos com os olhos do Mr. Magoo, aquele do desenho animado. Nessa hora, fiquei pensando em todas as vezes que experimentamos sua direção frenética com ele sem óculos. Quão ruim era sua visão?

Ele me mostrou como acessar as configurações de segurança e se virou enquanto eu digitava um novo código.

– Obrigada – agradeci, depois de escolher a nova senha.

Eu não achava que um alarme protegeria muito. Will o mandara instalar apenas por causa do seguro. Se tocasse, a polícia do continente receberia o alerta. Branko guardou os óculos de volta no estojo.

– Por favor, não quero que se atrase para a missa – acrescentei.

Ele assentiu e mexeu nos bolsos, pegando um pedaço de papel.

– Este é o número do Dragan. Qualquer problema, ligue pra ele. Se não atender, ligue pra mim – ele disse. – Vou embora hoje, volto de balsa... – Ele hesitou.

– Na próxima quarta – completei.

– Na próxima quarta – ele repetiu, concordando com a cabeça fervorosamente. – Sinto muito. Pelo marido.

Ele me surpreendeu ao se inclinar para me abraçar. Branko manteve os quadris longe e não pressionou o corpo contra o meu. De repente, fiquei grata pela sensação de proteção oferecida por um homem. Eu me afastei, preocupada de ter lhe dado a ideia errada ao devolver o abraço. Ele sorriu, expondo os dentes que pareciam teclas de um velho piano. Havia algo meio pateta e adorável em seu sorriso. Ele transformava seu rosto, sempre tão sério em repouso.

– Obrigada por tudo, Branko – falei.

Ele assentiu de novo e se dirigiu para o corredor. No topo da escada, ele hesitou e se virou.

– Eu rezo e acendo vela para o Will – ele disse.
– Obrigada.

Fiquei feliz por Branko ir embora, mas também havia algo terrível no fato de ele partir sabendo que eu ficaria sozinha. Ele acenou com a cabeça e se foi.

Entrei, tranquei a porta e fiquei parada por um tempo olhando para a casa. Subitamente, ela me pareceu vazia e grande demais para apenas uma pessoa. A luz cinzenta oscilava no piso de mármore polido. Ouvi o carro dando partida.

Voltei para o painel *touch screen* da porta. Junto com o alarme, Will também mandara instalar as câmeras de segurança. Encontrei a imagem do portão e vi Branko descendo do carro para fechá-lo. Então ele saiu de vista e fiquei observando o portão e a estrada vazia por um tempo, antes de a imagem mudar. Olhei para a mala, até que o interfone tocou. A tela voltou a acender e vi a van Hrvatska pošta parada na entrada enquanto o carteiro esperava no portão.

Estava frio quando desci a colina, e nuvens tempestuosas se formavam no horizonte.

– Dobar dan – o carteiro disse, me entregando uma pilha de envelopes. Ele me cumprimentou e voltou para a van.

Eu nunca tinha cuidado das contas da casa, e algumas eram cartas oficiais. Quando cheguei ao terceiro envelope, vi que o nome e o endereço na frente estavam escritos em tinta azul. Fiquei encarando o papel por um longo tempo.

A carta estava endereçada a mim com a caligrafia de Will.

11

Não sei quanto tempo fiquei olhando perplexa para a caligrafia de Will no envelope, até que uma gota gorda de chuva pousou no papel. Um momento depois, o céu se abriu e se derramou sobre mim. Enfiei a correspondência no bolso do casaco, abaixei a cabeça e corri até a casa.

Fiquei repetindo para mim mesma que eu estava imaginando coisas e tirando conclusões precipitadas. Não era a letra de Will. Era uma carta de condolências de um velho amigo. Talvez pertencesse a algum vizinho. Havia mais britânicos com casas de férias ali na ilha.

Quando entrei, estava ensopada. Tirei o casaco, enxuguei o rosto com a manga e puxei o cabelo molhado para trás. Peguei o envelope escrito à mão e o coloquei na bancada de mármore. Por que ele me enviaria uma carta na Croácia? E como? Ele estava morto. Fiquei segurando o envelope. Era chique, pesado, cor creme, com um toque aveludado que parecia quase algodão. Pensar que Will poderia ter escrito meu nome naquele envelope me deixou à flor da pele. Olhei mais de perto e senti um calafrio. O carimbo era de Londres, datado de sete dias antes.

Peguei o pano de prato encardido que estava pendurado no fogão para secar o rosto e as mãos e depois uma faca do conjunto perto do forno para abrir o envelope. A carta estava dobrada em três e era do mesmo papel de alta qualidade do envelope. Quando a abri, vi uma caligrafia impecável em tinta azul.

Querida Maggie,

Se estiver lendo essa carta, é porque algo aconteceu comigo. Na eventualidade da minha morte, pedi para o meu advogado, Henrich Weiss, postar esta carta para você.

Respirei fundo, então continuei lendo:

Eu a amei mais do que você imagina. Nossa vida juntos me trouxe a mais pura felicidade. Amo você pela sua beleza, inteligência e talento. Um raro combo triplo.
Eu devia ter sido um marido melhor e sinto muito por isso. Quando virei médico, queria fazer o bem, mas cometi erros e tive que abandonar a medicina.
Espero que esta carta nunca tenha que ser enviada e que fiquemos velhinhos juntos, felizes e contentes. No entanto, se meus medos se concretizarem, você pode ler essas palavras logo.
Sei que esta carta levanta questões. Vá até a nossa igreja e acenda uma vela para mim. Ali vai encontrar a chave para o nosso futuro.

Com amor eterno,
Will

Li e reli a carta várias vezes e me sentei com as pernas tremendo. Pressionei os pés no chão para fazê-las pararem de tremer. Devia ser uma piada. Mas quem seria capaz de uma coisa dessas? E por que a carta teria sido enviada para cá em vez de Londres? A caligrafia era perfeita e sem dúvida familiar, mas Will nunca escrevia nada à mão. Devia ser falsa. Uma piada doentia.

Eu me levantei da mesa e comecei a vasculhar as gavetas da ilha da cozinha e os armários, cada vez mais desesperada para encontrar algo, qualquer coisa com a letra de Will.

Corri até as gavetas da estante da sala e esvaziei as duas primeiras. Um maço de papéis caiu e deslizou pelo chão de mármore: contas, extratos bancários, manuais de instrução e garantias, mas não havia nada com a letra dele. No fundo da terceira gaveta, encontrei um velho cartão de aniversário de casamento. Ao abri-lo, fui tomada por uma sensação de vitória ao ver que estava todo preenchido pela caligrafia perfeita de Will.

Voltei para a cozinha para colocar o cartão e a carta lado a lado. A letra *r* era a mesma, assim como o *f* e o *p*, e as assinaturas batiam. Will tinha mesmo escrito a carta.

Dei um passo para trás, esbarrando em uma cadeira, que caiu fazendo um estrondo, o que me fez pular assustada. Fiquei ali parada por um tempo, tremendo sem parar enquanto o barulho ressoava. A carta era legítima.

Respirei fundo e olhei para as palavras diante de mim. Meu treinamento médico entrou em ação e enxuguei os olhos. Precisava analisar tudo de forma lógica. Não podia pirar. Peguei a cadeira, me sentei e reli a carta.

Na eventualidade da minha morte, pedi para o meu advogado, Henrich Weiss, postar esta carta para você...

O advogado de Will era Marcus Smoad, da Smoad e Fetherington, uma antiga firma londrina com a qual a família de Will trabalhava havia anos. Marcus Smoad presidira o inventário após a morte do meu marido e a leitura do testamento dele em Londres. Ninguém mencionara carta nenhuma nem nenhum Henrich Weiss. O carimbo no envelope era de Charing Cross, e a data era de uma semana atrás.

Peguei o celular e fiz uma pesquisa sobre esse tal de Henrich Weiss. Seu escritório em Charing Cross apareceu nos resultados.

Liguei para o escritório dele e a secretária atendeu cantarolando. Por um momento, congelei, sem saber o que dizer, então disse que queria falar com o sr. Weiss e me identifiquei.

– Um minuto, por favor – ela respondeu. Esperei um longo tempo.

– Oi, Margaret, aqui é Henrich Weiss – um homem falou com um sotaque elegante e um inglês quase perfeito demais.

Eu não sabia por onde começar e fiquei olhando para a carta para me certificar de que não tinha imaginado tudo e não estava segurando apenas uma conta de gás.

– Oi, sou Margaret Kendall.

– Sim, sei quem você é. Olá. Primeiro, deixe-me dizer que sinto muito pela sua perda. Meus sentimentos.

– Obrigada. Acabei de receber uma carta que, pelo visto, o senhor me mandou.

– Correto.

– Foi o senhor?

– Sim.

– O senhor não é o advogado que Will e a família dele consultavam. Sabe por quê?

– Temo que não – ele respondeu.

Por um instante, não soube mais o que dizer.

– O que mais o senhor sabe?

– Tudo o que eu sei é que ele me pediu para lhe enviar a carta caso morresse prematuramente e que confirmasse a autenticidade dela se você me ligasse.

– Will procurou o senhor pensando que talvez fosse morrer? Quando?

– Ele me contatou pela primeira vez há seis anos para me dar essas instruções. Ele solicitou que, se morresse repentinamente, eu deveria enviar a carta para o endereço solicitado.

– Seis anos atrás? – indaguei, sem acreditar que Will previra a própria morte há tanto tempo.

Naquela época, essa casa não tinha nem sido construída ainda. Então percebi que foi nesse período que Will decidiu largar a medicina.

– Maggie, ainda está aí? – Henrich perguntou.

– Sim, estou chocada. Will deu instruções sobre o que eu deveria fazer quando recebesse a carta?

– Não. Ele disse que você poderia me ligar e que eu deveria confirmar que a carta é verdadeira e foi escrita por ele. Ele também pediu para que você não dividisse seu conteúdo comigo.

– Ele mostrou a carta ao senhor?

– Não. Ele apenas me entregou, e eu a mantive selada, segundo seu desejo. – Esta última declaração me provocou arrepios.

Quando encerrei a ligação, ouvi a chuva batendo nas janelas. Meu cabelo molhado pendia mole e gelado contra o meu rosto. Tremi.

Eu me levantei e me servi um uísque da garrafa na estante de livros. Levei o copo à boca com mãos ainda trêmulas. Bebi de uma vez, fazendo minha garganta arder. Pousei o copo ao lado da carta e fiquei encarando-a. O barulho da chuva pareceu aumentar.

Se estiver lendo essa carta, é porque algo aconteceu comigo.

E se Will soubesse que iria se matar? Será que ele comprou a arma e conseguiu a licença sabendo que, à certa altura, ia tirar a própria vida? Não. Não fazia sentido. Com certeza tinha a arma para sua proteção. A carta sugeria que sua vida corria perigo. Quando deixou a medicina seis anos atrás, foi um ponto de virada para ele, ou pelo menos foi o que pensei. Mas, sem eu saber, ele estava escrevendo cartas secretas e comprando armas.

O sangue pulsava pelo meu corpo como se eu tivesse acabado de completar uma maratona. Minhas pernas ainda tremiam, e o pânico ameaçava tomar conta de mim. Eu me servi de mais uma dose de uísque e bebi tudo.

Enquanto os minutos passavam e eu olhava para a carta, a adrenalina foi diminuindo e deixando meu corpo. Ninguém consegue se manter em estado de pânico agudo por tanto tempo. Conforme o tremor amenizava, comecei a ficar sonolenta e uma exaustão esmagadora me dominou. Fazia semanas que eu não dormia direito, e, como tive que sair cedinho para o aeroporto, dormira apenas uma hora na véspera.

Eu me inclinei e apoiei a cabeça e os ombros na ilha da cozinha, pressionando a bochecha no mármore frio. Senti um sono súbito e violento e fechei os olhos.

Pareceu que apenas um minuto tinha se passado, mas, quando acordei, a luz se esvanecia lá fora. Eu me sentei. Meu pescoço e minhas costas estavam rígidos pela posição, e meu rosto, dormente do mármore gelado. Estava confusa. A chuva tinha parado e o silêncio era pesado na cozinha. Endireitei a postura e esfreguei os olhos. Quando olhei para o relógio, vi que eram vinte para as 5 horas. Eu tinha dormido por quase quatro horas.

Minha boca estava seca. Eu me levantei, fui até a pia e bebi um grande copo de água direto da torneira. Respirei fundo algumas vezes. A casa estava sombria, e vi a carta de Will em cima da bancada na meia-luz.

Reli tudo, com a mente mais limpa desta vez. Ele sabia que sua vida corria risco e tinha planejado alguma coisa. Ele não tinha se matado.

Sei que esta carta levanta questões. Vá até a nossa igreja e acenda uma vela para mim. Ali vai encontrar a chave para o nosso futuro.

Ele estava tentando me contar algo. Will queria que eu fosse à nossa igreja em Southwark, onde nos casamos e onde foi seu funeral.

Meu marido não tinha se matado porque estava desesperado nem deprimido, o que fazia meu coração se animar um pouquinho, mas qual seria a explicação então? Verifiquei as horas de novo. A balsa sairia em quinze minutos. Se eu fosse rápida, poderia voltar para o aeroporto do continente e pegar um voo para Londres na mesma noite.

12

Arrastei a mala pela porta, peguei o casaco e os sapatos e estava prestes a ligar o alarme quando me lembrei do relógio, das abotoaduras e do quadro que deveria devolver para a família de Will.

Voltei para o corredor e hesitei na porta da suíte. Nossa linda cama de latão *king-size* estava perfeitamente arrumada, e os travesseiros, exatamente do jeito que eu tinha deixado. As cortinas estavam fechadas, deixando o quarto na penumbra, e o ar meio rançoso. Fui até a cômoda da TV na frente da cama. Quando abri a terceira gaveta, fui atingida pelo cheiro do pós-barba de Will. Achei o relógio enfiado no fundo, dentro da caixa, junto com as abotoaduras de prata. Peguei tudo e fechei a gaveta. Hesitei diante do quadro pendurado na parede do lado de fora do quarto, me perguntando se devia só pegá-lo e levá-lo assim mesmo, mas era grande demais e precisaria de tempo para embrulhá-lo direito.

Eram quase dez para as 5 horas. Liguei para Branko, mas seu celular caiu na caixa postal. Era uma caminhada de vinte minutos até o cais onde a balsa atracaria. Precisaria pegar o carro, mas teria que deixá-lo no estacionamento do hotel. O Sun-Inn estava fechado até a primavera, mas Branko vinha para a ilha todo mês e eu poderia pedir para ele trazê-lo de volta da próxima vez.

Ainda chovia quando tranquei a porta da frente, e as nuvens estavam tão escuras que era difícil enxergar a passagem mal iluminada. Tropecei nos degraus, arrastando a mala pesada atrás de mim, desejando tê-la esvaziado antes. O chão estava mole e lamacento por causa da chuva, e a mala caiu.

Levei preciosos minutos para desamarrar e retirar a lona do carro e colocar a mala no banco do carona. Entrei em pânico quando o carro não pegou na primeira nem na segunda tentativa. Mas, na terceira, o motor ganhou vida. Saí da garagem, engrenei o carro e pisei no acelerador, mas a roda traseira atolou na lama, girando inutilmente.

– Vamos, vamos! – gritei, acelerando.

Faltavam sete minutos para as cinco. Estava desesperada para não perder a balsa. Com uma guinada repentina, a roda traseira se soltou, e o carro disparou para a frente, abrindo caminho aos trancos e barrancos. Pisei no freio ao alcançar o portão e desci para abri-lo. Quando estava prendendo o cadeado, verifiquei o relógio outra vez.

Cinco para as cinco.

Ainda dá tempo, pensei. Afinal, estava no sul da Europa. Levava apenas três ou quatro minutos de carro da casa até o cais em uma velocidade normal. A balsa costumava atrasar.

Disparei pela estrada com a chuva batendo no teto e as rodas levantando terra e cascalho. Achei que daria tempo até fazer uma curva fechada e quase bater em um rebanho de ovelhas. Pisei no freio, parando a centímetros da massa de lã balindo que saía de um portão aberto no lado esquerdo da estrada. Um adolescente com roupas sujas e cabelos longos e escuros estava montado em um quadriciclo próximo ao portão, acenando com um cajado de madeira para guiar as ovelhas pelo portão oposto. Buzinei e abaixei a janela.

– Por favor, preciso passar. Tenho que pegar a balsa! – gritei, notando minha voz estridente e chorosa.

O rapaz estreitou os olhos para mim através da chuva e depois se virou, assobiando para as ovelhas que atravessavam a estrada assustadas.

–Ići, ići, ići! – ele berrou, batendo o cajado na lateral do quadriciclo.

Agora faltavam três minutos para as cinco. Buzinei de novo, e o garoto olhou para mim parecendo mais exasperado que irritado. Ele bateu o cajado mais uma vez e enfim as últimas duas ovelhas cruzaram a estrada. Do portão do outro lado, ele acenou a cabeça e balançou o cajado, sinalizando para que eu passasse. Eu me aproximei e me espremi pela passagem. O espaço entre o muro de pedra e o quadriciclo era tão estreito que quase bati os retrovisores. Ele ficou me observando, parado ao lado do veículo. Devia ser o filho de Dragan, dava para notar a semelhança. Tinha o mesmo nariz largo e levemente achatado e a mesma testa comprida e ossuda, mas também havia uma beleza ali, misturada entre os traços do pai. Ele tinha maçãs do rosto bem delineadas e lábios carnudos, e seu cabelo castanho e longo emoldurava o rosto. Ele enfiou um cigarro na boca e o acendeu, balançando a cabeça quando viu quão perto eu estava de seu veículo.

Gritei um agradecimento, e assim que passei pelo quadriciclo, pisei no acelerador e dirigi perigosamente rápido pelo restante do caminho.

No topo da colina, vislumbrei o hotel e, mais além na estrada, as lojas e restaurantes fechados com tábuas até o cais. Ouvi a buzina grave da balsa e vi que ela estava se afastando. Eram 5h03.

– Não! – berrei. – Esperem!

Disparei colina abaixo e cheguei ao cais, parando bruscamente a poucos metros do limite. A balsa estava se movendo com rapidez, várias centenas de metros mar adentro, se movendo em direção ao horizonte a uma velocidade surpreendente, deixando um rastro atrás de si nas águas agitadas. Fiquei ali no carro me sentindo impotente enquanto ela navegava para longe da ilha e, em poucos minutos, desapareceu no horizonte.

13

Fiquei observando o mar vazio por um longo tempo. Eu me olhei no retrovisor e notei meu cabelo bagunçado e meus olhos inchados. Meu lábio inferior começou a tremer.

– Não, controle-se – falei para o meu reflexo.

Assoei o nariz e enxuguei os olhos. Por que era tão terrível assim perder a balsa? Planejara passar uma semana ali. A carta de Will foi como uma bomba explodindo, e meu primeiro instinto foi voltar para Londres... mas ele a enviara para a ilha, onde apenas eu pudesse abri-la. Além disso, evitara usar o advogado da família, o que significava que não queria que sua mãe, Hugo ou Felicity soubessem. A não ser que tivesse escrito para eles também. Não. Não fazia sentido. Esta carta tinha sido endereçada a mim, ali na ilha. Eu podia fazer muitas coisas, teria espaço para pensar e não estava incomunicável. Tinha celular e internet.

Então meu celular tocou, era Branko. Sua voz era cortada pelo vento do outro lado da linha. Limpei os olhos e a garganta e atendi.

– Maggie, irmã Mary disse que você perdeu balsa. Pensei que você ficaria.

– Mudei de ideia, mas foi tarde demais.

– Mas você está bem? – ele perguntou, preocupado.

– Sim, estou. – Pensei um pouco. Eu *estava* bem. Disse a mim mesma que tinha planejado ficar ali por uma semana. Tinha comprado um monte de comida.

– Dragan, o zelador... Dei seu telefone pra ele. Ele sabe que vai ficar em Tišina.

– Acho que acabei de conhecer o filho dele pastoreando ovelhas.

– Sim, Luka. Bom garoto... Dragan perguntou se você vai dar um pulo lá.

– Como assim?

– Aparecer. Visitar... tomar um café.

Houve um estalo de interferência e então a ligação caiu. Eu não queria visitar Dragan, e Branko tinha lhe dado meu número sem a minha permissão. Estava prestes a ligar para ele de novo quando recebi uma mensagem de Diane perguntando se eu estava bem.

Fiz uma chamada de vídeo e ela atendeu no mesmo instante. Estava na cozinha, de avental, ouvindo "Hounds of Love", de Kate Bush, em alto volume.

– Mags, espere um pouco! Não consigo escutá-la – disse. A imagem na tela ficou toda trêmula e instável enquanto ela ia até o seu velho toca-discos empoleirado em uma cômoda galesa para abaixar o volume. – Como você está? – perguntou, voltando a câmera para si.

– Ah, nossa. Péssima. Estranha.

Apresentei brevemente o conteúdo da carta de Will, a conversa com Henrich e a tentativa falha de pegar a balsa para voltar para casa. Ver sua expressão chocada enquanto eu contava a história me provocou mais uma onda de ansiedade.

– Meu Deus, Mags. Não foi suicídio. Então ele sabia que ia morrer?

– Ele escreveu essa carta seis anos atrás.

Diane fez uma pausa. A música terminou e ouvi o clique do toca-discos no silêncio. O vento fazia meu carro balançar.

– Você acha que alguém...

– Matou ele? – completei.

– Sim.

Essa ideia me apavorava. A morte de Will tinha abalado todas as estruturas da minha vida, mas pensar que alguém tinha invadido minha casa aquela noite para atirar nele a sangue-frio, ou pior, que esse alguém fora convidado a entrar... Os segredos de Will estavam começando a se acumular. Havia pessoas em sua vida que eu não conhecia? Dava para ver meus pensamentos refletidos no rosto de Diane.

– Pode ler a carta para mim? – ela perguntou.

Peguei a carta no bolso para ler. Tive que parar algumas vezes para me recompor. Parecia ainda mais poderoso pronunciar as palavras em voz alta.

Diane hesitou, ainda em choque.

– Mags, você não vai querer ouvir isso, mas quem pode dizer que Will *não* se suicidou? Ele escreveu isso há seis anos porque pensou que alguma coisa poderia acontecer. Essa carta é assustadora e preocupante, mas não prova que foi assassinato.

— Ele não era suicida. Entendeu?

Ela hesitou de novo.

— Mas, Mags... nessa carta, ele não te dá nenhum detalhe concreto do motivo de achar que alguém pudesse matá-lo. E seu estado mental pode ter se deteriorado ao longo desses anos.

Ficamos em silêncio por um tempo enquanto Diane me encarava.

— Mas ele não era suicida. Não era.

Eu me perguntei se estava tentando convencer Diane ou a mim mesma.

— Certo – ela disse. – Acredito em você. O que significa isso de acender uma vela na "nossa" igreja? Encontrar a chave para o futuro? Você tem uma igreja?

— Somos membros oficiais da congregação da Catedral de Southwark. Nos casamos lá e participamos dos cultos de Natal e Páscoa. O funeral do pai de Will foi lá, e o dele também, claro.

— Você conhece o vigário?

— Vagamente. Mas o que Will quer que eu faça? Que eu vá lá com a carta? Comece a acender velas? E depois? Será que tenho que procurar portas secretas? Ou algo escondido debaixo do banco? Parece um daqueles livros de espionagem que ele adorava ler.

— Você acha que a família dele tem algo a ver com isso? – Diane perguntou de olhos arregalados.

Hesitei. Será?

— Não, acho que não.

A verdade era que eu não entendia nada. Estava me perguntando se devia contar tudo para a polícia. Eles concluíram que sua morte foi suicídio por sugestão de Bettina Folks-Broughton. Será que dariam crédito para uma carta do além-túmulo escrita seis anos atrás?

Ouvi o barulho de panelas ao fundo, e a imagem da cozinha de Diane ficou turva e trêmula enquanto ela corria para o fogão. Ela tirou a tampa de uma panela fumegante para mexer em seu conteúdo. De repente, desejei que tudo isso passasse e eu não precisasse me preocupar. Queria estar em casa fazendo algo tão mundano quanto preparar o jantar.

— Desculpe, Mags, estou ouvindo – ela disse.

— Só me pergunto se eu devia ir à polícia.

— Para falar o quê?

– Que eu acho que a morte dele deve ser analisada de novo.

– Baseada no quê, Mags? A carta só tem significado para você porque conhecia o Will. Mas será que é suficiente para que eles reabram o caso?

– Provavelmente não.

– Quer que eu vá até a Catedral de Southwark? Eu posso acender uma vela, dar uma olhada. Will pode ter deixado outra carta com alguém. Com o padre, talvez.

A ideia me pareceu atraente, por mais louca que fosse. A família de Will fazia doações substanciais para a catedral. O padre sempre fazia questão de conversar com a gente nas poucas vezes que íamos à igreja.

– Você faria isso mesmo? – perguntei, sentindo saudade de Diane, querendo estar com ela para conversar sobre isso, em vez de estar aqui sozinha em um carro fustigado pelo vento.

– Claro. Estou indo trabalhar no turno da noite, a catedral fica só a três estações do hospital. Manda uma foto da carta para mim? Para quando eu encontrar o padre, não parecer uma maluca.

– Está bem. Vou tirar uma foto e lhe enviar quando voltar para casa.

– Está segura aí? – ela perguntou.

– Tem alarme na casa, fechaduras boas, vidros triplos... Estou sozinha aqui, a não ser pelo zelador estranho e seu filho adolescente – disse, tentando fazer uma piada com a situação.

– Vou ficar com o celular no trabalho. Liga pra mim se tiver problemas. Ou liga para o Leon, ele vai estar aqui. A gente vai desvendar isso, não se preocupe.

– Obrigada – falei.

A imagem da agradável cozinha de Diane foi reconfortante, e, quando ela desligou, a tela do meu celular se apagou, me lançando nas sombras. O sol se pôs durante a ligação, e eu não conseguia mais ver a ilha, que agora era uma massa densa e escura. A única iluminação vinha da fileira de postes da alameda das lojas e restaurantes fechados.

Estremeci e liguei o carro.

14

Subi a colina com os faróis altos acesos, mas eles só mostravam a estrada de terra e a linha interminável de muros de pedra. Comecei a ficar confusa, pensando que tinha feito uma curva errada e estava perdida. Fiquei aliviada ao enfim ver o portão.

Quando estacionei em casa e desliguei os faróis, o breu era quase completo. Não havia lua e, por ser baixa temporada, também não havia luz no hotel nem nas casas vizinhas. Ao sair do carro, tropecei no chão irregular enquanto pegava a mala no banco do carona e tive que ficar agitando os braços até as lâmpadas automáticas se acenderem no topo da escada, iluminando o corredor. Caminhei arrastando a mala e entrei depressa, trancando a porta depois.

O alarme começou a contagem regressiva, mas não consegui encontrar o interruptor e ele disparou, fazendo um barulho ensurdecedor que ecoou pela casa. Levei um minuto para acender a luz e digitar o código.

Com as luzes acesas e o alarme ainda ressoando nos ouvidos, eu sabia que precisava manter o medo sob controle. Durante o trajeto de volta, fiquei pensando no que aconteceu com Will. Nossa casa tinha sido invadida? Imaginei uma figura alta de balaclava preta observando-o, os olhos cintilando através da máscara, respirando baixinho, seguindo-o de sala em sala até encurralá-lo no escritório. Imaginei o terror no rosto de Will quando a arma foi enfiada entre seus lábios.

Lembrei-me do sonho que tive na noite em que ele morreu, do vislumbre de alguém na base da escada.

– Não – eu disse, me censurando por conjurar uma imagem tão sórdida.

Tentando me sentir corajosa, peguei uma faca no conjunto da cozinha e andei pela casa abrindo portas e conferindo todos os quartos. O corredor que saía da cozinha e da área de estar terminava na suíte principal, passando por dois quartos de hóspedes de frente para o mar e com vista para a piscina no terraço. Eles dividiam um banheiro com duas portas, e todos os cômodos estavam vazios. Do outro lado do corredor, havia um depósito e uma pequena sauna. O depósito também estava vazio. As janelas davam para o pátio com a palmeira e os degraus para a garagem. Hesitei na porta da sala, com o coração acelerado. Havia uma outra porta na parede dos fundos que dava no pátio, onde planejávamos instalar uma minipiscina, que nunca fizemos. Sempre pensei que alguém poderia usar essa entrada para invadir a casa. A sauna estava gelada e escura. Os bancos de madeira estavam vazios nas sombras. Tentei abrir a porta dos fundos, mas estava trancada. Um dos bancos rangeu, me fazendo pular de susto. Saí depressa e fechei a porta.

Verifiquei a suíte, que era o nosso quarto, assim como o banheiro. Abri as portas do armário embutido e vi nossas roupas de verão organizadas. Os jeans, shorts e camisetas de Will ao lado das minhas peças. O cheiro do seu pós-barba ainda no ar. Fechei a porta espelhada e vi meu rosto pálido e perturbado no reflexo, a faca de pão na minha mão e a enorme cama vazia atrás de mim. A mesinha de cabeceira de Will tinha apenas um relógio digital. Os livros que eu estava lendo da última vez que viemos, empilhados ao lado de um pequeno porta-retratos. A foto mostrava minha mãe, George e eu parados na frente de uma das muitas caravanas em que eles moraram ao longo dos anos. Eu tinha 10 anos e estava descalça, de vestido amarelo, com os olhos fechados por conta do sol e o cabelo comprido todo bagunçado. Minha mãe trajava um vestido floral e seu longo cabelo preto reluzia ao sol. George, com os braços em volta de nós duas, também estava descalço, usando uma camiseta desbotada do Black Sabbath e um jeans rasgado. Era uma das únicas fotos de nós três juntos. Eu devia tentar encontrar George mais uma vez. Mas e se ele também tivesse morrido?

Um zumbido cortou o silêncio. Levei um tempo para perceber que era o interfone. Congelei, sentindo o coração batendo contra meu peito. Um instante depois, o interfone tocou de novo, mais insistente.

Devolvi o porta-retratos à mesinha de cabeceira, fui até a porta e ativei a tela das câmeras de segurança. A princípio, vi seis imagens pretas, mas logo as câmeras noturnas instaladas ao redor da casa foram revelando as cenas. Havia uma câmera infravermelha acima do portão na base da colina, e vi um homem olhando para ela na imagem em preto e branco. Dragan. Seu olho esquerdo brilhava preto, mas seu olho direito brilhava branco sob a luz infravermelha. Ele se aproximou do portão, e sua cabeça saiu do quadro quando espiou por cima do portão. Ele deu um passo para trás e apertou a campainha. O barulho soou de novo na cozinha ainda mais insistente que antes, enquanto ele esperava.

Se eu o ignorasse, ele poderia vir até a casa. Minha garganta estava seca quando atendi o interfone ao lado da geladeira.

– Olá – falei, tentando parecer casual. Fiquei de olho nele pela câmera.

– É a sra. Kendall? – ele perguntou. Seu inglês era bom, com um ligeiro sotaque.

– Sim.

– Olá, meu nome é Dragan. Sou o zelador da ilha. Só vim ver se você está bem.

– Sim, estou bem – falei um pouco rápido demais.

– Estava passando de quadriciclo e ouvi seu alarme – ele disse, com um tom que sugeria que tinha me pegado na mentira.

– Pois é, o alarme acabou de disparar, mas foi erro meu. Estou bem.

Ele olhou direto para a câmera e inclinou a cabeça, encarando as lentes. Por um instante, pareceu que podia me ver.

– Se me deixar entrar, posso dar uma olhada na casa. – Havia uma urgência na sua voz, como se estivesse ansioso para entrar.

– Não, está tudo bem. Obrigada. Tenho tudo sob controle... mas obrigada por vir.

Ele continuou olhando para a câmera.

– O alarme não serve pra nada se fica disparando sem querer, sabe? – ele falou, desviando o olhar.

Ele se aproximou do portão e espiou mais uma vez. *Será que ele vai pular?*, pensei, com medo.

– O alarme não está com defeito. Eu não digitei o código rápido o suficiente – expliquei.

Dragan voltou para perto do interfone.

– Você saiu hoje depois que Branko foi embora da ilha?

Nossa, o que é isso? Um interrogatório? Eu não devia satisfação para ele.

– Obrigada por vir, mas estou bem – falei, falhando em manter a voz leve e descontraída.

Ele balançou a cabeça, como se eu estivesse sendo difícil.

– Bem, então está certo. Branko me disse que deu meu telefone a você. Então me ligue se tiver qualquer problema. Chego aqui em minutos.

– Pode deixar, obrigada. Boa noite.

Coloquei o interfone de volta no gancho e prendi a respiração quando ele olhou sobre o portão de novo. Em seguida, pegou o celular e fez uma ligação. Fiquei observando e pensei em pegar o interfone só para ouvir o que estava dizendo, mas eu sabia que o aparelho faria um barulho que talvez ele percebesse. Depois de um momento, ele desligou e saiu de vista. Ouvi um som distante de motor e vi a lateral do quadriciclo se distanciando. Fiquei aliviada ao ouvi-lo indo embora.

Quando vinha aqui com Will, eu nunca sentia medo. Sua presença sempre fazia nossa casa da ilha parecer um retiro, um refúgio longe do restante do mundo. Agora eu me sentia um alvo fácil, sozinha nessa casa enorme.

Analisei as imagens das câmeras. A primeira mostrava o pátio e os degraus captados por uma câmera na porta da frente. A segunda mostrava a piscina, abrangendo todo o deque de madeira. O mar era apenas uma massa preta além. A terceira mostrava a escada do deque que dava na praia, apesar de apenas alguns degraus estarem visíveis, o resto sumia na escuridão da praia abaixo. A quarta, localizada na porta da sauna, mostrava o pátio, as escadas e a passagem forrada de folhas. A quinta e a sexta câmeras mostravam as passagens estreitas ladeadas por pedras que se alongavam pelas laterais da casa a partir das extremidades do terraço. Por último, voltei à imagem do portão da frente.

Para que serviam essas câmeras e o alarme? Se alguma coisa acontecesse, a polícia estaria a uma hora de distância, no continente.

Vi a carta de Will na bancada da cozinha e me lembrei da conversa com Diane.

Tirei uma foto e a enviei para ela. Esperei um instante para ver se minha amiga responderia, mas meu celular permaneceu silencioso. Ela devia estar no trabalho. Olhei a casa e decidi ficar quieta esta noite. Não havia outra opção, e, apesar de tudo o que aconteceu, a praticidade tomou conta.

Estava faminta. Não tinha vontade de comer nada em específico, mas sabia que tinha que colocar alguma coisa na barriga.

Will era um ótimo cozinheiro. Olhei para a prateleira de temperos e para a fileira organizada de potes contendo massa, açúcar, farinha e arroz. Eu nunca mais comeria sua comida nem faria mais nenhuma refeição com ele no balcão da cozinha.

Abri a mala. Tinha trazido uma sacola cheia de comida enlatada: feijões cozidos, pudim cozido no vapor, torta de carne. Will fazia as melhores tortas, com os melhores recheios e as melhores massas. Cobri o rosto com as mãos, sentindo outra pontada de dor. Até comida enlatada me lembrava dele. Coloquei a sacola na bancada, escolhi uma lata de feijões e peguei uma faca na gaveta. Depois de algumas garfadas, me senti um poco melhor e comi o restante na frente da pia.

Pensar onde iria dormir era outro gatilho. Eu não queria dormir sozinha na suíte. Arrastei a mala pelo corredor até um dos quartos de hóspedes. Ele era pequeno e tinha apenas uma cama de solteiro, mas me senti exposta. Não havia tranca na porta, e as janelas iam do chão ao teto, dando direto no terraço e na piscina.

Fui para o banheiro. Havia um chuveiro no canto e, no centro, havia uma antiga banheira vitoriana em porcelana branca com pés em garras de ferro. Encontramos a peça em uma casa de leilão na França. Lembrei-me de estar parada nesse mesmo local com Will antes de o telhado ser colocado, observando a pesada banheira ser içada. Will estava à vontade, gerenciando a construção, sem camiseta. Tentei afastar a lembrança.

Eu me sentei na borda, ergui as pernas e deslizei para dentro da banheira. Podia ficar deitada ali. Havia uma janelinha de vidro fosco no alto da parede, que não abria, e o banheiro tinha três portas. A porta atrás da banheira dava no corredor, e as portas laterais davam nos quartos de hóspedes. Todas eram robustas e podiam ser trancadas.

Deitada ali na porcelana lisa e fria, pensei: *Seria maluquice dormir aqui?* A ideia me pareceu subversiva e incomum. Estaria construindo uma nova memória. Nunca tinha dormido ali e, mais importante, eu me sentia segura.

Eu me tranquei no banheiro, tirei as roupas molhadas, tomei um banho quente e coloquei um pijama grosso. Peguei lençóis no quarto de hóspedes e fiz um ninho na banheira. Depois de conferir a porta e as janelas e configurar o alarme, tranquei as duas portas laterais.

Acomodei-me na minha cama-banheira. O edredom dobrado em dois estava aconchegante e gostei das bordas altas. Imaginei que eu ficaria segura com uma pesada tampa de porcelana sobre mim. Enterrada viva. Em um caixão.

15

Acordei de repente no escuro, desorientada. Sentei-me e, enquanto meus olhos se ajustavam à penumbra, me lembrei por que estava deitada na banheira.

Tateei à minha volta e encontrei a faca e a ponta do envelope com a carta de Will. Ao desbloquear o celular, a tela projetou um brilho suave no banheiro. Eram 3 horas da manhã. Tinha dormido por quase sete horas.

Ouvi um sussurro vindo do corredor e depois um arranhão. Congelei. Parecia que uma das banquetas da cozinha estava sendo arrastada. Abri o aplicativo de segurança no celular. O wi-fi estava desligado, então as câmeras não funcionavam. Fiquei parada por vários minutos, tentando respirar devagar e pensar no que fazer.

Eu tinha configurado o alarme antes de entrar no banheiro. Se alguém fizesse qualquer movimento na cozinha ou na sala, ele deveria disparar. A casa voltou a ficar silenciosa.

Será que tranquei a porta do banheiro?

Ouvi mais sussurros e um barulho baixo, que me fizeram sair da banheira com as pernas dormentes. Caminhei mancando até a porta com a faca em mãos. Estava trancada.

Aliviada, me agachei no chão, tentando acalmar a respiração, que parecia ecoar pelo mármore do chão e do teto. Um leve brilho do céu noturno entrava pela janela de vidro fosco. Alguns minutos se passaram, marcados pelos meus batimentos acelerados. Agachada ali no piso frio, senti terror e descontrole, que ameaçavam subir pela minha garganta e irromper em um grito.

Ouvi um clique e um baque do outro lado da porta e a luzinha no toalheiro aquecido piscou, lançando um brilho verde no banheiro. Meu celular fez um barulho alto, notificando uma mensagem de texto, e pus a mão sobre ele para abafar o som. Coloquei o aparelho no modo silencioso.

Era uma mensagem do aplicativo de segurança, dizendo que o corte de energia da casa tinha durado 25 minutos. Um instante depois, ouvi um som fraco de motor pela casa. As seis imagens das câmeras surgiram na tela.

A câmera da entrada principal não mostrava se a porta estava aberta ou fechada. Pressionei o ouvido contra a madeira da porta do banheiro. Silêncio. Já estava com a mão na chave da fechadura quando uma voz na minha cabeça disse: *Está maluca? Fique trancada aí! Espere até de manhã!*

Pensei em ligar para Diane, depois fiquei na dúvida. Eram 2 horas da manhã em Londres, e ela estava no trabalho. Havia uma espécie de limite nas amizades, e Diane estava sendo boa demais para mim. Ela já ia visitar a Catedral de Southwark de manhã. O que poderia fazer se eu ligasse? Usar seu precioso intervalo para me acalmar e fazer eu me sentir melhor? Ela já tinha feito tanto por mim nas últimas semanas.

De repente, a carta de Will voltou à minha mente. E pensei que deveria ser ele aqui, vivenciando isso comigo. Sua ausência era um vazio. Eu o imaginei deitado no caixão, enterrado a 2 metros de profundidade, no frio e no escuro, e meu medo se misturou à raiva. Ele tinha me largado sozinha para lidar com isso.

O que quer que *isso* fosse.

Quem é que estava na minha casa? Devia ser Dragan ou Luka. Afinal, eles eram as únicas outras duas pessoas na ilha. Dragan percebeu que eu estava sozinha e amedrontada. Era um daqueles homens que se excitavam com o medo das mulheres. Ele tinha cortado a energia e entrado, esperando... o quê?

Se ele tivesse mesmo entrado, por que não estava testando as portas? Pensei em todas as pessoas estranhas e perturbadas que conheci durante a minha carreira. Pensei nas vezes que tivemos que chamar a segurança quando algum paciente violento surtava. Nas vezes que tivemos que nos esconder, ouvindo alguém tentando arrombar a porta.

Não.

Eu tinha que parar de pensar nessas coisas.

Minhas pernas vacilaram quando me agachei no chão frio. Tremia e suava e não conseguia sentir meus pés. Eu me levantei, segurando o celular e a faca, voltei para a banheira e troquei de lado para que as portas não ficassem de costas para mim. Se alguém tinha entrado em casa, logo tentaria abrir as portas. Eram pesadas e estavam trancadas, mas um homem corpulento feito Dragan poderia derrubá-las com facilidade. Pensei de novo nas proezas que já tinha visto pacientes mentalmente perturbados serem capazes de fazer.

Pare de pensar nessas coisas.

Fiquei deitada ali, desperta, com o coração tão acelerado que parecia que tinha feito exercícios. Com o canto do olho, na penumbra esverdeada, pensei ver uma das maçanetas se mexer. Fiquei observando, tentando respirar e me acalmar, mas meu pânico andava em círculos.

O tempo passou devagar, e continuei imaginando ouvir coisas: um rangido, um farfalhar. Na luz diminuta, era impossível ficar de olho nas três maçanetas ao mesmo tempo. Uma sempre ficava na visão periférica, e foi aí que pensei que estavam se mexendo. Dragan estava à minha espera. Ou seu filho. Ou ambos. Ou quem sabe havia mais alguém na ilha sem que ninguém soubesse?

Pensei de novo na carta de Will, que eu segurava na mão suada.

No entanto, se meus medos se concretizarem...

Do que Will tinha medo? Que informação ele tinha? O que tinha feito que o levou a tirar... ou a ser assassinado? Assassinado. Lembrei-me do seu cadáver no necrotério. O mesmo necrotério onde passou boa parte da sua carreira.

Como médico-legista, Will tinha trabalhado em vários casos notórios. Será que um desses casos o colocara em perigo? Mas o médico-legista só reporta o que vê na mesa de autópsia. Apenas fatos. Pensei no motivo de Will ter largado a medicina. Fiquei chocada quando tomou essa decisão e seguiu em frente com ela, mas sabia que ele andava infeliz. Ele me falou que estava insatisfeito com o trabalho, e acreditei nele... Por que não questionei mais? Will sempre sofreu pressão de seus pais para ser médico. Será que minha antipatia pela chata da sua mãe me fez assumir que o motivo de ele querer largar a carreira médica era apenas uma rebelião juvenil? Isso causou um enorme mal-estar com Marelle, e, para ser sincera, adorei. Seis anos atrás, já fazia um tempo que seu pai tinha morrido. Foi bem nessa época que ele escreveu a carta.

E essa nova carreira de promotor imobiliário? Eu apenas aceitei que era isso o que ele queria fazer. Will fez sucesso rapidamente e logo conquistou clientes. Ele vivia em um mundo em que as pessoas tinham dinheiro, então não tinha sido difícil fazer conexões com os ricos.

Mas Will era um médico-legista talentoso. Respeitado. E ele curtiu o trabalho por muito tempo. Então por que resolveu abandonar tudo?

O horror que me dominava não era só por causa da traição de Will. Era pela minha própria falta de interesse. Passei os últimos anos tão absorta e investida na minha carreira... Assumi todos os turnos que eu podia, fazia hora extra com frequência. Nas férias, fazia trabalho voluntário com os Médicos Sem Fronteiras... Eu não estava prestando atenção. Não sabia nada sobre esta casa nem esta ilha, além do fato de que eu vinha para tomar sol e nadar no mar.

Como pude demonstrar tão pouco interesse pelo homem que eu amava? Na nossa vida? Se bem que não era a "nossa" vida. Era a minha vida e a vida dele, e agora a vida de Will estava colidindo com a minha.

Minha mente não parava um minuto, e fiquei deitada ali me martirizando até pegar no sono, de alguma forma.

Acordei às 7 horas da manhã. O céu do lado de fora do vidro fosco estava azul-claro e, com o alvorecer, minha ansiedade começou a amenizar um pouco.

Verifiquei as câmeras. Fazia sol e a palmeira do pátio balançava com a brisa. Fiquei parada na porta por um longo tempo, segurando a faca, e a destranquei devagar. O corredor estava vazio. A geladeira fazia barulho. Eu me movi com rapidez, conferindo a casa com a faca na mão. Havia tantos lugares onde se esconder, e percorri cada quarto, olhando embaixo das camas, dentro dos armários e atrás das portas. Nada. A porta da frente ainda estava trancada. O sol brilhava nas claraboias, e os raios de luz pareciam dançar no ar, refletindo nos fios dourados e prateados do chão frio de mármore.

Peguei um par de meias grossas e fui para a cozinha para preparar um chá. Enquanto calçava as meias, grata pelo conforto, notei que a sacola de plástico com as latas de comida que eu deixara na ilha estava pendurada na cadeira. Havia uma no chão, e duas latas douradas de calda de pudim tinham rolado até a geladeira. Parecia que a sacola havia escorregado do balcão e uma das alças ficou presa no encosto da cadeira. As outras ainda estavam dentro do saco, pairando a alguns centímetros do chão.

Fiquei olhando para a comida por um tempo, pensando. Quando as latas caíram, fizeram um barulho alto o suficiente para me acordar. O peso da sacola devia ter feito a cadeira se mexer, e mais algumas latas poderiam ter escorregado para fora do saco, batendo no chão e rolando contra a geladeira. Eu tinha colocado a sacola na beira da bancada quando desfiz a mala, então era possível que tivesse escorregado, fazendo o barulho que ouvi durante a noite...

Abaixei a faca e me apoiei na bancada da cozinha, me sentindo uma idiota. Passei a noite toda assustada sem conseguir dormir por causa de uma sacola de comida enlatada. Pelo menos, havia uma explicação razoável para aquilo.

16

O sol que penetrava pelas janelas, do teto ao chão, com vista para o mar amansou meus medos. O céu estava nublado, mas havia uma fresta azul no horizonte. Abri as enormes portas de vidro que davam para o terraço e fui tomar meu chá no deque. Uma leve brisa e fios de vapor emanavam da cobertura da piscina aquecida.

Coloquei o chá na mesa de madeira ao lado do muro. Além dele, era uma descida vertiginosa até a praia, uns 100 metros ou mais. A maré estava baixa, expondo uma faixa de areia perto das rochas na base da falésia. Os degraus de pedra estavam cobertos por folhas, e no meio do caminho havia uma plataforma de concreto com meu barquinho, protegido por uma lona também coberta por folhas.

O mar era uma massa azul-escura, vagarosa e ondulante, e um grupo de gaivotas grasnava ao longe. Estreitei os olhos e levantei a cabeça quando um corvo-marinho pairou na minha altura, com as asas pretas e marrons encolhidas, preparadas para um mergulho, e então atingiu a água feito uma pedra. Seu pescoço elegante e curvo emergiu um momento depois, exibindo um peixe prateado em seu bico.

Fiquei cativada pela normalidade e paz do dia. As samambaias que cresciam no penhasco logo abaixo sussurravam, e avistei um lagarto correndo pelo verde áspero. Por que eu estava tão desesperada para ir embora ontem?

Apoiada ali no muro, senti a carta de Will no bolso do meu roupão e a peguei. Junto com o meu chá, havia um cinzeiro com um isqueiro azul na mesa de madeira.

Olhei para o papel creme dobrado. E se eu queimasse a carta? Eu podia fingir que nunca a recebi.

Merda. Não. Eu tinha mandado uma cópia para Diane. Queria não ter feito isso. Queria poder queimar essa coisa. Isso era problema de Will.

Por que é que ele teve que me envolver em algo que não teve coragem de me contar quando estava vivo?

Tentei ligar para Diane. Devia ser quase 7 horas da manhã em Londres. Se ela saísse do trabalho às 6, a essa hora talvez já tivesse visitado a Catedral de Southwark e voltado para casa. Seu celular caiu na caixa postal. Não deixei mensagem.

O sol saiu, lançando uma luz gostosa no terraço. Ouvi o barulho rítmico da bomba d'água da piscina. Eu sempre nadava pela manhã quando ficávamos aqui. Isso me deixava pronta para o dia.

Fui para o quarto e encontrei um maiô na gaveta. Quando o vesti, fiquei chocada ao perceber o peso que perdi no último mês. Não que eu fosse gorda, mas o maiô ficou largo no meu corpo magro e pálido. Quase o tirei, mas precisava fazer algo normal, e exercícios sempre faziam com que me sentisse melhor.

Voltei para o sol e fiquei parada no deque de madeira que contornava a piscina. Apertei o botão para abrir a cobertura, embutida na própria piscina, feita de neoprene azul-escuro. Era sólida e ligeiramente porosa e ficava logo acima da água. Ela se recolheu, produzindo um zumbido. Eu me sentei na beirada e mergulhei os pés na parte rasa. A água estava fria, mas fresca e revigorante, e fui descendo. A cobertura se retraiu por completo e percebi que a água estava limpa, exceto por um pouco de sedimento. Caminhei com cautela em direção à parte mais funda, flexionando os dedos das mãos e dos pés. Com a água na minha cintura, o momento em que eu mergulharia de cabeça se aproximava.

O sol se escondeu atrás das nuvens e uma brisa gelada veio do mar, perfurando minhas costas nuas. Respirei fundo e submergi. A água estava morna, comparada ao ar. Ao emergir, comecei a movimentar as pernas, nadando de peito, devagar. Era maravilhoso mexer o corpo, e logo me acostumei à água.

A piscina tinha um bom comprimento, com pouco mais de 15 metros, então comecei a nadar crawl, subindo para respirar a cada poucas braçadas.

Primeiro, notei que havia algo errado perto da borda do fundo da piscina. Depois de algumas braçadas, quando tentei subir para respirar, encontrei certa resistência. Abri os olhos e vi que estava escuro embaixo d'água, e algo estava me impedindo de chegar à superfície. Um instante depois, percebi estar embaixo da cobertura, que se fechava. O trecho de céu azul perto da parte rasa estava desaparecendo enquanto a cobertura completava seu percurso até a outra ponta da piscina.

Entrei em pânico e recomecei a nadar, mas estava difícil. O neoprene azul-escuro ficava muito próximo da água, me empurrando para baixo e friccionando minha pele. Tentei empurrá-lo, só que ele estava tão tensionado que não cedia nada e causava um vácuo acima da água. Procurei me manter calma, mergulhei mais uma vez e nadei com toda a força até o raso. O espaço entre a cobertura e a borda da piscina era menor que meio metro. Bati a perna com tudo, pensando que iria conseguir, mas, quando tentei respirar, a ponta de metal da cobertura acertou a lateral direita da minha cabeça com uma força surpreendente. Fui jogada para o lado e minhas pernas viraram para trás.

Fiquei desorientada por alguns segundos, sem saber para que lado estava a superfície. Bolhas de ar saíram da minha boca e fiquei me debatendo em uma escuridão azul e opaca.

Eu nunca tive medo de água nem de me afogar, mas, quando percebi o que estava acontecendo, o horror da situação começou a me dominar. A lateral da minha cabeça e do meu rosto estavam dormentes. A água só chegava até a minha cintura. Tentei me estabilizar com os pés no piso. Empurrei a cobertura com as costas. Ela chegou a se flexionar, mas não irrompeu. Eu me agachei e tentei atravessá-la, mas a água retardava meus movimentos, e meus golpes pareciam provocar apenas uma ondulação no neoprene.

Estava tonta, e a urgência de respirar fazia meu peito queimar. Fui até onde a moldura de metal da cobertura encontrava a lateral da piscina e tentei forçar os dedos pela fresta. Havia uma ranhura ao longo da borda do revestimento de aço inoxidável da piscina, onde a moldura da cobertura se encaixava perfeitamente, provocando uma vedação. Não havia fresta nenhuma.

Foi então que percebi que iria me afogar. Depois de tudo o que tinha passado, seria uma morte ridícula. Pressionei a cobertura com as costas mais uma vez, empurrando-a com toda a força que eu tinha, mas o vácuo fazia força contrária e se recusava a ceder. Levantei a mão para sentir onde a capa tinha batido na minha cabeça, e meus dedos roçaram a ponta afiada de um dos meus brincos.

Minha visão escurecia rapidamente, eu estava quase desmaiando. Tirei o brinco de borboleta e a tarraxinha. Segurei-o com o dedão e o indicador e forcei a ponta na capa esticada. Ao contato com o material grosso e úmido, acabei deixando o brinco escapar. Ele caiu na água, aterrissando com um tilintar alto no fundo de aço inoxidável da piscina. Em pânico, não pensei que tinha mais um brinco na outra orelha, então exalei o precioso oxigênio de meus pulmões e mergulhei, tateando na escuridão antes de meus dedos se fecharem ao redor do brinco. Levei uma eternidade para segurá-lo direito. Estava começando a ficar com os dedos dormentes.

Eu me empurrei para cima, colidindo com a cobertura da piscina, e minhas pernas viraram. Estava perdendo um tempo precioso enquanto ancorava os pés e tentava forçar a ponta afiada do brinco através da cobertura como se fosse um alfinete, mas meus dedos deixaram o brinco escapar outra vez, e ele caiu de volta na escuridão.

Estava sem ar. Era isto. Eu ia me afogar. Senti uma urgência avassaladora de respirar e encher meu peito e meus pulmões de ar.

Bem quando estava quase desmaiando, senti algo acertar a cobertura da piscina por cima e atingir meu rosto. A lâmina de uma faca mergulhou a alguns centímetros da minha cabeça e fez um arco ao meu redor.

O material se abriu e um par de braços fortes se estendeu para dentro da água e me puxou para fora. Engoli o ar fresco enquanto caímos no deque de madeira, e me vi deitada em cima de Dragan, o zelador da ilha.

17

Tossi e me engasguei para encher os pulmões de ar fresco. Dragan era um homem alto e grande. Fiquei deitada em cima dele por um tempo, zonza, tossindo, engasgando e tentando respirar.

Com gentileza, Dragan me rolou para o lado, com o rosto vermelho pelo esforço, e me colocou no deque. Consegui recuperar o fôlego e fiquei encarando-o, ainda em choque e sem conseguir falar.

De perto, havia uma vulnerabilidade feroz no rosto dele, que estava muito pálido, e suas bochechas tinham marcas de acne. Eu não tinha reparado em uma cicatriz comprida que começava acima da sobrancelha esquerda e percorria sua pálpebra, descendo pela bochecha até a mandíbula. Parece que os médicos não tinham conseguido salvar seu olho. Vi que usava um olho de vidro azul-claro, que combinava com a cor da íris direita, mas o branco era claro em comparação com o outro, que estava injetado. Eu estava tremendo, e ele tirou o casaco e o colocou sobre os meus ombros. Era uma jaqueta comprida e suja, com estampa militar.

Seus olhos desceram pelo meu peito, mas então desviou o olhar rapidamente. Meu maiô tinha escorregado, e tentei arrumá-lo com minhas mãos trêmulas. Ficamos em silêncio, exceto pelo som da minha respiração ofegante. Quando me acalmei, senti seu cheiro de álcool velho e cebola.

– Respire devagar – ele disse, falando pela primeira vez. – Você tomou um belo susto. – Ele me olhou e viu que eu tinha arrumado o maiô. Então se inclinou para mim, e tremi. – Não. Cuidado! – ele alertou, pegando seu facão, que estava ao lado da minha coxa direita.

Sua lâmina afiada era reluzente. Ele a enxugou nas calças e se levantou, guardando-a na bainha do cinto.

– Você tem um corte na cabeça – ele disse. Levei a mão à sobrancelha direita, e ela saiu coberta de sangue. Também havia sangue escorrendo pelo meu pescoço, se misturando à água. Foi só então que senti a dor. – Consegue se levantar?

Assenti. Ele me ofereceu a mão e me puxou, mas minhas pernas estavam trêmulas. Ele me conduziu através das portas até o sofá.

– Posso? – ele acrescentou com gentileza, tirando o casaco dos meus ombros.

A jaqueta cheirava a suor e óleo de motor. Cruzei as mãos sobre o meu peito, mas ele pegou a manta de lã no sofá e me cobriu.

Ajustei a manta sobre o meu corpo, tremendo, e a enfiei embaixo dos pés. Fiquei observando Dragan ir até a geladeira, pegar uma latinha de Coca, um rolo de papel-toalha e um pano de prato. Ele me entregou o papel toalha. Cortei um pedaço e o pressionei no corte da cabeça.

– Foi um corte fundo – eu disse, vendo o sangue encharcando o papel. Dragan abriu a latinha.

– Aqui, você precisa de açúcar por causa do choque. – Ele a ofereceu para mim, e vi manchas de sangue no colarinho e na frente de sua camisa. Bebi. A bebida doce fez com que me sentisse melhor e aguçou meus pensamentos. Dragan se sentou na outra ponta do sofá, enxugando a camisa com o pano de prato, e ficou me encarando por um longo tempo. – Branko me ligou ontem à noite para me contar que você tentou sair da ilha, mas perdeu a balsa.

– Sim.

– Pensei que fosse passar a semana.

– Eu ia, mas decidi ir para casa.

Ele ficou pensando e depois perguntou, inclinando a cabeça na direção da piscina:

– O que aconteceu?

– Eu estava nadando e a cobertura começou a se fechar. Não vi até ser tarde demais.

– Você não devia nadar sozinha – ele disse, com um tom levemente paternal e prepotente.

– Sou uma boa nadadora. – Tomei mais um gole e notei que minhas mãos ainda estavam tremendo. Olhei para a porta da frente, e ele seguiu meu olhar.

– Você parecia assustada ontem à noite quando conversamos, então voltei para dar uma olhada. Você não atendeu a porta nem o interfone, daí resolvi dar a volta pelos fundos e pulei o muro. Foi quando a vi lutando embaixo daquela capa.

Olhei para a janela. A cobertura agora tinha um rasgo semicircular considerável, e a água formava bolhas através da fenda.

– Obrigada – eu disse, em um sussurro trêmulo.

– Continue bebendo – ele falou, gesticulando para a Coca.

Tomei outro gole.

– Você deve me achar uma idiota. Não vi que a cobertura estava se fechando porque estava nadando com a cara embaixo d'água. A cobertura fechou sozinha.

– Sua casa é controlada por robôs? – ele perguntou, olhando em volta.

– Por um aplicativo.

O sangue do corte na minha cabeça encharcou um segundo chumaço de papel toalha. Coloquei-o no chão, peguei mais um punhado do rolo e o pressionei contra a ferida, me contorcendo com a dor.

– Primeiro, o seu alarme; agora, a sua piscina.

– O sistema funciona bem.

– Você acha?

Na verdade, não sabia o que pensar.

– Houve um corte de energia na ilha ontem à noite? – perguntei.

– Que horas?

– Lá pelas 3 horas da manhã.

– A casa fica sem energia ou tem painéis solares?

– Fica sem energia, acho.

– Não sei se houve um corte. Tenho sorte por dormir bem, mas cortes de energia não são incomuns.

Pensei na sua visita na noite passada. Ele pareceu ansioso para pular o portão e vir até a casa. Mas, ao me arrastar para fora da piscina, ele desviou os olhos quando viu que meu maiô estava fora de lugar.

– Encontrei seu marido algumas vezes – Dragan contou. – Era um bom homem. Eu ajudei com as permissões das autoridades croatas para ele comprar esse terreno e construir a casa. Ele sempre foi respeitoso e justo.

Assenti, ainda segurando o papel na cabeça. Só queria que o zelador fosse embora, mas ele continuou falando:

– Faz nove anos que moro aqui. Nasci no continente, e minha família é de Zagreb. Tivemos uma loja por muitos anos, era nosso negócio de família, mas ela faliu em 2010.

– Sinto muito...

— Perdemos tudo — ele disse, me interrompendo. — Nossa casa, nosso dinheiro, meu sustento... Na mesma época, minha esposa morreu de câncer. Foi aí que aceitei o emprego de zelador de Tišina. Trabalho para empresa do hotel Sun-Inn. Também sou professor de Luka. Ele fala inglês bem. — À menção do filho, seu rosto se iluminou.

— Eu o vi ontem com as ovelhas e o quadriciclo. Parece um bom garoto.

— Não dá pra saber só de ver.

— Ele foi educado.

— Claro que foi. Você acha que não sei criar meu filho? — ele perguntou, na defensiva.

— Claro que sim.

— Ficamos solitários aqui nos meses de inverno. Tão silencioso quanto um cemitério — ele disse, se inclinando para a frente. — Não é bom pra você ficar sozinha. Quando estamos sozinhos, patrulho a ilha quase todos os dias, verificando se as casas estão seguras. — Ele sustentou meu olhar. — Você gosta de Branko?

Havia algo em seu tom. Será que ele estava me perguntando se eu me sentia *atraída* por Branko?

— Ele é okay. Meu marido o conhecia e o contratou. Eu não o conheço muito bem — respondi. Parecia que eu estava escondendo a verdade.

— Servimos nas forças armadas no início dos anos 1990. Lutamos juntos na Guerra da Independência da Croácia. Fui seu oficial superior.

— Não acredito que a Croácia estava em guerra há tão pouco tempo — eu comentei, tentando desviar a conversa do rumo estranho que ela estava tomando. — É tão lindo e pacífico aqui.

Ele bufou.

— Você só vê as coisas com olhos de férias. As praias, o vinho e o azeite de oliva. Ainda existem muitos prédios em ruínas no continente. Muitos de nós ainda carregam as cicatrizes da guerra. O horror. Lutamos pela nossa independência, Branko e eu... e vários outros homens corajosos, e tenho orgulho disso — ele concluiu.

Seu rosto estava ficando corado de emoção. Eu me perguntei mais uma vez como ele tinha perdido o olho e ganhado a cicatriz do rosto.

— Vi Luka pastoreando as ovelhas. Vocês também plantam? — perguntei.

Estava entrando em pânico de verdade. Não sabia dizer se ele era um bom homem ou um predador sexual se disfarçando de bom homem. Eu me enrolei mais na manta, ciente de que só estava usando maiô.

— Não somos agricultores de verdade. Luka tem algumas ovelhas e ganhamos um dinheirinho com a carne e a lã, mas não é nada. A terra em Tišina é ruim.

— Ruim? O solo não é bom?

Ele assentiu.

— É infestado de pragas. Conhece a história da ilha?

— Não — respondi, me arrependendo no mesmo instante. Dragan ia me contar a história da ilha.

— Em 1400, havia uma ordem silenciosa de monges vivendo num mosteiro aqui. A palavra croata para silêncio é "Tišina", então a ilha significa literalmente "silêncio". Um dos monges, um homem chamado Slaven, teve várias visualizações poderosas da Virgem Maria, e peregrinos começaram a vir de longe para serem abençoados por ele e, claro, para lhe darem dinheiro. Isso deixou os monges ricos por um tempo, mas, no final do século, os peregrinos trouxeram a Peste Negra, e toda a ordem de seiscentos monges foi exterminada. Eles morreram tão rápido que precisaram ser enterrados em valas comuns no meio da ilha. É por isso que o solo aqui é tão ruim. O centro da ilha é um poço de pragas. A ilha ficou abandonada até a separação da Iugoslávia. O turismo chegou. O hotel Sun-Inn abriu alguns anos atrás... e daí pessoas como você chegaram e construíram casas para passar férias.

Eu só queria que ele fosse embora. Sentia gratidão por ter salvado minha vida, mas estava encharcada e tremendo. Havia uma pilha bagunçada de papéis ensanguentados ao meu lado no chão. Levei os dedos à ferida e vi que ainda estava sangrando muito.

— Obrigada por tudo... — falei, mas ele me interrompeu.

— Seu marido pagou muito dinheiro por esta terra?

— Nós dois pagamos muito dinheiro.

Ele ia dizer algo mais, mas por sorte o celular dele começou a tocar. Dragan o procurou no bolso e pegou um smartphone imundo com a tela quebrada. Atendeu, falando um croata com algumas rajadas de staccato que não entendi, e então se levantou.

— Era Luka. Estamos nos preparando para pescar enquanto o tempo está bom. Desculpe, mas preciso ir.

— Tudo bem — eu disse, sentindo uma enorme onda de alívio.

Ajeitei a manta ao meu redor. Dragan me encarou fixamente e girou o indicador na cabeça.

– Esta casa, com esses robôs, não é boa. Não é segura. Não é natural. Por favor, não nade mais até Branko voltar e consertar o problema.

– Pode deixar. E obrigada de novo.

Ele ergueu as mãos para me silenciar.

– Somos duas pessoas, longe de tudo nesta ilha. Sempre vou ajudar você, okay?

– Okay, obrigada – respondi.

Agora, o sangue escorria pelo meu olho, então me levantei do sofá e peguei mais papel.

– Não se preocupe em abrir o portão para mim. Posso sair por onde entrei. Bom dia – ele falou.

Ele pegou a jaqueta no sofá e saiu pelas janelas do terraço. Fiquei observando-o desaparecer na lateral da casa para pular o muro. Depois, fechei as janelas e ativei a fechadura. Só então me senti segura para correr até a suíte e verificar a ferida aberta.

18

Eu guardava o material de primeiros socorros da casa em uma caixa retangular de pesca debaixo da pia do banheiro. A parte de cima continha gaze, esparadrapo, emplastros e ataduras. A do meio, tesoura, termômetro e peróxido de hidrogênio, e a parte de baixo, remédios mais fortes, antibióticos de alta potência e vários frascos de morfina com seringas de plástico estéreis.

A ferida doeu quando a limpei. Peguei o espelho de aumento e observei o corte. A borda de metal da cobertura da piscina havia aberto um corte de 4 centímetros logo acima da minha sobrancelha. Um pouco mais abaixo, teria cortado meu olho.

Pensei em Dragan e no seu olho de vidro. Se ele não tivesse aparecido naquela hora, eu teria me afogado. Apesar de estar segura e tudo ter dado certo, o pânico de ter ficado presa embaixo da água ainda persistia.

Eu tinha cola médica, que poderia ser usada no lugar dos pontos. Devia ter esperado minhas mãos pararem de tremer, porque, enquanto colava as pontas da pele, acabei fechando a ferida de forma irregular.

— Merda — resmunguei, tentando abri-la de novo, o que provocou ainda mais dor.

Ajeitei a postura e observei meu reflexo. Havia uma leve ruga onde as bordas do corte se juntavam. A cola era forte; se eu tentasse abri-la, poderia causar mais danos. Já tinha costurado e colado milhares de pacientes e nunca fizera um trabalho tão ruim quanto esse, nem quando era estagiária. Eu ficaria com uma pequena cicatriz.

Minha pele tinha um tom cinza mortal, e o inchaço ao redor do corte na minha testa estava se transformando em um hematoma. Peguei alguns comprimidos de codeína de um pacote de alumínio e os tomei com a água da torneira.

Olhei para baixo. Ainda estava tremendo. Precisava de ar. Fui até o quarto de hóspedes. Usei o controle da parede para abrir a janela. Os dois enormes painéis de vidro se abriram em direções opostas. O ar gelado inundou o cômodo.

Saí para o terraço. A água sob o rasgo em forma de meia-lua na cobertura da piscina tinha uma tonalidade rosada. Aproximei-me, sentindo um calafrio diante do meu próprio sangue. Na parte mais funda da piscina, a parede da suíte se projetava para fora, criando uma forma de L. Um muro de pedra de 4 metros de comprimento tinha sido construído entre a casa e a parede do terraço. Este era o limite entre o nosso terreno e os campos. Dei uma olhada além. O topo da parede chegava aos meus ombros deste lado, mas, do outro lado, a queda era alta.

Pensei em Dragan e em como parecia fora de forma. Ele devia ter tido trabalho para escalar esse muro alto. E, se tivesse vindo pelo portão da frente e tocado a campainha, teria levado vários minutos para chegar até aqui. Quanto tempo fiquei nadando até a cobertura se fechar? Será que eu não teria ouvido a campainha? Ele estava ali na piscina bem a tempo de me puxar para fora.

Observei o terraço. As ondas batiam contra as rochas na base da falésia, e o céu era uma massa turbulenta de nuvens pretas e prateadas. Havia uma pequena fresta por onde o sol se infiltrava, lançando uma coluna de luz nas águas agitadas. Se Poseidon, o deus do mar, tivesse saído da água com seu tridente brilhante, não pareceria deslocado. Estremeci. Minhas mãos continuavam dormentes. Dobrei os dedos e percebi que estavam inchados. Estava usando um anel celta de ouro cravejado com um pedaço de âmbar que pertencera à minha mãe. Dentro do âmbar, havia uma mosca pré-histórica e alguns fragmentos de folhas e areia. Era feito de ouro galês e muito especial para mim.

Voltei pelas janelas abertas e consegui tirar o anel, mas minhas mãos ainda estavam tremendo pela emoção do que acontecera. O anel escapou da minha mão, caiu no chão e rolou até a saída de ar que passava por baixo das janelas. Então entrou em uma das fendas e o ouvi atingir o fundo do duto de ar com um tilintar.

Cada seção da grade tinha 1 metro de comprimento e podia ser levantada. Eu me ajoelhei, puxei a grade com as unhas e a ergui, apoiando-a contra a parede.

O duto de ar tinha 20 centímetros de largura e era bem fundo. Dava para ver o anel aninhado no fundo entre as bolas de poeira. Eu me agachei e enfiei o braço lá dentro, mas não consegui alcançá-lo, então tive que me deitar de bruços. As pontas dos meus dedos apenas roçaram a poeira, e o anel continuava fora do meu alcance. Eu precisava de algum tipo de ferramenta. Um garfo serviria, pensei.

Fui me levantar, mas meu colar me enforcou. Meu braço direito estava dentro do duto e, minha cabeça, virada para a esquerda. Ergui a mão esquerda para tatear ao redor. A corrente de prata estava presa em uma seção da grade próxima à abertura.

Ouvi um clique suave e um zumbido. As portas de vidro ganharam vida e começaram a se fechar. Elas operavam em um trilho de metal fino afundado no chão, e onde eu estava deitada, o trilho de metal passava por baixo do meu pescoço. Entrei em pânico e tentei mover a cabeça, mas o colar se apertou, afundando em minha garganta. Tentei soltá-lo da grade, só que meus dedos dormentes eram inúteis. Quis levantar a cabeça de novo, mas a correntinha era como uma coleira de cachorro, me prendendo ao chão. O painel de vidro brilhava, deslizando graciosa e ameaçadoramente em minha direção. Senti as vibrações de seu gêmeo avançando ao longo trilho, fechando-se na minha nuca.

Com a visão periférica, eu podia ver o painel de controle da janela bem acima, fora de alcance. O celular com o aplicativo estava na bancada da cozinha.

Por que a janela tinha ativado sozinha, assim como a cobertura da piscina? Seria uma coincidência?

Coloquei a palma da mão esquerda da borda do duto e tentei me erguer, mas esse movimento dobrou meu ombro para trás em um ângulo dolorido, hiperestendendo a articulação, e não consegui continuar.

Pensei em Will e no que aconteceu com ele antes de ser morto. Será que teve tempo de sentir medo? Foi encurralado? Ficou cara a cara com alguém que ele considerava amigo? Será que implorou pela própria vida? Tentou negociar com o assassino? Quando foi o momento que ele entendeu que iria morrer?

O painel de vidro estava bem perto agora, a meio metro de distância da minha cabeça. Tentei mais uma vez empurrá-lo com o braço esquerdo, mas a articulação do meu ombro queimou com o esforço. Tudo pareceu ficar em câmera lenta. Eu me vi de cima, acorrentada ao chão. Lembrei-me de Will me falando sobre essas janelas.

– É engenharia alemã das boas... o motor tem que ser poderoso para ser capaz de mover esses painéis de vidro triplo gigantes.

Então ouvi uma voz na minha cabeça: *Se você não se mexer, Maggie, essas janelas caríssimas vão esmagar a sua garganta. Depois de tudo o que passou, é assim que você vai morrer.*

Pisquei e exalei. O painel estava a centímetros do meu rosto. Com um impulso de energia, pressionei os joelhos e me virei para o lado, sacudindo o pescoço uma vez, duas vezes e, na terceira tentativa, o colar se quebrou.

Eu me arrastei para trás, puxando a cabeça para fora das vidraças enquanto se moviam ao longo do trilho onde eu estava deitada. Então elas se fecharam, encaixando-se com um zumbido suave e um clique.

Sentei-me, ofegante, e fiquei olhando para a janela fechada. Estava horrorizada com o quão perto cheguei de ser decapitada. Levei a mão ao pescoço e os pedaços da corrente quebrada deslizaram pela minha frente e caíram com um tilintar no chão de mármore.

Olhei para a janela, para o terraço e para a câmera instalada na parede acima da piscina.

Coincidência?, uma voz repetiu na minha cabeça.

19

Peguei o celular no balcão da cozinha, abri o aplicativo de segurança e encontrei as imagens das câmeras. Uma delas mostrava a piscina e uma parte do terraço que dava para o quarto de hóspedes, onde meu colar ficou preso no trilho.

A energia tinha caído na noite anterior, e agora os controles da casa estavam fazendo coisas estranhas. Será que tinha alguém assistindo? Eu era a única que tinha acesso ao aplicativo, mas será que ele não poderia ser hackeado? Alguém poderia ter ativado a cobertura da piscina e aberto a janela com a intenção de me machucar...

Peguei as chaves a abri a porta da frente. A passagem estava cheia de poças d'água e um vento forte soprava ao redor da casa vindo do terraço, bagunçando meu cabelo. Havia uma porta de metal de cor creme enfiada na pedra na frente da palmeira, que dava na sala técnica, de onde se controlava a casa. Eu devia ter dado uma olhada ali de manhã após o corte de energia.

Um som de algo borbulhando ecoava pelas paredes do corredor, e minha mente conjurou imagens de bestas estranhas e criaturas semi-humanas. Eu me virei para olhar os degraus e a passagem atrás de mim. Estava tudo vazio. O som recomeçou perto do chão, e percebi que eu estava parada em cima de um dreno.

– Acalme-se – disse para mim mesma.

Acendi a lanterna do celular e destranquei a porta da sala técnica. O metal pesado grunhiu quando a abri, e segurei o celular para iluminar lá dentro. O cômodo tinha 10 metros quadrados, cravado no leito rochoso da parede da falésia. Em um canto, havia um tanque alto e fino de gás propano. O canto direito abrigava o tanque de captação de água da chuva, alimentado por canos no teto. Tinha 3 metros de largura, 3 metros de altura e era feito de um grosso plástico verde.

A lanterna iluminava o teto e as paredes rochosas, grosseiramente acabadas e cobertas por manchas úmidas. Ouvi um eco quando a água começou a escorrer pelos canos no teto. Eu não estava gostando nem um pouco de estar ali naquela caverna sombria.

No lado esquerdo, próximo à porta, havia um servidor de computador do tamanho de um frigobar, com fileiras de luzes coloridas minúsculas piscando na penumbra. Acima dele estava a caixa de fusíveis. Abri-a e olhei para a longa fila de pequenos interruptores brancos e um grande interruptor vermelho da rede elétrica. Estava prestes a reiniciá-lo, mas hesitei. Eu não sabia nada sobre o funcionamento da casa. Será que reiniciaria se eu desligasse tudo? A casa era aquecida a gás? E todo o resto era elétrico? E de onde vinha nossa conexão com a internet? Era a cabo? Eu não sabia.

Como posso ser tão burra?, pensei. Nunca pedi para Will me mostrar como as coisas funcionavam. Olhei para o servidor com suas dezenas de luzes, querendo saber se ele poderia ser hackeado facilmente.

Estava ligando para Branko quando o celular tocou. Era Diane em uma chamada de vídeo, mas, ao atender percebi que, na verdade, era o marido dela, Leon. Seus olhos estavam vermelhos e percebi que ele estava no corredor de um hospital.

— Oi, Maggie — ele falou baixinho.

— Oi. Você está bem? — questionei, surpresa por Leon estar usando o celular dela.

— Não... Diane... foi atropelada.

Fiquei encarando-o por um tempo.

— O quê? — indaguei, pensando que não tinha ouvido direito.

Leon assentiu e abaixou a cabeça, enxugando uma lágrima do rosto.

— Ela estava atravessando a rua e um carro a atropelou — ele explicou.

Eu tinha experimentado tanto medo e choque nas últimas semanas que todas as emoções pareceram abandonar meu corpo, e só me senti vazia. Deslizei até o chão, sentindo o servidor quente contra o meu braço.

— Onde? Como assim?

— Foi cedo, logo após ela encerrar o turno da noite. Estava no cruzamento da estação London Bridge com a Southwark Bridge Road... Assim que pisou para fora da calçada, um carro a toda velocidade a acertou em cheio. Ela ficou presa embaixo do carro... Diane está mal. Saiu da cirurgia há umas horas.

— Quão mal?

– Está em coma induzido. Quebrou a pélvis, três costelas e o braço direito. Sofreu uma fratura na mandíbula também – ele contou, inexpressivo. – Estão tentando salvar sua perna esquerda, mas ela vai precisar fazer outra cirurgia daqui uns dias. Seu rim direito foi esmagado e teve que ser removido.

Fechei os olhos e pensei em todas as vezes que lidei com ferimentos terríveis causados por acidentes de trânsito. Às vezes, sobreviver e ter que lidar com todas essas sequelas era pior do que morrer. Não. Era Diane. Eu não podia pensar assim. Abri os olhos e tentei me concentrar em Leon.

– O motorista parou? – Ele negou com a cabeça. – O que a polícia disse? – perguntei com a voz rouca. Estava difícil manter a compostura.

– Eles não me falaram muita coisa, mas parece que o motorista que a atropelou só fugiu. Minha principal preocupação é estar aqui para Diane.

– Claro. Leon, sinto muito.

De repente, entendi o que ele estava me dizendo. A Southwark Bridge Road ficava ao lado da catedral. Será que Leon sabia que eu tinha pedido a Diane para ir até lá? Ele ficou me encarando com olhos vidrados e então se voltou para o corredor atrás de si.

– Maggie, só tenho mais alguns minutos antes do horário de visitação acabar. Preciso voltar para Diane. Eles a colocaram num quarto privado na UTI.

– Sim, claro... sinto muito. Mande meu amor para ela.

Ele não ouviu a última parte, pois já tinha desligado.

20

Parecia que os laços que mantinham minha vida unida haviam se desfeito rapidamente. Will e, agora, Diane. Por enquanto, minha amiga ainda estava viva, mas eu sentia uma culpa terrível. Queria não ter perdido aquela balsa para voltar. Eu teria chegado a Londres naquela mesma noite, e ela nunca teria ido à Catedral de Southwark. Leon me culpava... ou, pelo menos, me culparia. Agora, ele só estava pensando em Diane.

Rezei para que ela superasse tudo isso e sobrevivesse, mas me sentia distante e impotente.

Havia algo nesse acidente que me perturbava. Eu conhecia aquele cruzamento e conhecia Diane. Ela não era boba. Não era o tipo de lugar para arriscar atravessar a rua correndo. Era um daqueles locais onde muitos acidentes ocorriam. Quantas vezes a gente viu pessoas com ferimentos gravíssimos de acidentes ocorridos ali? Abri a carta de Will mais uma vez.

> *Vá até a nossa igreja e acenda uma vela para mim. Ali vai encontrar a chave para o nosso futuro.*

Será que Diane chegou a ir até a catedral? Ou estava a caminho? Ela só esteve ali naquele cruzamento porque eu tinha pedido. A carta de Will dizia "igreja", e aquela era a Catedral de Southwark. Colapsei e chorei pensando nela terrivelmente ferida.

Então, parei. Não fazia sentido, eu já tinha chorado tanto nas últimas semanas. As lágrimas não mudavam nada. Eu me levantei e comecei a vasculhar a casa toda, as gavetas e os armários, tirando os móveis do lugar, tentando encontrar alguma coisa, uma pista ou outra carta que Will pudesse ter me deixado. Olhei cada bolso de cada roupa. A casa não tinha sótão e, fora nossas roupas de banho, nossos equipamentos de mergulho e algumas comidas enlatadas, o depósito estava vazio. Uma das latas de feijão cozido parecia um pouco diferente, e, quando a peguei, percebi que era mais leve do que as outras que eu tinha trazido.

Também encontrei um velho maço de cigarros enfiado atrás das latas – seria esse o esconderijo de Will? Fazia anos que ele não fumava. Saí para o terraço com os cigarros e a lata. O vento me atingiu e bagunçou meu cabelo. As ondas estavam se quebrando contra as rochas na base da falésia, e um punhado de nuvens escuras de tempestade se aglomerava no horizonte. Eram 65 quilômetros até o continente. Estremeci só de pensar.

Tirei um dos cigarros do maço. O cheiro era bom. Coloquei-o nos lábios e o acendi. O primeiro trago me fez tossir, mas daí a nicotina me aqueceu e provocou uma onda de prazer. Eu não fumava desde a faculdade e mesmo então não fumei por muito tempo, pois nunca me esqueci da aula de dissecação em que estudamos os pulmões de um idoso que fora um fumante inveterado. Dei mais um trago, exalei no ar frio e fiquei observando a fumaça subir da minha boca.

Avaliei a lata de feijão e dei um jeito de abri-la. Aninhado ali dentro havia um maço de notas de 100 euros. Olhei para aquele dinheiro, enrolado com todo o cuidado e preso com um elástico resistente.

Terminei o cigarro, entrei e contei o dinheiro. Havia 22 notas de 500 euros. Onze mil euros no total. Isso era coisa de Will. Ele sempre gostava de ter dinheiro disponível para emergências. Será que tinha esquecido ali? Na verdade, isso era coisa da família dele. Pensei nisso por um tempo, no luxo de ter uma grande quantidade de dinheiro por aí... Enrolei as notas e as prendi com o elástico. Marelle não sabia disso, senão teria mencionado. Ela insistiu muito para que eu devolvesse o relógio, a pintura e as abotoaduras.

Tentei bolar um plano. Faltavam seis dias para a balsa voltar. Dragan falou que tinha um barco de pesca. Será que era grande o suficiente para atravessar o mar aberto até o continente? Será que eu poderia oferecer dinheiro para ele? Trouxera 600 euros e 200 libras do Reino Unido, e agora tinha todo esse montante extra. Guardei as notas na falsa lata de feijão e a recoloquei no depósito.

Eu não sabia o que fazer.

O mau tempo foi se intensificando à medida que o dia terminava e o céu escurecia sobre o mar. Estava mais assustada e sozinha do que nunca. Abri umas latas de comida, mas tive dificuldade de comer. Enquanto a escuridão se estabelecia e a tempestade parecia ganhar força lá fora, fui conferir as portas e as janelas. Escolhi a faca mais afiada da cozinha e decidi dormir com ela ao meu lado. Liguei a TV, encontrei um filme antigo de comédia e tentei me concentrar nele e ignorar a atmosfera ameaçadora que tinha se instalado na casa.

Não sei a que horas peguei no sono, mas acordei mais tarde com a chuva batendo nas janelas. Fiquei deitada sob o cobertor. A sala estava escura, e eu sentia o ar mudando ao meu redor. Então ouvi um movimento atrás de mim. E o som de um homem limpando a garganta.

21

Congelei, e depois notei uma luz suave oscilando no teto. Ela se mexeu e ouvi um leve arrastar de passos na estante atrás do sofá. Ainda estava zonza e, por um instante, pensei que era sonho. Como é que havia alguém dentro de casa?

O encosto do sofá era alto, então não conseguia ver nada deitada ali. Tentei me concentrar. A carta de Will estava no envelope, ao lado da minha perna, e, acima dela, estava a faca comprida e afiada que peguei na cozinha.

Segurei o cabo. Ouvi um livro sendo retirado da estante, e páginas sendo folheadas. A luz se moveu um pouco, produzindo uma sombra que se mexia pelo teto.

Um relâmpago iluminou a sala, e eu congelei. Será que tinham me visto? Depois de uma pausa terrível, ouvi outro livro sendo retirado.

Estavam procurando algo. Seria o dinheiro que eu acabara de encontrar no depósito? A carta? Mas, nossa, tiveram a ousadia de invadir a casa comigo aqui dentro, o que era apavorante. O que fariam se me encontrassem? Eu sentia a carta no envelope contra a minha perna. Precisava guardá-la no bolso.

Estava com a faca na mão suada debaixo do cobertor. Se ele – tinha que ser um homem – estava olhando os livros na estante, deveria estar de costas para mim. Se eu usasse a faca, teria apenas uma chance. Um golpe na nuca cortaria a medula espinhal e resultaria em morte instantânea. Mas eu teria que mirar bem e ser rápida, torcendo para que a lâmina estivesse afiada o suficiente para cortar as vértebras. Uma facada no coração e pulmões exigiria menos força e mais mira. E eu precisaria usar as duas mãos para ganhar impulso. Uma rajada de vento fez a chuva se espalhar na janela. E se ele estivesse usando um casaco grosso de inverno? Eu tinha uma faca de cozinha, não um bisturi. Já tinha visto tantas vítimas de facadas que se salvaram de ferimentos graves por estarem de casaco...

Meu Deus, eu estava mesmo pensando em fazer isso? Pressionei o corpo para baixo enquanto a luz se movia no teto, sentindo uma brisa suave e ouvindo os passos se afastando. O cobertor era da mesma cor do sofá. Estava camuflada. Mas seria o suficiente para me cobrir por inteiro? O contorno de uma pessoa pequena ficou visível, se movendo com fluidez e graça pelo corredor em direção aos quartos, e então ele desapareceu no depósito. Não consegui ver mais. Estava usando roupas escuras, de costas para mim, e se movia depressa.

Seria Dragan? Não. Ele era um homem grande e corpulento, com um andar ligeiramente galopante. Seria Luka então? Ele também era alto e meio desajeitado. Outro relâmpago iluminou a sala de estar em uma explosão de luz branca. Eu estava paralisada de medo, mas precisava fazer alguma coisa. Quando o invasor voltasse do corredor, me veria ali no sofá.

A figura ressurgiu do depósito, cercada pelo brilho fraco de uma pequena lanterna azul e atravessou o corredor até o banheiro de hóspedes. A porta rangeu quando ele entrou.

CORRA!, uma voz gritou na minha cabeça. *SAIA DAÍ!* Será que eu seria rápida o suficiente para alcançar a porta a tempo? Não, ele ouviria. Tive uma visualização terrível e me vi sendo perseguida pelos campos escuros.

Você precisa se mexer! AGORA!, a voz gritou na minha cabeça.

Tirei a mão da faca, peguei a carta de Will e saí debaixo do cobertor. Corri pelo corredor com o coração batendo forte contra as minhas costelas, enquanto meus pés descalços mal produziam som no chão de mármore. Um trovão me encobriu, e quase gritei ao passar pela porta do banheiro de hóspedes, me enfiando no depósito.

O trovão silenciou, e me percebi ofegante com o esforço. Fiquei de costas para a parede ao lado da porta semiaberta, tentando recuperar o fôlego sem emitir som. A parede de vidro dava para o pátio e para a passagem da porta da frente. Um relâmpago iluminou tudo instantaneamente: o chão vazio, as roupas de mergulho penduradas do lado oposto.

Eu me mantive contra a parede e inclinei a cabeça 1 centímetro na direção da porta. Dava para ver apenas uma fresta do corredor. Ouvi barulhos fracos e então o homem atravessou para a suíte.

Uma voz na minha cabeça gritou para que eu corresse até ele e o esfaqueasse, o cortasse em pedacinhos e o mutilasse, mas estava assustada demais, com medo de perder a coragem. Eu não sabia se ele estava armado.

Sua confiança me deixava apavorada. Precisava ficar ali. Ele já tinha olhado o depósito. Se eu só ficasse quieta, escondida, tudo terminaria logo.

Os minutos se passaram e permaneci ali nas sombras, pingando suor e tremendo. De repente, uma luz brilhante preencheu o corredor e parou do lado de fora da porta. Um relâmpago cintilou, seguido por um trovão. Então, no escuro e no silêncio, o ouvi bem na porta, respirando pesadamente, quase ofegando. Parecia bem perto. Prendi o fôlego e fechei os olhos, desejando que meu coração acelerado parasse de bater. Ele iria ouvir, pensei. A qualquer momento, ele me encontraria.

Então o som do lado de fora foi diminuindo. Abri um pouco os olhos e vi a luz azul se distanciando pelo corredor, até ficar fora de vista.

Um minuto depois, ouvi a porta da frente se abrindo. Eu me mantive contra a parede e olhei a passagem escura do lado de fora. A figura foi até a sala técnica e abriu a porta. Seu perfil se iluminou brevemente: era um homem pequeno, de cabelo curto e escuro e um nariz proeminente. Mas esse rápido lampejo não foi o suficiente para distinguir mais características, e a luz sumiu quando ele fechou a porta. Atravessou o pátio feito uma poça de tinta ondulante, subiu os degraus e se foi.

Dei um pulo quando todas as luzes se acenderam e a TV ganhou vida.

Quem quer que fosse, ele tinha a chave da minha casa, a chave da sala técnica e dos controles.

22

Havia uma pequena estante de madeira na parede ao lado da porta da frente. Eu a arrastei pelo chão, tirei alguns livros e os empilhei abaixo da maçaneta.

Na suíte, vi que todo o conteúdo do enorme guarda-roupa estava no chão. Roupas estavam em uma pilha bagunçada, e as gavetas também foram esvaziadas. O ponto de acesso aos controles do piso aquecido ficava na parte de trás do guarda-roupa. O painel havia sido arrancado e direcionei minha lanterna para o buraco, onde vi uma série de canos e válvulas, mas pareciam intocados. Um pequeno porta-retratos estava sobre o tapete. Fui até o quarto de hóspedes e vi que o conteúdo da minha mala também havia sido despejado no chão.

Quanto tempo esse homem esteve na minha casa antes de eu acordar? O que ele teria feito se tivesse me encontrado? Eu precisava sair, ir embora da ilha. Esta casa não era segura.

Liguei para o número de emergência da polícia e consegui falar com uma operadora no continente, em Zagreb, que, felizmente, falava inglês.

Contei que eu era inglesa e expliquei tudo o que acontecera, deixando de fora a carta do meu marido morto. Eu não tinha muita esperança de que pudessem fazer qualquer coisa a uma hora de distância de barco, mas a mulher disse que um barco da guarda-costeira passaria na ilha às 7 horas da manhã.

— Por favor, se tranque em casa até os policiais chegarem — ela orientou.

Alguns minutos depois da ligação, recebi uma mensagem:

CHEGAREMOS ÀS 07:00 - SUN-INN HOTEL COMPLEX
MAREK TOMKO Sargento da Polícia POLÍCIA DA CROÁCIA

Eram 4h40, eu só precisaria esperar pouco mais de duas horas.

Refleti por um momento e decidi ligar para Branko. Era madrugada, mas aquilo era uma emergência e precisava de algumas respostas. Ele pareceu cansado ao atender o telefone.

– Isso é muito ruim – ele disse.

– Sim, já falei com a polícia. Eles vão chegar em algumas horas.

– Você está machucada?

– Não. O invasor foi embora, mas acho que já tinham tentado entrar antes. Preciso que você me diga o nome de todos que têm a chave da casa.

Ele ficou em silêncio por um tempo.

– Eu tenho a chave. Você tem a chave. Ninguém mais – Branko disse, com uma voz irritantemente calma. – Seu marido tinha a chave?

– Estou com a chave dele, tenho duas cópias. Dragan já pediu alguma cópia pra você? – Houve uma longa pausa. Ouvi um ruído e uma porta se fechando. – Branko?

– Desculpe. Saí do quarto. Minha esposa tá dormindo.

– Dragan já lhe pediu alguma cópia da chave? – repeti, me esforçando para não levantar a voz.

– Dragan é um bom homem. E Luka também. Bons homens.

– Não foi isso o que eu perguntei. Eles têm a chave da minha casa?

– Não. Sem chaves. Quer que eu vá até Tišina? Meu sobrinho tem um barco. O tempo não está bom, mas posso fazer uma visita especial.

– Não. Quero que a polícia cuide disso.

– Por favor, não tem problema.

– Não, Branko! Isto é sério. Quero a polícia aqui, ligo de manhã para falar o que você precisa fazer depois.

Desliguei e fui até a porta para verificar se os livros ainda estavam empilhados debaixo da maçaneta. Os vidros de todas as janelas eram de revestimento triplo, mas quanto tempo aguentariam se alguém tentasse quebrá-los?

Será que eu poderia pedir para a polícia me levar embora? A polícia do Reino Unido tinha uma regra bem rígida de não ser usada como táxi, mas isto era diferente. Alguém tinha invadido minha casa. Eu estava em perigo.

Guardei toda a bagunça dentro da mala, tentando não pensar na pessoa que revirou minhas coisas. Eu me esforcei para me lembrar de quando Will contratou Branko. O que ele tinha falado? Como o encontrara mesmo? Queria ter prestado mais atenção naquela época. Eu tinha deixado tudo o que dizia respeito a casa nas mãos de Will. Voltei para a sala com a mala, o casaco e os sapatos e fiquei sentada com a faca na mão, observando a porta.

O tempo seguia piorando, com a chuva batendo nas janelas e o vento assobiando pela casa. Quando o dia começou a raiar, decidi sair para encontrar o barco da polícia. Fui até o carro, mas o vento estava gritando pelos campos, fazendo a chuva soprar na horizontal. Procurei me manter positiva ao entrar no carro, só que o mar estava muito agitado, e, enquanto eu dirigia até o portão, vi que algumas pequenas árvores do terreno ao lado tinham sido arrancadas. Eram 6h45.

O carro não parecia estável quando saí pelo portão da frente e comecei a descer a estrada de terra em direção ao hotel. A estrada tinha se transformado em um rio, e a água que vinha dos campos abria canais profundos na terra, formando uma corrente na superfície da estrada. Em um determinado ponto no meio do caminho, a estrada ficava ligeiramente plana e a água se acumulou ali, formando uma poça funda. Passei o mais rápido que consegui, grata pelo meu carrinho inteligente ter o motor na parte de trás.

Lixo e escombros dançavam no ar, e vi mais árvores caídas nos campos além dos muros de pedra. Fiquei feliz quando cheguei ao topo da colina que descia para o hotel e ouvi o zumbido das rodas no asfalto. Essa estrada era tão limpa e lisa em comparação com a de terra, e, em alguns lugares, a água se acumulava na superfície feito poças de mercúrio.

Diminuí a velocidade e parei perto do estacionamento do hotel. As ondas na praia abaixo eram muito altas e, para meu grande horror, haviam tomado todo o cais e a rampa. Quando vi que duas enormes árvores do hotel tinham caído, soube que as coisas estavam ficando sérias.

Vi um barco no horizonte, abrindo caminho em direção à ilha sobre as ondas. O pequeno Fiat vermelho de Dragan estava vindo da praia, arrastando um barco. Ele estava dirigindo, com Luka sentado no banco do passageiro.

O carro emparelhou com o meu e a janela de Dragan se abriu. Era enervante vê-lo de novo, e Luka também. Ambos estavam encharcados, com areia no cabelo. Luka parecia exausto, mas Dragan tinha uma expressão de empolgação feroz, e seu olho verdadeiro estava vermelho por causa da água do mar. Será que algum deles parecia a figura sombria que invadiu minha casa?

– Volte para casa. Não é seguro estar aqui, e a tempestade vai piorar – Dragan disso, erguendo a voz para ser ouvido através do vento. – Acabamos de voltar da pescaria! Ficamos presos na chuva por horas, e ela está nos seguindo! – Ele sorriu. Definitivamente, havia um brilho de excitação em seu olho bom, como se gostasse dessa batalha contra os elementos. Por outro lado, Luka parecia abalado. – Quer um peixe? Pegamos um bocado antes de a tempestade chegar.

– Vocês passaram a noite toda no mar? – gritei.

Estiquei a coluna e me inclinei para a frente para espiar o barco. Vi uma caixa de isopor cheia de peixes, principalmente douradas.

– Sim! Disse ontem pra você que a gente ia pescar – ele berrou de volta.

Houve um estalo e um som agudo quando as árvores ao redor se curvaram ao vento. O trovão retumbou.

– Dê meia-volta, vá pra casa e ligue se precisar de algo! – ele gritou sobre outro trovão poderoso.

Luka assentiu.

– Ligue se precisar de ajuda – ele disse, falando pela primeira vez.

Dragan fechou a janela, ambos se despediram e então foram embora, com o barco sacodindo atrás. No topo da colina, eles pegaram a direita na bifurcação e desapareceram.

Agora meu carro estava balançando ao vento. Tive que ligar os limpadores de para-brisa quando uma torrente de chuva espirrou no vidro. Encontrei um binóculo no porta-luvas, me inclinei e o peguei.

O barco da polícia ainda estava bem distante da costa. Ele era branco, azul e vermelho, e, com o binóculo, vi um sinal pintado na lateral, em que se lia: "Obalna straža Republike Hrvatske" em um disco amarelo com a bandeira croata no centro de duas âncoras também amarelas. Dava para ver algumas figuras de coletes salva-vidas vermelhos agarrados à amurada do barco enquanto ele oscilava sobre as ondas, e havia outro oficial na cabine de vidro da ponte.

Meu celular tocou.

– Sra. Kendall? – uma voz gritou sobre o rugido do vento e das ondas. – Aqui é Marek Tomko, da polícia croata.

– Estou lhe vendo. Estou esperando na colina do hotel, mas o cais foi todo tomado pelas ondas.

– Desculpe! – ele berrou. – Não podemos ir, é perigoso demais!

Como se para ilustrar o perigo, uma enorme onda se quebrou sobre o cais, expondo-o por um segundo antes de cobri-lo outra vez. A onda se chocou contra o penhasco e se transformou em uma massa espumosa na base da estrada. Ele disse mais alguma coisa, mas o sinal começou a falhar.

– Não consigo ouvi-lo – gritei.

Fiquei observando enquanto o barco parecia desviar-se do curso, seguindo para a falésia e para as e rochas.

– Está ferida? Você tem comida e eletricidade?

– Sim, mas temo que o invasor possa voltar.

Ouvi um grito no fundo quando uma onda quebrou na parte de trás do barco. Depois uma voz indistinta falou algo, a interferência crepitou, e a linha caiu. Quando o barco foi se virando para voltar para o mar, uma onda se ergueu e o atingiu de lado, quase envolvendo-o em uma parede de água. Por sorte, houve uma breve calmaria nas ondas e o barco conseguiu mudar a direção. Agora estava de costas para a ilha, seguindo diretamente para as enormes ondas. Ele foi atravessando o mar e pareceu escalar uma onda gigante antes de desaparecer do outro lado. Depois que ela avançou para a praia e se quebrou, vi que o casco ainda estava de pé. Outra onda massiva se agitou debaixo do barco, mas ele agora estava em águas mais profundas, além da arrebentação e fora de perigo.

Nunca me senti tão sozinha sentada ali no carro, fustigada pelos elementos, observando o barco da polícia desaparecer no horizonte – e, com ele, minha chance de sair da ilha.

O vento ficou mais forte, e a placa acima do toldo do hotel Sun-Inn foi arrancada. Pedaços de plástico branco caíram no gramado, rasgados. Uma das latas de lixo que ficavam do lado de fora do minimercado saiu voando para longe, subindo o penhasco. O céu estava quase todo preto, e os relâmpagos o iluminavam como se fosse noite.

Eu não sabia o que era melhor: voltar para a casa ou arriscar ficar ali no carro.

Dei a partida, coloquei a primeira marcha e comecei a subir a colina. Assim que passei pela fileira de bares e restaurantes, ouvi um estalo alto e algo se rasgando, e então vi uma árvore alta no campo próximo cair do outro lado da estrada, esmagando o muro de pedra. Uma pilha de pedras chatas deslizou do muro quebrado e rolou para a estrada. Pisei no freio, e o carro derrapou até parar a poucos metros do gigantesco tronco de árvore, bloqueando meu caminho.

Dei ré e fui descendo a colina até a bifurcação, com o motor cantando. Rochas e pedras rolavam na minha direção. Pisei no freio, derrapando na estrada molhada, engatei a marcha e virei à direita ao longo do penhasco do outro lado da ilha. Eu teria que dirigir no sentido anti-horário ao redor da ilha para chegar o mais perto possível da casa.

23

A estrada seguia pelo topo do penhasco, e eu dirigi o mais rápido que ousei através do forte vendaval que soprava do mar. A estrada descia em vários pontos, perto das pequenas praias e enseadas. Nos meses de verão, era um passeio bonito, mas hoje as ondas estavam terrivelmente próximas e, em alguns lugares, quebravam contra o penhasco na estrada.

Enquanto dirigia por um túnel de árvores rangendo e balançando ao vento, lembrei-me que, à frente, a estrada descia até o nível do mar e havia uma prainha, que no verão era popular entre os turistas.

Quando saí do túnel ladeado por árvores, o vento bateu na lateral do carro e percebi que a praia havia sumido, coberta pela maré alta. Uma onda gigante estava se formando, prestes a se quebrar a poucos metros da estrada. Pisei fundo no acelerador e senti o carro vacilar, gemendo. Atravessei a prainha, e a estrada começou a subir acentuadamente. Olhei o retrovisor e vi a onda se quebrar e avançar para a pista, cobrindo a estrada em águas profundas.

Tentei me lembrar se havia outra praia no caminho quando a estrada desviou para a esquerda e subiu mais. A encosta e o mar revolto abaixo logo desapareceram, e fiquei aliviada ao dirigir para longe da costa, subindo uma colina íngreme. Passei por vários casarões, que formavam uma barreira entre a estrada e o penhasco. As janelas estavam escuras e os jardins e as calçadas estavam cheios de folhas rodopiantes. Eu não sabia onde Dragan e Luka moravam e procurei casas com sinais de vida. Poderia haver alguém ali na ilha que não tivesse chegado ou saído de balsa?

Logo após os portões fechados de uma grande casa branca com curvas em estilo *art déco*, a estrada descia um pouco e passava por outro túnel de árvores que balançavam com violência. Acelerei para atravessar esse trecho o mais rápido possível. A estrada despencou abruptamente de novo e temi que me levasse a outra prainha. Quando o carro saiu do outro lado das árvores, eu estava de novo em campo aberto. Mais à frente, havia uma bifurcação com uma placa desbotada que não consegui ler. Reduzi a velocidade e virei para a esquerda, evitando por pouco um muro de pedra. Eu não estava familiarizada com o lado leste da ilha. Estava a uns bons 800 metros da costa, ainda subindo, e a estrada era aberta, sem árvores ao redor.

Tudo aconteceu rápido demais: ver Dragan, o barco da polícia dando meia-volta e a árvore caindo na estrada. Dirigi depressa para fugir da tempestade, mas desacelerei um pouco ao perceber a força com que eu estava segurando no volante. Meu corpo inteiro estava tenso, e, apesar do frio, eu estava coberta de suor.

Quando fiz uma curva, a igreja apareceu à minha frente, com seu pináculo verde e a torre branca assomando por trás do cume rochoso. No verão, as pedras brancas da igreja refletiam o sol poente, reluzindo tons rosados e dourados nas noites amenas. Mesmo neste dia cinzento e tempestuoso, a pedra branca parecia brilhar contra a paisagem marrom. A estrada serpenteava por mais alguns quilômetros e, quando me aproximei, vi que a igreja era muito maior do que eu pensava. Ela assomava majestosa no topo da colina.

As rodas do carro vibraram quando cruzei um mata-burro, e então a estrada que era de asfalto virou de paralelepípedos.

Diminuí a velocidade. Eu podia me abrigar ali e pensar no que fazer. Vi um estacionamento e um pequeno pátio ao lado da igreja, cercado por altos muros feitos da mesma pedra clara do chão. Assim que entrei na área murada do pátio, o carro deixou de ser fustigado pelo vento. Estacionei, desliguei o motor e respirei fundo no silêncio. Estremeci. O suor entre minhas omoplatas me deixava com frio. A chuva continuou a sacudir o telhado, e a condensação começou a se acumular nas janelas.

Limpei o para-brisa e, através da chuva intensa, vi um pequeno alpendre de pedra na entrada principal, onde uma fileira de velas cintilava.

– Ah, meu Deus – falei, me lembrando das palavras da carta de Will: – Vá até a nossa igreja e acenda uma vela para mim. Ali vai encontrar a chave para o nosso futuro.

Será que Will queria que eu viesse a *esta* igreja?

Esqueci da chuva e de tudo o que aconteceu nas últimas 24 horas. Saí do carro e atravessei o pátio em direção ao alpendre. Velas em vidros coloridos tinham sido colocadas no alto do parapeito, e os entalhes da porta pareciam se mover sob a luz ondulante. Na parede ao lado da porta havia uma caixa de vidro em que uma estátua da Virgem Maria com olhos ligeiramente salientes estendia os braços. Forcei a maçaneta e fiquei surpresa quando ela se moveu para baixo e a porta se abriu.

A igreja era comprida e estreita e estava na penumbra. Senti os aromas familiares de poeira, verniz de madeira e cera de vela. Seis fileiras curtas de bancos levavam a um altar de ônix esculpido, mas o teto alto e abobadado dava profundidade ao espaço. Em cada uma das paredes havia um vasto vitral em arco bem acima da cabeça. A janela mais significativa e dramática ficava atrás do altar, onde uma cruz dourada brilhava ao lado de um ramo de flores artificiais. O vitral retratava o nascimento de Jesus, com Maria sentada embalando o bebê e os três Reis Magos olhando. Era um vitral lindo e detalhado, e a luz que entrava banhava a mim e ao chão de pedra em um mosaico de cores suaves.

Ao lado do altar, havia um largo carrinho de metal, e a base continha prateleiras de velas votivas. Em cima havia um suporte com furos de metal para colocar as velas acesas. Uma seta vermelha apontava para uma fenda no centro do carrinho onde se lia "1 EURO" em vermelho.

Havia três velas usadas na prateleira. Acima do carrinho havia um quadro na parede em uma moldura de madeira, ilustrando o milagre de Jesus transformando água em vinho. Ele usava vestes vermelhas e azuis e tinha os braços erguidos, enquanto a luz irradiava de sua cabeça. Havia jarros de barro a seus pés e estava cercado por discípulos com seus mantos coloridos e esvoaçantes. Alguns o observavam com atenção, outros oravam de cabeça baixa.

Fiquei parada na frente do quadro e peguei a carta de Will no meu bolso.

Eu reli as palavras dele, observando sua caligrafia, e imaginando-o escrevendo.

Vá até a nossa igreja e acenda uma vela para mim. Ali vai encontrar a chave para o nosso futuro.

Eu não tinha dinheiro, mas peguei uma vela na caixa.

Havia um isqueiro pendurado no suporte de metal, então acendi a vela e a coloquei na prateleira.

– Ali vai encontrar a chave para o nosso futuro – eu disse.

Olhei para os lados, para trás, para o teto e depois para o quadro na parede à minha frente. Recuei um passo. Será que Will queria dizer que eu literalmente encontraria uma chave? Pensei que fosse uma chave abstrata, alguma informação que me elucidaria algo. Eu me aproximei do quadro. A moldura tinha 1 metro de largura e meio metro de altura. O que eu pensei ser vidro era, na verdade, um pedaço encardido de acrílico.

Estiquei o braço e tentei tirar o quadro da parede, mas ele não se moveu. Estava pregado.

– Se estiver ouvindo, Will, saiba que isto é um absurdo – falei em voz alta.

Pensei no seu amor por romances de espionagem e ação e sorri. Era esse tipo de coisa que ele adorava. Pistas em cartas. Portas escondidas e compartimentos.

Dei um passo para trás, refleti um pouco e decidi ir até o carro. Peguei a bolsa de ferramentas no porta-malas e corri de volta para a igreja.

O carrinho de metal era pesado, e fez um barulho terrível que ecoou pela igreja quando o arrastei para o lado.

Não sei dizer se fiquei decepcionada ou aliviada quando não encontrei nada atrás do quadro. Os quatro parafusos que o prendiam na parede estavam rígidos. Tive que me apoiar neles para desparafusá-los das buchas.

Depois de soltar o último parafuso, segurei as pontas da moldura de madeira e ergui o quadro da parede, cedendo sob seu peso. Apoiei-o no chão, contra um dos bancos.

Fiquei olhando para a parede, frustrada por perceber que ali não havia nada além de pedras.

Mas e o quadro?, disse uma voz na minha cabeça. Voltei a atenção para ele. A parte de frente da moldura era de madeira pesada e escura, mas a parte de trás era de madeira fina, com a exata medida do quadro.

Com a chave de fenda, comecei a arrancar o fundo. Foram necessárias várias tentativas para colocar a ponta sob a madeira. Os últimos dias foram uma provação de medo, choque e privação de sono, e uma grande parte de mim pensou que eu era louca por presumir que haveria algo ali dentro.

Mas, então, de repente, o forro de madeira saltou da moldura e um pequeno envelope caiu no chão de pedra com um som fraco.

Eu recuei, chocada. O envelope era de papel pardo. Do tipo que eu costumava receber com meu salário.

Ele estava em branco, fechado. Dava para sentir que havia algo ali dentro.

– Não pode ser, Will – falei. Usei a chave de fenda para abrir o envelope com cuidado. – Acenda uma vela para mim. Ali você vai encontrar a chave para o nosso futuro – repeti, ouvindo minha voz ecoar pela igreja vazia.

Virei o envelope para baixo, e uma pequena chave prateada caiu na minha mão.

O segredo de Will estava ficando grande.

24

Minhas pernas tremiam, doloridas de exaustão, e precisei me sentar. O suor estava secando e deixando meu pescoço e minhas omoplatas grudentas. Não tinha energia para pensar em mais nada. Tudo o que eu queria fazer era me encolher em um canto, qualquer canto, e dormir. Até o chão de pedra lisa da igreja serviria.

Fiquei olhando para a chave. O metal estava gelado, e sua existência me apavorava. Tinha sido colocada ali para que eu a encontrasse. Tentei processar essa informação. Passara os últimos dias duvidando de mim mesma, pensando que eu tinha enlouquecido. Essa chave tinha levado Will à morte. Ou o contrário? Eu não era a única procurando por ela. Será que a pessoa que invadiu minha casa sabia que estava procurando por uma chave? Mas como isso fazia sentido? As únicas pessoas que sabiam sobre a carta eram Will, Henrich, Diane e eu. E para que servia essa chave? Para abrir alguma fechadura, algum cadeado… um cofre?

Enquanto pensava, fiquei sem fôlego por um momento. Lembrei-me de que Marelle tinha um cofre em um banco na Oxford Street. Era uma das coisas de que ela gostava de mencionar para despertar o interesse das pessoas.

– São bens de valor da *família* – era o que ela sempre falava, mudando de assunto logo em seguida, como se eu fosse impertinente por perguntar.

Toda vez que enfatizava a palavra "família", o que ela queria dizer mesmo era "sangue". O que quer que esse cofre guardasse só passaria para sua própria linhagem.

Quando perguntei a Will, até ele pareceu incerto sobre o conteúdo do cofre. "Diamantes, ouro", ele disse, "mas nunca se sabe com Marelle". Podia conter alguns milhares de libras em joias, mas não me surpreenderia se tivesse um estoque considerável de ouro nazista. Sempre pensei que ela possuía um toque do Terceiro Reich.

Fechei a mão sobre a chave. Minhas unhas estavam azuis, e meus dedos dormentes por causa do frio e da umidade. Abri a mão. Havia um pequeno logotipo estampado na chave: fortitudo. Por que Will colocaria essa chave ali se ela abria o cofre da família em Londres? E por que contrataria um novo advogado, ignorando o da empresa da família? Será que Will tinha um cofre secreto em Londres? Se sim, por que guardar segredo? Ele poderia ter me dado acesso. O que seria mais seguro do que um cofre de banco?

Eu me recostei no banco, que fez barulho e ressoou pela igreja.

...acenda uma vela para mim. Ali vai encontrar a chave para o nosso futuro.

E se fosse algo mais simples? Será que a chave abria algo na igreja? A luz que se infiltrava pelos vitrais estava diminuindo, a tempestade devia estar piorando. Ali dentro estava seco e cheio de poeira, mas eu estava protegida. No carrinho das velas votivas havia uma fechadura na frente da caixa de coleta. Tentei a chave, mas ela não se encaixou. Não. Não fazia sentido. O padre e a freira que vi na balsa deviam coletar o dinheiro quando visitavam a ilha. Procurei algo com fechadura.

Um pesado confessionário de madeira estava escondido em um canto do lado oposto do altar. Fui até lá e hesitei um pouco antes de abrir a porta, primeiro a da esquerda e depois a da direita. Elas rangeram, e ambas estavam vazias. Claro. A divisória de tela esculpida entre as baias estava lascada e, por dentro, o cheiro era horrível – uma mistura de desinfetante e algo pútrido. O fedor forte e desagradável de vômito. Uma lembrança aleatória da escola primária me veio à mente, quando uma garota com óculos fundo de garrafa chamada Becky Wayland vomitou no chão de cortiça no cantinho de contação de histórias.

Fechei as portas do confessionário e continuei procurando. Havia um armário pesado de madeira em um canto atrás da pia batismal, cheio de velhas Bíblias apodrecidas que exalavam o mesmo cheiro enjoativo. Não havia mais nada que podia ser aberto com uma chave.

Na mesa da entrada, havia uma caixa de doações, uma pilha de folhetos e um livro de visitas. O livro estava aberto com uma pedra larga e lisa em cima das páginas sujas e onduladas. Peguei a pedra. Tinha cor de café com faixas brancas, um pouco maior que minha mão, e era muito pesada. Fiquei balançando-a por um tempo, pensando no que fazer. Eu precisava voltar para casa. O medo voltou, e me repreendi por estar tão assustada. Coloquei o dedão do pé direito no calcanhar do esquerdo e tirei o sapato. Arranquei a meia molhada e enfiei o pé de volta no sapato, mexendo os dedos e fazendo força para calçá-lo. Pus a pedra dentro da meia rosa e suja, que esticou o tecido, e enrolei o topo na mão. Estava cansada de me sentir aterrorizada e perseguida. Precisava de uma faca ou uma outra arma, mas essa arma improvisada teria que servir.

Quando eu tinha uns 8 ou 9 anos, minha mãe namorou um cara chamado Len – ela teve muitos outros namorados ao longo dos anos, durante os términos com George. Len ficou na minha memória porque sempre carregava uma seiva de couro liso. Ele chegava em casa de noite e tirava do bolso a carteira, as chaves e uma seiva de couro que parecia um rabo de castor, deixando tudo na mesa da cozinha. Eu ficava fascinada ao ver como a areia densamente compactada no interior do couro dava à seiva um peso letal. Lembro de passar a mão pela borda curva, em que havia uma linha de pontos brancos desfiados. Nunca o vi usando a arma e nunca pensei no mundo que Len habitava, no qual precisava carregar uma arma tão primária e brutal. E ali estava eu, fazendo uma seiva improvisada para mim.

Pulei assustada ao ouvir um trinado alto. Era meu celular tocando no meu bolso. Não reconheci o número, mas atendi, na esperança de ser a guarda-costeira me ligando para dizer que alguém estava vindo me resgatar de barco.

– Mags, é você? – uma voz familiar perguntou em meio à interferência e o som de metal contra metal.

– Eric? – perguntei.

– Mags, como você está? – ele falou mais alto.

Senti uma onda repentina de calor percorrendo meu corpo ao ouvir uma voz familiar. O melhor amigo de Will, Eric, também tinha se tornado meu melhor amigo com o tempo.

– Ah, Eric – falei, contendo as lágrimas. – É tudo tão... – Hesitei. Por onde eu deveria começar? – Está tudo uma merda. Você não vai acreditar no que está acontecendo.

– Você está em Tish, né? – Eric colocava apelido em tudo. Tišina era "Tish".

– Isso.

– Que bom. Estou indo – ele disse, tendo que gritar por causa do vento.

Ouvi o estrondo de um trovão.

– Está vindo aqui?

– Sim. Chego em algumas horas, estou cruzando o Adriático desde Bari. Está difícil, mas tenho esperança de chegar inteiro. Tudo bem?

Meu coração disparou com a notícia. Eu me senti desamparada por ele não ter ido ao funeral. Precisava muito ver um rosto amigo. Voltar para casa com Eric de repente fez eu me sentir segura. Verifiquei o relógio – eram pouco mais de 8 horas.

– Sim! Sim, claro que tudo bem! – Agora eu também estava gritando.

Houve uma interferência, e ele começou a dizer algo, mas a ligação falhou e caiu. Um momento depois, recebi uma mensagem:

DESCULPA TO NO TEL VIA SAT. SINAL RUIM. CHEGO UMAS 23H30
BJS

É engraçado como seu mundo inteiro pode virar de cabeça para baixo em um minuto. Todo o medo, solidão e exaustão foram embora e, por um segundo, quase me senti normal. Eric estava vindo. Forte e corpulento. Divertido e leal. Ele me protegeria. Era a última pessoa na minha vida com quem eu poderia falar sobre tudo.

E ele tinha um barco.

25

Três horas depois, a chuva parou, mas o céu continuou escuro, e o mar, ferozmente agitado, como se estivesse apenas fazendo uma pausa da tempestade em curso. Fiquei esperando no meio da escadaria de pedra que descia até a praia, encolhida na beirada da pequena plataforma escavada na rocha onde nosso barquinho de pesca estava coberto por conta do inverno. Cruzei os braços para me proteger do frio e me recostei no barco, esperando por Eric, nervosa.

De repente, um magnífico catamarã azul com casco duplo e uma imponente vela branca feito neve apareceu no horizonte cinzento, navegando por cima de uma enorme onda. Era o *Dionísio*. Eric o construiu quando decidiu deixar a terra firme para sempre, e passou a maior parte dos últimos cinco anos vivendo naquele barco e navegando pelo mundo. Seu estilo de vida nômade nunca me atraiu antes, mas tive um súbito desejo de me libertar das algemas da minha vida e navegar para longe.

Entrei em pânico quando o barco desapareceu atrás de uma onda gigantesca, e o céu cinzento e a água pareceram virar uma coisa só, mas então o *Dionísio* emergiu no topo da onda, todo vibrante e colorido, vindo em alta velocidade na direção da ilha.

Eu me perguntei quão difícil foi a travessia desde Bari. Tišina ficava fora do aglomerado de ilhas croatas, e ele deveria ter navegado quase em linha reta da costa da Itália direto para o mar Adriático.

Enquanto o *Dionísio* se aproximava, vi Eric, com seu corpo alto e magro, se movendo habilmente pelo deque, enfiando-se sob a retranca e girando uma manivela para abaixar a vela. Fiquei animada ao vê-lo, pois não estaria mais sozinha.

Ouvi um som agudo quando a vela baixou. Uma boia laranja a 100 metros da costa balançava e oscilava a cada onda, e o *Dionísio* deslizava na sua direção feito um gracioso galeão. Eric estava a postos com a âncora, lançando-a para baixo enquanto elas se nivelavam. Ele se deitou na frente do barco e amarrou uma corda na boia.

– Mags! – ele gritou, acenando.

– Oi! Estou tão feliz de ver você! – gritei de volta.

Minha voz até falhou de emoção. Ele pegou uma mochila e pulou no pequeno bote preso na parte de trás do catamarã. O pequeno motor de popa ganhou vida e, um momento depois, Eric estava perto das enormes ondas que quebravam nos degraus da base da escadaria. Ele desligou o motor e assobiou quando uma longa corda veio girando em minha direção. Peguei a ponta e observei enquanto ele trabalhava com um remo de madeira comprido e liso, diminuindo a velocidade e calculando a trajetória, de modo que o bote alcançasse os degraus de concreto com uma onda. Ele saltou para os degraus abaixo de mim um momento antes de a onda baixar.

– Mags! Que bom vê-la! – ele disse, subindo a escada com um largo sorriso no rosto.

Quando outra onda nivelou o bote, ele usou a corda para puxá-lo até nós. Ajudei-o a erguê-lo para o barco de pesca, e ele enrolou a corda nele para prendê-lo. Ao terminar, se virou e ficou olhando para mim por um instante. Eric era alto e corpulento. Os músculos se destacavam em seus braços magros. Seu longo cabelo preto tinha mechas grisalhas e estava puxado para trás, amarrado em um rabo de cavalo. Seu rosto tinha uma tez saudável e avermelhada, e ele estava descalço, usando um jeans rasgado e uma camiseta desbotada do Led Zeppelin. Ele me deu um abraço, envolvendo-me em seus braços. Estava encharcado e tinha um cheiro bom de mar e homem.

– Senti saudade, Eric. Ainda bem que você veio – falei, pressionando a cabeça contra seu peito.

Dava para ouvir seu coração batendo. Ele se afastou e me observou atentamente.

– Você está bem? O que fez na cabeça? – Ele tocou com gentileza meu machucado e a faixa rígida de cola médica, e eu abafei um soluço profundo e ofegante.

– Você não faz ideia do quanto estou feliz e aliviada em ver você.

– O que está acontecendo? – ele indagou, estreitando os olhos.

Senti uma vontade súbita de conversar normalmente. Eu ansiava por um pouco de normalidade.

– Está com fome? Quer um café?
– Sim e sim. – Ele me encarou. – Você parece... assustada.
– Vamos entrar.

Como se estivessem esperando a deixa, gordas gotas de chuva começaram a cair, e subimos os degraus correndo.

– O que aconteceu com a piscina? – Eric perguntou quando cruzamos o terraço de cabeça baixa ele notou o rasgo na cobertura.

Quando alcançamos as portas de vidro, o céu pareceu descarregar tudo o que tinha, e o ar virou um borrão de chuva.

– O que aconteceu com a piscina é o meio da história – respondi, entrando em casa e fechando as portas com um zumbido.

Ele colocou a mochila na bancada da cozinha.

– Meu Deus, sempre me esqueço da enormidade deste lugar.
– Ele parece ainda maior comigo aqui sozinha.

Enchi a chaleira de água. Eric abriu a mochila e ficou vasculhando-a, tirando uma pilha de roupas dobradas, um telefone via satélite, um rádio marítimo, que parecia um grande walkie-talkie, e uma lata amassada.

– Trouxe umas coisinhas.

Ele abriu a tampa, e eu espiei seu conteúdo. Aninhado em uma camada de papel, havia um lindo panetone marrom-dourado. O cheiro de manteiga, baunilha e frutas era divino.

– Você que fez?
– Não seja boba. A proprietária do lugar que eu estava ficando em Bari que fez.
– Ela era jovem? – perguntei, sorrindo.
– Não. Bem velha. E uma excelente cozinheira. Comi sem parar – ele respondeu, também sorrindo e erguendo sua camiseta para dar tapinhas na barriga.

Seu sorriso (e sua barriga) fazia as mulheres (e alguns homens) se derreterem e, pelo visto, também fazia velhas senhoras italianas lhe prepararem delícias. Quando Will me apresentou a Eric vários anos atrás, houve um momento assustador em que eu fiquei seriamente apaixonada. E houve outros momentos, admito, em que pensei que algo poderia acontecer, mas Eric era leal, e eu também. Ao longo dos anos, me obriguei a vê-lo como o irmão mais velho que nunca tive.

E ali estava ele na minha cozinha. E eu não estava mais casada. Afastei o pensamento.

– Isto também é para você – ele disse, pegando uma camiseta enrolada dentro da mochila.

– O que é isso? Você me trouxe roupa pra lavar?

– Abra.

Desenrolei a camiseta na bancada de mármore, onde ficava um porta-retratos de mim com Eric e Will. A foto era de agosto, quando fizemos uma fogueira na praia embaixo de casa e grelhamos uns peixes recém-pescados. Estávamos sentados em uma pedra grande e lisa. A maré estava baixa, e o sol poente refletia na água, vermelho e dourado. Estávamos sorrindo, bronzeados e felizes.

Senti um nó na garganta.

– Não acredito que foi há três meses... parece uma vida toda – eu disse.

Olhei para Will, sentado entre nós, sorrindo, com os braços sobre os nossos ombros.

Pensei nele nos últimos anos, principalmente no último verão, agindo como se não tivesse uma preocupação no mundo. E, durante todo esse tempo, uma carta me esperava em um escritório de advocacia de Charing Cross. Senti uma pontada de dor e depois raiva diante da lembrança daquele dia tranquilo.

– Fiz essa moldura com um pedaço de madeira que encontrei na praia naquela noite – Eric falou.

– É linda – eu disse, emocionada com o presente tão especial. – Obrigada.

Eu o abracei, e ficamos em silêncio por um tempo enquanto ele me segurava contra seu corpo quente. O único som era da chuva batendo contra o vidro.

Ele se afastou um pouco e me encarou, com o rosto próximo do meu. Então houve um momento... Ambos recuamos. Eu me virei e me ocupei com o chá.

– Senti sua falta no funeral – comentei.

Minha fala saiu dura demais. Ouvi o rugido de um trovão, e a chaleira apitou para indicar que a água já estava fervendo. Despejei a água no bule.

– Me desculpe. *Mesmo*. Eu não podia abandonar a construção do novo barco de corrida. Tenho patrocinadores me pagando uma fortuna... Mas devia ter ido, Mags. Sabe que sempre estarei aqui para você, mesmo que só em espírito – ele falou.

Mantive as costas para ele. Não queria ceder ao seu charme. Ainda estava brava por Eric não ter ido ao funeral. Mas ele estava aqui agora.

– Foi uma merda – contei, me virando para ele. – Um funeral deveria honrar a memória de alguém. Will parecia a porra de um apresentador de programa de variedades dentro de um caixão.

Eric balançou a cabeça.

– Aposto que Marelle fez ele usar aquela gravata velha.

Assenti, pegando o panetone da lata e cortando dois pedaços. Nós nos concentramos em comer e, quando terminamos, cortei mais dois pedaços. Estava delicioso, e senti uma onda de calor quando o açúcar e as especiarias atingiram meu estômago.

Servi duas canecas de chá, que bebemos em um silêncio confortável, ouvindo a chuva bater no vidro.

– É verdade que Will tinha uma arma? – Eric perguntou.

– Estava escondida no escritório. Você sabia?

– Não. Eu sabia das espingardas que ele herdou do pai e que ficavam em Hepworth.

– Ele tinha uma arma na nossa casa desde setembro de 2012. Foi quando conseguiu a licença. – Encarei Eric. – Acho que os policiais estão errados. Will não se matou.

Eric arqueou as sobrancelhas.

– Por que acha isso? – Hesitei, pensando no que tinha acontecido com Diane. Se eu envolvesse Eric nessa história, estaria o colocando em risco?

– Maggie, por favor, me conte. Eu era o melhor amigo de Will, e gostaria de pensar que sou um dos seus melhores amigos também.

Tirei o envelope amassado do bolso e o estendi para ele.

– Quando cheguei aqui, recebi isso – contei.

Eric franziu as sobrancelhas, confuso, enquanto desdobrava a carta. Servi mais chá e fiquei observando-o ler.

– Nossa, Mags. Tem certeza de que é verdadeira?

– Sim. Will contratou um advogado para entregar. Um advogado que não é da empresa da família.

– Parece um pouco afetado e pomposo: "No entanto, se meus medos se concretizarem, você pode ler essas palavras logo". – Eric olhou para mim.

– Eu sei, mas ele era vítima da hipérbole. Lembra daqueles discursos exagerados que sempre fazia nos aniversários da família?

Eric assentiu.

– Mesmo assim. Só me parece dramático demais escrever algo assim.

Nas horas seguintes, contei a Eric tudo o que tinha acontecido nos últimos dias: a invasão, o quase afogamento, a quase decapitação na janela e o acidente de Diane. Quando cheguei à parte da chave, tirei-a do bolso e a coloquei na bancada.

– Você era o melhor amigo de Will. Tem certeza de que não sabe de nada?
Eric estava muito pálido. Ele balançou a cabeça.
– Não. – Ele se inclinou e pegou a chave com uma mão trêmula.
– Alguém quer essa chave – falei.
– Quem?
Fiquei o encarando. Ele parecia surpreso e abalado, mas aparecera aqui do nada, sem avisar. Ele não era desse tipo. Eric gostava de planejar.
– Eric, por que você está aqui?
– Porque queria ver você e lhe dar meus pêsames – ele disse, magoado com a pergunta.
– Você poderia ter feito isso em Londres.
Ele se inclinou para pegar minha mão, mas a afastei. Ele ficou me olhando com seus olhos azul-claros. Abertos. Sinceros.
– Mags, se soubesse de algo, eu contaria. Juro. Essa confusão... você me conhece. Só quero navegar, ficar sozinho, e aparecer de vez em quando para visitar meus amigos. Juro que Will nunca me contou que estava planejando tudo isso. O que quer que isso seja. Por favor, acredite em mim.

Eu queria confiar em Eric. Ele sempre foi um bom amigo e o melhor amigo de Will. Mas era essa parte que me deixava desconfiada. Durante todos esses anos de amizade, nunca houve nenhum momento de fraqueza ou embriaguez em que Will deixou algo escapar? Se bem que eu dividira a vida com ele por tantos anos sem saber de nada. Precisava acreditar que podia confiar em Eric. Se não pudesse confiar nele, estava tudo acabado. Eu não teria mais ninguém. Ele era meu último amigo. Houve um silêncio constrangedor. Eric voltou a se concentrar na carta.

– Quando foi a última vez que você falou com Will? – perguntei.
– Deixa eu ver... quatro ou cinco dias antes... ele me ligou e batemos um bom papo. Ele me contou que Hugo tinha acabado de comprar uma casa na França, que eles iam reformar. Estava animado. Hugo queria todas as paredes de mármore, e Will me disse que iria para Itália e me perguntou se a gente podia se encontrar pra jantar.
– Ele não me falou nada sobre a Itália. Você achou que ele queria lhe contar algo pessoalmente?

– Não, foi uma ligação normal... você contou para alguém sobre essa carta?

– Só pra você. E Diane. E agora ela está em coma.

Eric empalideceu com a informação. Ele tentou beber seu chá, mas a caneca já estava vazia.

– Tem algo mais forte? Estou pensando naquele vinho delicioso que Will faz com as uvas daqui da ilha...

Ele parou de falar. Foi até a adega ao lado da geladeira e viu as garrafas guardadas ali. Olhei para Eric e para a chave na bancada.

– Desculpe-me, Mags. Não estava pensando direito.

– Não, tudo bem. Não estou pensando nisso. Já sei o que essa chave abre.

26

– O quê? – Eric quis saber.
Afastei-me da adega com uma garrafa do nosso vinho caseiro. Estava coberto por cracas marítimas secas.

Coloquei a garrafa em cima da bancada.

– Você sabe que Will, que a gente, preparava nosso vinho caseiro no fundo do mar?

– Sim – ele respondeu.

Peguei a chave e abri as portas que davam no terraço. Um tempo depois, meu amigo se juntou a mim e me cobriu com um casaco impermeável.

Ficamos olhando as ondas agitadas. A maré estava começando a baixar, revelando as pedras lisas na ponta da praia.

Alguns anos antes, Will tinha ouvido falar sobre uma vinícola em Pelješac, uma península no sul da Dalmácia, onde as garrafas de vinho fermentavam em gaiolas no fundo do mar. Havia algo nos 22 metros de profundidade, na temperatura e no silêncio que supostamente davam ao vinho um sabor distinto. Achei estranho quando Will sugeriu que tentássemos. Tínhamos apenas algumas videiras em casa, que ainda eram novas e dariam apenas vinte ou trinta garrafas, mas resolvi fazer sua vontade. Uma manhã, quando nadávamos, encontramos uma caverna embaixo da casa. Na maré baixa, era possível nadar sob uma rocha que dava em um túnel profundo e largo. Ele se estreitava até um ponto em que dava para mergulhar e seguir o canal até uma grande e bela câmara subaquática. Era um lugar empolgante para nadar no verão e para se refrescar nas rochas escuras. Não sou uma mergulhadora muito confiante, então, embora tivesse mergulhado na câmara várias vezes, sempre achei o percurso assustador. Will, por outro lado, ficou muito animado. Ele me pediu para não comentar com ninguém sobre as nossas garrafas naquela caverna subaquática para que não fossem roubadas, mas, agora, eu me perguntava se essa era a única razão pela qual ele queria manter segredo.

– Onde fica a entrada da caverna das garrafas? – Eric perguntou, seguindo meu olhar e erguendo a voz por conta do vento.

– Perto das pedras, à direita – respondi, indicando o local onde o penhasco se projetava para o mar feito uma gigantesca pálpebra encapuzada.

– Você acha que Will guardou algo ali além das garrafas de vinho?

Mordi o lábio e fiquei observando uma onda se aproximar e quebrar na areia abaixo. A maré estava recuando, descobrindo os degraus de pedra que davam na praia. Quando a maré baixa atingisse seu ápice, poderíamos nadar sob a pálpebra da rocha até a caverna.

– *Fortitudo* em latim significa fortaleza, força – disse, segurando a chave. Eu me lembrei de quando Will colocou o cadeado na gaiola cheia de garrafas. A palavra *fortitudo* estava escrita no cadeado. Olhei mais uma vez para o mar e para as nuvens baixas e prateadas. – É quase maré baixa. Parece que a chuva deu uma trégua. Pode ser a única hora segura de mergulhar... O que acha?

– Se eu acho que é seguro? Ou o que acho de mergulhar numa caverna em um dia de tempestade no final de novembro? – Eric questionou com uma expressão aflita, como se eu estivesse lhe pedindo muito. – *Fortitudo* pode ser apenas o nome da empresa que faz as chaves. E você acha que a chave vai mesmo abrir... O quê?

– As garrafas de vinho são guardadas em ampolas de barro numa gaiola de metal. São cilindros para protegê-las.

– Eu sei o que são ampolas, Mags.

– As ampolas são empilhadas numa gaiola de metal com um cadeado de metal.

– Will achava que alguém iria roubar essas garrafas? – Eric indagou, passando as mãos pelo cabelo molhado de chuva.

Dei de ombros.

– Acho que ele só queria manter as garrafas seguras. Mas esta praia é privativa, e ninguém sabe delas... talvez alguns viajantes encontrem a praia no verão.

– E o zelador da ilha? Ele sabe das garrafas?

– Não sei – respondi.

Mais uma vez, fui lembrada do pouco interesse que demonstrei por esse lugar, que para mim significava apenas férias relaxantes. Eric ficou em silêncio. Ele olhava para as ondas agitadas com uma expressão sombria.

– Por favor, Eric. A chave é verdadeira. A carta que Will me enviou também. Preciso saber o que ele estava tentando me contar.

– Você quer mesmo fazer isso?

Segui seu olhar pela água ondulante até o *Dionísio*, que balançava e oscilava, ancorado contra a boia laranja.

– Não muito. Não quero mergulhar à noite. A água no escuro me deixa apavorada – respondi.

Eric se virou para o penhasco e olhou para a rocha que pendia sobre a caverna na luz fraca do final da tarde.

– Você tem equipamento de mergulho?

– Sim, está guardado no depósito.

– Qual é a profundidade da caverna?

Pensei um pouco. Já tinha descido lá algumas vezes, sempre com Will na frente.

– Acho que a câmara fica a cerca de 10 metros da passagem na parte de trás da caverna – respondi.

Na última vez que mergulhamos, era um dia quente de verão, mas mesmo então as trevas e o frio se infiltraram pelos meus ossos.

Observei o rosto dele. Eric ainda tinha uma expressão sombria, e suas sobrancelhas estavam franzidas.

– Alguém está procurando por esta chave, não é? – ele falou, pegando-a na mão para estudá-la. – Invadiram a sua casa. Tentaram machucar você. Pode ser mais seguro mergulhar durante a noite. Eu tenho lanterna e corda.

O sujeito oculto "eles" me deixou assustada.

– Não. Se formos mesmo fazer isso, é melhor fazermos agora – eu disse.

Tentei refletir sobre os últimos anos. Will tinha deixado alguma pista sobre a caverna e o que tinha ali? Não. Quando teve a ideia de colocar garrafas de vinho lá? Em uma das nossas viagens para o sul, experimentamos uma garrafa de Prosecco fermentada debaixo do mar. Isso aconteceu uns seis ou sete anos antes de construirmos a casa. Eu tinha boas memórias daquela refeição em um restaurante praiano com o sol se pondo. Será que ainda podia considerar essa lembrança genuinamente feliz? Ou Will já estava formulando seu plano desde então?

Percebi que Eric tinha me feito uma pergunta.

– Você acha que abrir esse cadeado e descobrir o que está escondido ali vai deixá-la mais segura? – ele repetiu.

– Espero me sentir mais segura e encontrar algumas respostas. Afinal, por que Will faria isso?

Eric ficou me encarando.

– E se for algo que você não quer saber? E se Will tiver feito algo ruim?

– Preciso descobrir a verdade. Não importa se for ruim.

Eram 4 horas da tarde, e a luz do dia já enfraquecia quando descemos os degraus até a praia com roupas de mergulho e carregando cilindros de ar nas nossas costas. Eu tinha me esquecido de como essa coisa era pesada, mas não estava com tanto medo da água. Havia algo no equipamento que fazia com que me sentisse segura, como se tivesse colocado um uniforme para ir à batalha.

Na maré baixa, a praia ficava estreita, com 5 ou 6 metros de areia e seixos. Uma camada de lodo verde e algas cobriam os últimos degraus, que estavam submersos na maré alta, e era preciso caminhar com cuidado. Havia uma fileira de pedras e rochas altas na base da falésia formando uma ferradura perfeita, que espelhava o desenho da nossa pequena baía. Ouvi pedregulhos caindo do penhasco e, quando olhei para cima, vi um amontoado de pombos aninhados entre as suculentas e as palmeiras desgrenhadas que cresciam nas rochas.

– Odeio pombos – Eric comentou, seguindo meu olhar. Eu o vi estremecer. – Pensei que só existissem nas cidades inglesas.

Abrimos caminho pela areia enquanto as ondas quebravam na praia. O chão estava cheio de detritos trazidos pela tempestade: velhas garrafas de plástico, latas de refrigerante desbotadas e pedaços de corda puída.

A praia terminava em um aglomerado de rochas e pedras que subiam pelo penhasco. Segui na frente, escalando a borda de algas marinhas. Encontrei pontos de apoio para os pés, que tornavam a subida mais razoável e, mais no alto, havia uma trilha acidentada entre as rochas e as plantas.

A trilha terminava em uma pequena plataforma quadrada na borda rochosa acima da caverna. Espiei lá embaixo. No verão, costumávamos ver crianças saltando dali. A queda tinha cerca de 10 metros, mas, deste ângulo, com o mar agitado, parecia bem maior.

– Qual é a profundidade da água? – Eric me perguntou, pisando na plataforma.

Não havia muito espaço ali, com os cilindros de oxigênio nas nossas costas. Ele se desequilibrou e teve que se segurar em mim.

– É fundo. Uns 60 metros ou mais, acho.

– Você acha ou tem certeza?

– É fundo o suficiente. Mesmo no verão com o sol batendo com toda a força na água, a cor é um cerúleo escuro...

– Então é fundo o suficiente para pular com segurança daqui?

– A gente devia ter trazido seu barco pra cá para pular dele.

– Não tem boia de sinalização aqui – Eric disse.

Estava perdendo a coragem. Eu me segurei no braço de Eric para me equilibrar quando uma rajada de vento soprou. O mar se estendia por quilômetros pelo horizonte, e parecíamos tão minúsculos e insignificantes em comparação, cambaleando ali naquela pequena plataforma, sendo fustigados pelo vento.

– Eu vou primeiro – anunciei.

Senti a chave gelada debaixo da roupa de mergulho, contra a minha garganta, presa em um cordão em meu pescoço. Estávamos com lanternas de cabeça, e o prendedor apertava meu crânio desconfortavelmente.

– Deixe eu ir primeiro – Eric falou.

– Não, eu vou – insisti.

Dei um passo à frente, firmando os dedos dos pés na ponta da plataforma. Esperei uma onda passar por baixo da borda da rocha e entrar na caverna. Coloquei a mão na cabeça para manter a lanterna no lugar e pulei.

27

Atingi a água e submergi na escuridão. O peso do cilindro de oxigênio nas minhas costas me fez cair feito uma pedra. Bati as pernas e, quando emergi, já estava dentro da caverna, com a borda saliente da rocha a 10 ou 12 metros acima. Um instante depois, a cabeça de Eric surgiu na água.

– Tudo bem? – gritei sobre o vento nos meus ouvidos.

– Sim, a... – Uma onda o acertou no rosto. – A maré está virando – ele terminou, cuspindo água.

As ondas se quebravam ali dentro, nos levantando consigo. A terceira onda me ergueu tão alto que eu podia tocar a saliência rochosa acima.

Dava para ouvir o som metálico das ondas batendo nas paredes rochosas e ecoando pelo espaço. Eu não conseguia ver muito além dos primeiros metros da entrada da caverna, mas sabia que o teto era muito mais alto ali dentro.

A luz do fim da tarde era prateada. Esperamos uma trégua nas ondas e então nadamos por baixo da saliência, adentrando a caverna. Fomos engolidos pelas sombras.

Quando entrei, o som das ondas batendo contra as paredes da caverna ecoava ruidosamente, e senti um forte cheiro de alga. Levantei a mão para acender a lanterna e, ao olhar para cima, reparei em como o espaço era grande. As paredes cintilavam, e a 20 metros acima de nós havia um teto abobadado, formado por uma ardósia dura azul-acinzentada com cristais. Perto da linha da água, a rocha era marmorizada com vermelho-ferrugem, verde e amarelo. O facho da lanterna não alcançava o final da longa passagem que se estendia na escuridão.

Logo acima da água, algas cobriam as paredes. E, enquanto as ondas oscilavam e borbulhavam, o arco de luz da minha lanterna captou algas negras brilhando nas folhas molhadas e reluzentes. Ouvi Eric atrás de mim, e sua lanterna reforçou a iluminação, brincando com os contornos das paredes e do teto. Quando entrei na água gelada, o frio se infiltrou dentro da roupa de mergulho, mas, agora, sentia a temperatura se estabilizar.

– Tudo bem, Mags? – ele perguntou.

Estava apavorada, mas assenti. Uma grande onda adentrou a caverna, batendo na saliência rochosa e nos erguendo até quase atingirmos o teto antes de abaixar.

– Essa onda deve ter uns 3 ou 4 metros – eu disse. – Temos que tomar cuidado com o teto baixo.

Era difícil nadar com o cilindro pesado nas costas, enquanto nos aprofundávamos na caverna. Caranguejos corriam pelas rochas brilhantes, e dava para ouvir o farfalhar de movimento quando dezenas de olhinhos captavam a luz de nossas lanternas.

Eric ficou para trás e, quando me virei, vi que estava parado no lugar encarando algo à sua frente. Segui seu olhar, e minha lanterna iluminou uma longa saliência onde centenas de pombos estavam nos encarando de volta com olhinhos brilhantes. Outra onda entrou na caverna, levando-nos para perto da borda. Em resposta, os pombos arrulharam e bateram suas asas.

– Não, não, não – Eric sussurrou, levantando uma mão.

Vários pássaros saíram voando, dando voltas acima da nossa cabeça.

– Está tudo bem. Vamos mergulhar?

As pupilas dos olhos de Eric se contraíram com a luz da minha lanterna.

– Vamos – ele respondeu.

Meu amigo agarrou meu braço quando outra onda nos levantou, nos levando para perto dos pombos, que se empoleiraram na saliência.

Coloquei a máscara e enfiei a cabeça na água. Havia um pequeno cardume de douradas abaixo de nós, que acabaram entrando no círculo de luz da minha lanterna, me fazendo pular. Os peixes me observaram com seus olhos penetrantes e, com um movimento prateado, dispararam para a escuridão. *Não estamos sozinhos nesta caverna*, pensei, sem saber se isso era reconfortante.

Direcionei minha lanterna para baixo. Era difícil determinar a profundidade da água. Os sedimentos e as algas tinham sido revolvidos, e uma penumbra leitosa pairava ali.

Tentei me lembrar de quando Will e eu colocamos as garrafas de vinho ali na caverna. O dia estava claro e a visibilidade, perfeita. Tínhamos levado o barco de pesca até a boia de sinalização onde Eric atracou o *Dionísio*, iniciando nosso mergulho ali. Nós nos aproximamos da caverna com os raios solares atravessando a água azul-clara e as enormes rochas no fundo do mar. Foi divertido, ensolarado e fantástico. Eu era tipo uma criança acompanhando os adultos: "Segure isto, Maggie, me dê aquilo". Foi uma brincadeira emocionante mergulhar e ver os peixes nadando e sentir a liberdade de estar debaixo d'água. E, durante todo aquele tempo, será que Will sabia o que estava fazendo?

– A visibilidade não está boa – eu disse, retornando à superfície. – Mas acho que as ondas estão ficando maiores.

Ouvimos um grasnido, e três pombos voaram sobre nossas cabeças e desceram até a entrada da caverna.

– Sim, vamos mergulhar – Eric disse, tremendo. – Qual é o tamanho da entrada da câmara?

– É grande o suficiente para duas pessoas nadarem lado a lado.

Colocamos nossos reguladores e ligamos o ar. Nas primeiras respirações, notei a diferença entre o ar úmido do mar e o ar do cilindro de oxigênio. Minha claustrofobia aumentou. Mergulhamos em meio às bolhas, descendo para onde a água estava mais calma sob as ondas, e senti um alívio estranho. Ligamos nossas lanternas, além das que estavam na nossa cabeça. Depois de verificar que os tanques funcionavam bem, nadamos juntos e, com a luz duplicada, o espaço ao nosso redor pareceu maior. Não parecia mais que a escuridão estava me engolindo. Mantive a parede da caverna à vista, onde as algas se balançavam e se contorciam debaixo d'água.

Alguns metros abaixo, não havia sedimentos e a água era cristalina. As grandes rochas e a areia grossa no fundo do mar pareciam sal grosso. Senti o braço de Eric no meu e me virei. As bolhas estavam saindo de seu regulador em uma linha reta. A água estava calma. Ele apontou para a frente, e vi o buraco que levava à câmara. Fiz sinal positivo e nadamos para lá.

A água ficou congelante. Lembrei-me de Will dizendo que a temperatura perfeita para envelhecer vinho era entre 20 e 30 graus centígrados para o tinto e 15 para o branco. O medidor de temperatura na lateral do meu cilindro de oxigênio marcava 9 graus. Will tinha feito tanta questão de guardar as garrafas de vinho aqui. Será que ele queria que eu o ajudasse para ter essa memória no fundo da mente e saber para que servia a chave se eu a encontrasse um dia?

Quando chegamos ao túnel no fundo da caverna, peguei a mão de Eric e nadamos lado a lado enquanto as paredes se estreitavam. A água ficou mais gelada. Verifiquei o medidor de novo: 7 graus. Estava escuro demais, e nossas lanternas pareciam iluminar apenas alguns metros adiante. Olhei para trás. O túnel fazia uma leve curva conforme avançávamos, e atrás de nós havia uma parede rochosa. A pressão do ar aumentou em meus ouvidos.

Até que as paredes se abriram e entramos na câmara. Lembrava o saguão de um hotel vazio. A água era tão clara e tranquila que parecíamos pairar acima de um vasto chão de areia branca e imaculada, ondulada por sulcos. Uma série de pedregulhos lisos, azul-claros e brancos erguiam-se na areia, como se fossem assentos espalhados. Na parte de trás da câmara, pedras maiores se empilhavam até o teto.

Eric apontou para a câmara ao redor. Tudo me parecia estranho. E, por um instante terrível, não consegui me lembrar de onde ficava a gaiola com as garrafas. Levei alguns minutos procurando entre as rochas no fundo – havia tantas rachaduras e fendas –, mas encontrei: uma passagem entre duas pedras dava em uma câmara menor onde a gaiola estava escondida. Tinha 1 metro de largura, meio metro de altura e era mantida no lugar com dois parafusos perfurados na rocha. Dentro de uma estrutura de malha estavam empilhadas 24 ampolas, os cilindros de argila contendo garrafas de vinho.

Quando apontei a lanterna para as ampolas, Eric agarrou meu braço. Ele estendeu a mão e apontou. Na parte de trás, enfiada entre as ampolas, de pé feito um soldado, estava uma garrafa térmica alta e prateada. Ela piscou para nós à luz das nossas lanternas, e o sedimento se deslocou ao seu redor.

Na frente da gaiola havia um cadeado prateado com a palavra *fortitudo*. Ele brilhava e cintilava à luz das lanternas. De repente, fiquei com vontade de vomitar. Tive que respirar devagar e profundamente através do regulador. Eric pegou um pano azul de seu cinto de ferramentas para limpar as algas e cracas que se instalaram ao redor do buraco da fechadura. Ele estendeu a mão e bateu no peito, então fez uma mímica de chave entrando na fechadura.

Abri o zíper da roupa e peguei o cordão com a chave. Enquanto o tirava, Eric se precipitou para pegá-lo.

De repente, ele me pareceu ávido demais… e um pensamento fugaz me ocorreu. *Por que você está aqui?* Ele foi pegar o cordão, e eu levantei a mão para que recuasse. Vi suas sobrancelhas franzidas atrás da máscara conforme ele se afastava. Nossos cilindros colidiram no espaço apertado. Ignorei as dúvidas sobre Eric e segurei o cadeado. Pelo ritmo do meu regulador, percebi que estava respirando rápido demais e usando muito ar.

Fazia um tempo que eu tinha parado de sentir minhas mãos – não estávamos de luvas, e a água estava mesmo congelante. Eu me atrapalhei com a chave, tentando enfiá-la na fechadura duas vezes. Naquele frio, era como tentar abrir um cadeado com luvas de boxe. Na terceira tentativa, a chave encaixou com facilidade. Virei-a, e o cadeado se abriu.

Fiquei em choque por um instante, apenas observando. Eric se moveu e passou a trabalhar. Havia uma linha de cabos de metal enrolada na tampa de arame da gaiola e enfiada entre as ampolas. Ele levou alguns minutos para desembaraçá-la antes de puxá-la para fora. Levantei o arame da gaiola e puxei a garrafa. Estava meio pesada. O que havia ali dentro? Que fardo. Se a garrafa estivesse vazia, flutuaria. E por que essa garrafa estava ali? Senti a mão de Eric em meu braço. Ele bateu no relógio.

Ele tinha um saco de malha preso ao cinto, e eu lhe entreguei a garrafa.

Meu amigo abanou a mão, tirou o saco e o ofereceu para mim.

Eric não queria tocá-la.

28

Assim que saímos da câmara e começamos a nadar pelo túnel, minha lanterna falhou, enfraqueceu e, então, desligou. Meus membros pareciam chumbo, e eu estava tremendo. Senti outra onda de náusea me dominar. Precisava me controlar. Se eu vomitasse ali, poderia me engasgar.

Eric estava um pouco à frente, e, quando estiquei o braço para segurar a mão dele, ela estava gelada. Ele olhou para trás, e vi que sua lanterna também estava falhando, até que se apagou. Com duas lanternas a menos, nossa visão do túnel de pedras ondulantes se estreitou, e as paredes pareciam se fechar sobre nós.

Acessei minhas últimas reservas de energia e bati as pernas. Minha boca estava seca, e minha mandíbula e meus dentes doíam de tanto morder o regulador. De repente, as paredes do túnel se alargaram e estávamos de volta à caverna. Verifiquei o horário. Eram quase 5 horas da tarde – ficamos embaixo da água por quase cinquenta minutos.

Quando emergimos, já estava escuro. O som do mar e do vento soprando contra a caverna era alto. Foi difícil nadar para fora da saliência rochosa na entrada da caverna e, quando o fizemos, o vento nos atingiu, uivando no mar aberto.

Eu não tinha mais energia para sentir medo e, por sorte, a maré tinha virado. Ela parecia estar baixando, e me senti descolada de tudo. Eric ficou segurando meu braço enquanto as ondas nos levavam para a praia. Elas se quebravam contra as rochas na base da falésia. Segurei-me nele, mantendo a garrafa junto a mim enquanto as ondas avançavam para a parte rasa com uma espuma branca.

Eric foi o primeiro a se firmar na areia, me arrastando para a praia e se jogando ao meu lado. Nós nos recostamos na longa fileira de rochas na base da falésia. Eu tinha deixado as luzes da casa acesas, que se derramavam na areia.

– Você está bem, Mags? – Eric gritou. Sua voz estava rouca e vacilante sobre o rugido da água batendo nas pedras. Senti bolhas à minha volta, cobrindo meus ouvidos.

– Sim – me ouvi respondendo.

O mergulho tinha tomado toda a minha energia. Uma onda quebrou sobre mim, e eu poderia ter ficado ali. Não sentia meu corpo. Estava entorpecida, mas um calor estranho e uma calma me dominaram.

Eric ficou em pé e me puxou para cima.

– Está maluca? Não é seguro! – ele gritou. Eric colocou os braços sob os meus e me arrastou para os degraus de concreto quando uma onda rugiu e se quebrou no meu peito.

– Maggie! – Eric estava gritando meu nome no escuro. – Maggie, está me ouvindo?

Senti uma pedra dura atrás de mim e, quando abri os olhos, estávamos no enorme chuveiro, e eu estava sentada no banco de pedra. O rosto ensopado de Eric estava perto do meu. Um vapor espesso rodopiava ao nosso redor, e água quente caía sobre a minha pele fria. Eu estava queimando e congelando ao mesmo tempo, e meus braços e minhas pernas esquentavam devagar.

– Maggie!

Estiquei o braço para me estabilizar e toquei o peito nu de Eric, que estava só de cueca. Olhei para baixo. Estava apenas de calcinha e sutiã. Eu me cobri com as mãos.

Eric desligou a água e ativou o vapor do chuveiro. Senti o calor me penetrar, e ele desapareceu em uma nuvem branca.

– Desculpa, eu precisei tirar sua roupa de mergulho – ele disse. – Seus membros estavam azuis.

Ele pressionou uma toalha nas minhas mãos e saiu.

Eu me enrolei, me aquecendo e recuperando os sentidos.

A garrafa de aço inoxidável estava ao meu lado no banco. Tirei as roupas íntimas molhadas e me sequei. Fui até o quarto, vesti um conjunto de moletom e meias grossas e prendi o cabelo encharcado em um rabo de cavalo.

Eric estava usando uma roupa de Will quando entrei na cozinha.

– Espero que não se importe. Precisava usar algo quente – ele disse.

– Tudo bem.

– Quer café? Algo para comer?

– Não estou com fome – respondi. – Mas aceito um café com bastante leite e açúcar.

Coloquei a garrafa na ilha da cozinha e fui até as janelas. Estava escuro. O vento uivava ao redor da casa, e dava para ouvir o rugido das ondas.

– Foi bem assustador sair da caverna. Você viu as ondas? – Eric falou.

Virei as costas para as janelas e assenti. Eu estava tão calma quando saímos da caverna. Estava meio apagada. Fora de mim. Descolada da realidade. Era o mesmo tipo de descolamento que sentia quando estava trabalhando. Eu me aproximei da ilha. Eric puxou uma cadeira para mim e nos sentamos. Ficamos bebendo café e olhando para a garrafa.

– Você devia abrir logo isso. Esperar não vai mudar o que tem aí dentro.

Ele estava certo. Abaixei a xícara e puxei a garrafa. Eric me entregou um pano de prato. Limpei a água e a areia e abri a tampa. Houve um estalo e um silvo, e ela se levantou.

Dentro da garrafa havia uma sacola transparente de plástico grosso, que arranquei de lá. Havia duas sacolas menores dentro dela. Os sacos menores continham um quadrado de papel dobrado e um pendrive com menos de 1 centímetro embrulhado em filme de PVC. Rasguei o saco maior. Ainda me sentia distante, com uma curiosidade profissional, como quando abria os resultados dos exames de um paciente.

A expressão de Eric era difícil de interpretar.

– O que você pensava que encontraríamos? – perguntei, enquanto encarávamos os dois itens relativamente inócuos.

– Sei lá. Estava torcendo para ser um tesouro. Diamantes e ouro – ele respondeu.

Sua tez normalmente corada estava tensa e pálida. Seria por conta do mergulho congelante ou ele estava com medo?

Peguei uma tesoura na gaveta e cuidadosamente cortei as grossas camadas de plástico do quadrado dobrado. Ele era tão grosso quanto o papel que Will usou para escrever a carta. Vi duas páginas dobradas com esmero. Quando as desdobrei, vi que eram certidões de óbito do Reino Unido, ambas assinadas por Will. Ao ver o que eram, minhas emoções voltaram e senti aquela ansiedade profunda de antes. Eric ficou em silêncio enquanto eu lia, ao som do vento sibilando pelos corredores.

– As certidões são... da mesma pessoa – eu disse. – Um homem de 53 anos chamando Jeffery Patrick.

– Jeffery Patrick... – Eric repetiu.

O nome não me dizia nada. Eric parecia tão confuso quanto eu.

Reli os documentos.

– O distrito de registro de ambas as certidões é Westminster, e a área administrativa, Grande Londres... Will assinou os dois atestados há sete anos, um em 11 de julho de 2012 e o segundo em 14 de julho de 2012.

– Como é que alguém pode ter duas certidões de óbito? – Eric questionou.

Coloquei os documentos um ao lado do outro em cima da bancada.

– Não pode. O nome, o endereço, a data de nascimento e a data de morte são os mesmos. A causa da morte da primeira certidão é "Ataque cardíaco – embolia pulmonar". A causa da morte da segunda é "Afogamento" com código PM2.

– O que é esse código?

– Significa que uma autópsia foi realizada e precisava ser encaminhada. O código PM2 é emitido quando a morte é suspeita.

– E Will conduziu a autópsia? – Eric perguntou. Ele estava disparando perguntas para mim, e eu precisava de tempo para processá-las.

– Espere... A certidão que tem a causa da morte como "Afogamento" é a original – falei, percebendo a diferença das marcas d'água no original e na cópia. Senti a textura do papel, comparando os dois documentos. – A certidão que dá como causa da morte "Ataque cardíaco – embolia pulmonar" é a cópia.

– Você acha ou tem certeza?

– Eric, estou olhando isto junto com você. Me dê um minuto.

– Você e Will conversavam sobre os pacientes?

– Não. Ele era médico-legista, não tinha pacientes... Um paciente é alguém vivo, em tratamento médico.

– Certo. Will comentava sobre os seus mortos?

– O termo técnico é "cadáver".

Eric revirou os olhos.

– Certo. Will comentava...

– Se fosse algo significativo ou incomum, Will mencionava, sim.

Coloquei as duas certidões na mesa e peguei o saco pequeno. Ao abri-lo, vi que junto com o pendrive havia outro papel dobrado, em que Will escreveu em letras maiúsculas:

MAGGIE, NÃO INSIRA ESTE PENDRIVE NUM COMPUTADOR CONECTADO À INTERNET. BAIXE OS CONTEÚDOS OFF-LINE!

29

Peguei meu laptop na mala. Eric ficou me observando levá-lo até a cozinha, ligá-lo e desconectar o wi-fi. Eu tinha bloqueado minhas emoções mais uma vez. Era como se eu fosse uma observadora vendo tudo de cima com uma curiosidade distante.

A área de trabalho do meu computador estava vazia, mostrando uma foto tirada no terraço. O cenário parecia o paraíso: o sol cintilando no mar azul e um barco solitário flutuando na água. *Que mentira*, pensei. Era tudo uma mentira. Minha vida. Esta casa. Pensei em todas as vezes que viemos aqui e que pensei que estava relaxando, sem uma preocupação no mundo e, na verdade, Will estava planejando tudo isso.

– Tem certeza de que desconectou o wi-fi? Você não vai querer baixar o conteúdo do pendrive direto na nuvem – Eric disse, nervoso. Fiquei irritada.

Pluguei o pendrive. Uma pasta surgiu na área de trabalho: jp.arquivos. Ela continha uma lista de PDFs e fotos, totalizando 109 arquivos.

Cliquei no primeiro dos cinco JPEGs. Eles mostravam o corpo nu de um homem magro deitado em uma mesa de autópsia de aço inoxidável. Ele parecia estar na casa dos 50 anos, embora fosse difícil dizer. Seu rosto estava afundado, e imaginei que tinha morrido havia alguns dias. Ele tinha cabelos escuros e ralos. A próxima foto era um close de seu rosto. Um olho estava inchado e fechado, e notei feridas acima da sobrancelha e na bochecha esquerda. Seu nariz estava quebrado e achatado. As outras fotos documentavam hematomas e ferimentos em seu peito e torso, e um close de sua mão direita mostrava que ela havia sido esmagada. A foto final mostrava uma etiqueta de identificação com o nome Jeffery Patrick ao lado da cabeça da vítima.

– Este daí é o homem das certidões de óbito? – Eric perguntou com uma voz trêmula.

– Sim – respondi.

Tentei me manter calma. Por que Will tinha deixado essas fotos para mim? Cliquei no primeiro arquivo PDF: era o relatório de autópsia de Jeffery Patrick.

– Jeffery Patrick foi encontrado morto em sua banheira por um paramédico – eu disse, lendo. – Havia uma grande quantidade de água em seus pulmões, indicando que se afogou. Ele tinha três costelas quebradas e hematomas no rosto, o que poderia significar que houve luta e que estava debaixo d'água. Isso é o que caracterizaria uma morte suspeita e o código PM2.

– Então ele morreu de ataque cardíaco ou afogamento? – Eric indagou.

Eu me concentrei nos dois documentos em cima da mesa.

– A certidão que dá como causa da morte "Ataque cardíaco – embolia pulmonar" é uma cópia. A que diz que ele morreu por afogamento é original. Isso pode significar que é uma cópia do original, que está arquivado.

– Como assim, "arquivado"?

– Quero dizer que é o atestado de óbito oficial mantido nos registros oficiais.

– Como é que Will pode ter assinado dois atestados? – Eric questionou. – Pensei que qualquer mudança num atestado de óbito deveria ser feita no próprio documento.

– Isso mesmo.

– Quem era Jeffery Patrick?

– Boa pergunta – respondi.

Estava tão absorta com os detalhes de sua morte que não tinha parado para pensar quem ele era. Sua profissão constava como "Jornalista" em ambos os certificados. Queria fazer uma pesquisa, mas o wi-fi estava desconectado.

Voltei para os arquivos na pasta do meu computador. Conforme eu os abria, vi páginas de extratos bancários do que pareciam ser contas offshore. Os bancos não eram conhecidos. E detalhavam grandes transações de dinheiro. Encontrei um obituário do jornal *The Observer* em um dos arquivos:

Jeffery Patrick, 53, morreu após um ataque cardíaco. Ex-repórter do The Guardian, esteve envolvido em muitas das investigações mais espetaculares do jornal.

> *Ingressou no The Guardian em 1989 e fazia parte de um grupo de jovens repórteres comprometidos em investigar corrupção, sigilo oficial, organizações racistas, comércio de armas e erros judiciais.*
> *Trabalhando na França, ele conheceu sua esposa, a advogada Lily Antunes. Seus colegas o descreveram como "um jornalista incrivelmente completo, nada egoísta e sempre pesquisando as coisas com um padrão muito alto".*
> *Ele deixa Lily e sua irmã, Rebecca.*
> *Jeffery Patrick, jornalista, nascido em 15 de março de 1959; falecido em 7 de julho de 2012.*

– Relataram a morte dele como suspeita no atestado de 11 de julho, e o de 14 de julho diz que ele morreu de ataque cardíaco – Eric comentou.
– Isso significa que... Will mudou o atestado?

Senti meu estômago embrulhar e precisei correr para a pia, onde vomitei. Não havia nada no meu estômago além de café. Fiquei ali por um tempo, tossindo e cuspindo, com lágrimas nos olhos. Estava horrorizada. Então senti a mão quente de Eric no meu ombro e fiquei grata por ele estar ali. Meu amigo me ofereceu papel-toalha. Limpei a boca.

Pensei no que tínhamos aprendido na faculdade de medicina sobre a responsabilidade de um médico. O diagnóstico estava acima da autoridade de um presidente ou primeiro-ministro, de um juiz ou de um policial.

– Parece que Will... forjou outra certidão – falei.

As implicações disso me assustavam. Senti repulsa. Falsificar documentos como esse ia contra tudo o que eu acreditava como médica.

– Maggie, a gente não conhece a história toda – Eric ponderou. – E se alguém ameaçou Will para que mudasse o documento? E se ele não tivesse escolha?

– Mas e eu? Por que ele deixou isso pra mim?

– Você precisa se acalmar e analisar tudo de novo.

Afastei sua mão apaziguadora do meu ombro e voltei para o computador. O artigo sobre Jeffery Patrick ainda estava na tela. Minimizei essa tela e percorri os outros arquivos para ver se havia mais trechos de jornais. Não havia. Só encontrei mais extratos bancários e alguns documentos comerciais em russo.

– Russo? Como é que Will se envolveu em algo com a Rússia? – Eric perguntou.

Eu o ignorei. Havia um arquivo no final da lista com uma extensão que eu não reconhecia – era um arquivo .txt. Era um relatório policial de quatro páginas datado de setembro de 2011.

Ele detalhava uma batida policial em um endereço em Knightsbridge, no centro de Londres. A polícia chegou às 2 horas da manhã e prendeu um homem chamado Aleksander Krusovic, junto com outros dois homens, por tráfico de drogas. A casa foi revistada, e a perícia entrou. Eles reuniram vários conjuntos de impressões digitais... Havia uma lista de nomes, a maioria dos quais eu não reconhecia, mas ali no meio havia um que eu conhecia:

DAISY DE COSTA

Pairando acima do texto:

> *Todas as impressões digitais retiradas da cena foram comparadas com impressões em bancos de dados nacionais e internacionais do Reino Unido. Nem todas as impressões do arquivo estão relacionadas a um registro criminal ou prisão. As impressões digitais de Ivan Molov, Karl Carter e Daisy De Costa foram comparadas a partir da coleta de impressões digitais da Alfândega/Imigração dos EUA, realizada em todos os não americanos/estrangeiros.*
> *Investigações sensíveis são necessárias em relação às impressões digitais de sua excelentíssima Daisy De Costa encontradas no local.*

– O que é que Daisy De Costa tem a ver com isso? – Eric indagou.

Repassei os extratos bancários e os documentos comerciais. Minha garganta estava tão seca que era difícil engolir.

– Quando a polícia fez busca na casa de um traficante do alto escalão, coletaram as impressões digitais de Daisy De Costa... Isso foi em 2011.

– Nunca soube de nada disso – Eric disse.

– Nunca soube pela Daisy ou pela imprensa? – perguntei sugestivamente.

– Nenhuma das duas.

Esfreguei as têmporas. Minha mente trabalhava rápido, tentando analisar todas as variáveis em meio às informações. Resumindo: Daisy De Costa estava na cena de um crime envolvendo drogas e dinheiro. Um jornalista que dedicou a carreira investigando políticos corruptos morreu. E Will falsificou uma autópsia e uma certidão de óbito.

E Daisy De Costa era o elo entre todos eles.

30

Eu precisava de um drinque. Abri a garrafa de uísque e servi uma grande quantidade para nós dois. Bebi o meu copo e logo me servi de novo, dessa vez bebendo metade. Estremeci quando o líquido queimou minha garganta. Fui me sentar no sofá. O vento uivava, soprando pelas passagens ao redor da casa, trovões ribombavam, e a chuva batia nas janelas na escuridão. Queria conectar o wi-fi para saber mais sobre Jeffery Patrick e pesquisar notícias sobre esses documentos. Pensei no bilhete que Will deixara na garrafa. Eu não deveria ficar on-line.

– Por que Will deixou isto pra mim? – questionei.

O uísque estava me esquentando, mas ainda me sentia brava e assustada.

Sem dizer nada, Eric se juntou a mim no sofá. Ele se sentou do outro lado e tomou um gole de seu copo.

– Será que ele pensou que seria tipo uma apólice de seguro? Ter esta informação? – ele falou.

– Para quem? Qualquer um que tiver informações comprometedoras sobre pessoas no poder vão, eventualmente, terminar...

– Engolindo o cano de uma arma? – ele completou, falando arrastado. Ele não bebia muito.

– Sim. Como é aquele ditado? "Três pessoas podem guardar um segredo, se duas estiverem mortas."

– Não quero ser a terceira pessoa – Eric disse. – E não quero que você seja a segunda – ele adicionou depressa.

– Daisy De Costa foi ao funeral de Will. Com uma policial armada.

– Você falou com ela?

– Com a policial ou com Daisy? – perguntei e então desatei a rir. Minha risada pareceu descontrolada, ressoando pela sala.

Eric ficou apenas me encarando.

– O que é engraçado?

– Sei lá... Daisy. Falei com ela, sim. Ela foi gentil. E comentou sobre a época de escola com você e Will e contou que eram próximos. Ela disse que era uma das únicas garotas daquela escola de garotos. Disse que sofreu *bullying*, e que vocês dois eram os únicos que a defendiam. – Eric estava balançando a cabeça. – O que foi?

– Não é verdade. Pelo que me lembro, era o contrário. Ela controlava os meninos e jogava uns contra os outros. Encontrei com ela uma ou duas vezes desde a escola. Uma foi no seu casamento. Outra foi num pub uns meses antes de ela ser eleita deputada.

– Eu estava lá... foi a última vez que a vi antes do velório – falei. Eric assentiu. – Mas e Will? Acha que ele via Daisy com mais frequência? – Eric ficou desconfortável e olhou para o copo. Reparei na sua expressão e senti minhas entranhas se revirarem. – O que foi? Conta.

Eric tomou um grande gole do seu uísque, engoliu e suprimiu uma tosse.

– Nunca quis lhe contar isso. Teve uma outra vez. Tentei me esquecer disso.

– Que outra vez?

– Foi uns anos atrás. Will e eu estávamos num clube privativo no Soho. Encontramos Daisy, mas ela estava de saída, então só dissemos um oi rápido e foi isso. Algumas horas depois, fomos embora. Íamos em direções opostas, então chamei um táxi e Will falou que iria andando. Meu táxi partiu, mas houve um acidente perto de Piccadilly, e tivemos que voltar. Foi quando vi Will e Daisy juntos.

– Você viu eles juntos? Onde? – perguntei, sentindo meu coração acelerar.

– Estavam parados do outro lado da rua, um pouco mais para a frente de onde eu tinha me despedido de Will, do lado de fora do clube. Um táxi parou e... eles entraram. Juntos.

– Eles viram você?

– Não.

– O que você falou pra ele?

Eric suspirou.

– Nada. Eu meio que pensei que talvez o táxi de Daisy não tinha aparecido, que ele trombou com ela e os dois decidiram dividir a corrida – ele concluiu sem convicção.

– Você disse que ela estava de saída quando chegaram.
– Isso.
– E vocês foram embora algumas horas depois?
– Isso.
– Como era a linguagem corporal deles?
Eric suspirou mais uma vez.
– Isso foi há tanto tempo. Eu só os vi por um breve instante quando meu táxi passou. Foi um flash.
– Vamos lá, Eric. Do que mais você se lembra? Will estava com os braços em torno dela? Ele estava ajudando ela a entrar no carro? Estavam rindo? Eles pareciam culpados?
– Ele estava parado, esperando Daisy entrar primeiro. Will estava com a mão nas costas dela. Eles estavam dando risada.
– Você ficou surpreso de vê-los juntos?
– Claro!
Olhei para o seu rosto aflito.
– Quando foi isso? – perguntei.
– Algumas semanas antes das Olimpíadas... em junho de 2012.
– Seis anos atrás – concluí.
Eric estava perturbado, passando a mão pelo cabelo molhado.
– Eu devia ter lhe contado antes? Que bem teria lhe feito? Poderia ser só algo inocente. Disse que foi só um flash. Bem rápido.
Pensei na garrafa e nas fotos da autópsia no meu computador. Em Jeffery Patrick morto, com o rosto ferido e maltratado. Então pensei no velório. Na preocupação gentil de Daisy. Nos elogios. No jeito como ela colocou as mãos sobre as minhas para me confortar. No convite que me fez para visitá-la nas Casas do Parlamento. Depois pensei em Diane, deitada na cama de um hospital. Em como quase me afoguei na piscina. No invasor na minha casa.
Estaria tudo relacionado?
Virei o restante do uísque e fui até a janela, que refletia a sala. Todas as luzes estavam acesas, devíamos estar brilhando feito um farol. A sensação de que estávamos sendo observados se intensificou. Fui até o painel de controle e apaguei tudo, deixando apenas uma luminária acesa perto da TV.
Eu me servi de mais uísque e enchi o copo de Eric.
– E se Will *não* tivesse escolha? – ele perguntou, quebrando o silêncio.
Sentei-me ao seu lado.

– Todo mundo tem escolha. Quando nos formamos em medicina, juramos não fazer mal a ninguém.

– Essa coisa de juramento não está ultrapassada?

– Não! O juramento também faz parte do processo judicial. Testemunhas estão sob juramento. Você pode ir para prisão se quebrá-lo e cometer perjúrio.

– Sim, Mags. Você está falando de um processo legal. Mas o juramento na medicina não é como uma promessa? Uma obrigação moral? Não é contra a lei quebrar uma promessa.

Suas palavras me acertaram em cheio.

– O juramento que eu fiz é mais do que uma promessa. É o coração, o ponto central da minha conduta médica. É o meu código moral, que está relacionado ao meu código legal. – Eu estava me debatendo. – E Will não entrou em medicina para ser corrupto – terminei.

– Claro que não – Eric disse, sem parecer muito confiante. – Deve ter acontecido algo, Mags. A gente não sabe. – Um relâmpago iluminou a sala quando ele se inclinou para a frente e pousou o copo vazio na mesa. – Will decidiu largar a carreira médica mais ou menos nessa época, não é? Quando esse Jeffery Patrick morreu?

– Sim.

– Foi do dia para noite? Que ele decidiu?

Fiquei pensando por um momento. O álcool estava nublando meus pensamentos.

– Foi no final de agosto... de 2012. Passamos as férias em Santorini, e ele me contou no jantar, na nossa última noite no hotel.

– Ele lhe contou que queria abandonar a profissão? Ou foi a primeira vez que ele disse que estava infeliz e queria pedir demissão?

– Fazia um tempo que ele estava infeliz, não é? Ele não conversava sobre isso com você?

– Um pouco. Nunca pensei que ele estivesse insatisfeito a ponto de pedir demissão. Especialmente porque a medicina era uma carreira de família.

– Ele nunca amou essa profissão como eu. Ele sempre brincava que ela corria na família como disenteria. Ele fazia o seu trabalho, mas nunca o levava para casa. Ser médica é parte de quem eu sou. Eu não consigo me imaginar não fazendo isso.

– O que você faria se alguém lhe pedisse para falsificar uma certidão de óbito?

– Eu recusaria.

– E se você não pudesse dizer não? E se não fosse uma opção? – Eric questionou.

– Não consigo me imaginar nessa situação.

– Mas Will poderia estar. Você não quer acreditar na inocência dele?

Hesitei. Não. Eu não conseguia enxergar as coisas desse jeito. Na minha cabeça, Will tinha feito algo errado. Imperdoável. Cruel. E ele não estava tentando me proteger do além-túmulo. Esse era o seu pequeno pecado sujo com o qual eu precisaria lidar.

Ficamos em silêncio por um longo tempo. Soltei o corpo e recostei a cabeça no encosto do sofá. Eric se levantou e se espreguiçou. Foi até a luminária perto da TV e a desligou. A sala ficou escura. Do lado de fora, a tempestade rugia, e eu sentia meu coração batendo no meu peito. A raiva que sentia por Will aumentava dentro de mim. Um relâmpago caiu, e Eric voltou para o sofá, capturado na luz como uma fotografia. Mergulhamos no escuro de novo, e ele se moveu para perto de mim. Dava para sentir o uísque em seu hálito. Aproximei o rosto do dele. Mais um relâmpago iluminou a sala, estávamos a centímetros um do outro. Seus olhos azul-claros encaravam os meus.

A sala ficou sombria e, de repente, a tempestade silenciou. Ouvi nossas respirações rápidas e curtas. Sem pensar, me inclinei e pressionei meus lábios contra os dele. Eric respondeu me puxando para si.

Fui tomada por um desejo urgente e incontrolável. Coloquei a mão embaixo do seu suéter – do suéter de Will – e senti a pele quente e tesa da sua barriga. Eric segurou o meu suéter por baixo, eu ergui os braços e ele o tirou por cima da minha cabeça. Eu não estava de sutiã, ele se inclinou e me beijou, com as mãos nos meus seios. Tiramos o resto de nossas roupas e então estávamos nus. Abri as pernas enquanto ele se deitava por cima de mim. Seu pau estava duro, e, antes que eu pudesse pensar no que estava acontecendo, Eric já estava dentro de mim, e eu estava envolvendo as pernas em suas costas, puxando-o mais fundo, me apertando contra meu amigo enquanto ele metia mais forte.

Eu me perdi em prazer e luxúria enquanto trovões e relâmpagos rugiam lá fora. Tinha passado as últimas semanas de luto, constantemente revivendo o passado e temendo o futuro. Sentir-me presente – experimentando a pura luxúria e excitação – era libertador.

Gozamos juntos, banhados em suor. Continuei agarrada nele, com Eric por cima. Não queria que esse momento acabasse. Queria permanecer perdida nessas sensações. Mas, quando nossas respirações se acalmaram e recuperamos a consciência, eu o soltei um pouco. Estremeci ao nos afastarmos. Eric foi para a outra ponta do sofá.

Ficamos sentados um em cada lado. Em silêncio. Um relâmpago caiu e vi Eric procurando as calças. Ele as vestiu. O silêncio ficou constrangedor, então também procurei minhas roupas no chão, mas não as encontrei. Senti a manta de lã no meu ombro, pendurada no braço do sofá, e me enrolei nela.

– Volto logo – falei, me apressando pelo piso de pedra fria até o banheiro de hóspedes.

Tranquei as portas e acendi a luz.

– *Volto logo?* – disse uma voz atrás de mim.

Olhei no espelho. Minha mãe estava sentada na ponta da banheira vitoriana, fumando um cigarro.

31

Fechei os olhos com força. Fazia dias que eu não comia nem dormia direito... tinha vivido emoções intensas e bebido um monte de uísque. Era possível ter alucinações e manifestar todo tipo de coisa – como minha falecida mãe – quando seu estado mental estava debilitado.

Eu me virei e abri os olhos. O banheiro estava vazio. Quando me voltei para o espelho, ela ainda estava lá.

– Você está bem, Maggie-May? – ela perguntou.

Virei-me de novo para olhar para o banheiro vazio e então para o espelho.

No reflexo, minha mãe estava sentada na borda da banheira segurando seu cigarro, com o vestido verde-esmeralda que usou no meu casamento com Will. Havia uma leve trança dourada nas mangas e na bainha, combinando com as joias de ouro e contrastando com a pele bronzeada. Seu cabelo escuro caía solto abaixo dos ombros. Ela deu uma tragada no cigarro e soprou a fumaça na minha direção. Eu podia vê-la no espelho, mas não na minha frente. Fechei os olhos. Não dava para perder o juízo agora.

– Você não é real – falei, mantendo os olhos fechados, sentindo o cheiro do cigarro dela: Marlboro 100s, aqueles extralongos. Também sentia o aroma do seu perfume, Ma Griffe. – Ela não é real – repeti, agarrando a borda da pia.

– Ei, quem é "ela"? Ela é...

– A mãe do gato – completei junto com ela.

Abri os olhos. Minha mãe se levantou, ajeitou o vestido e se aproximou. Seu salto fez barulho no piso do banheiro. Ela colocou a mão no meu ombro e senti uma mão real, quente.

– Pensei que você precisava de uma forcinha, Mags – ela disse. E deu outra tragada, contraindo os lábios e soprando a fumaça para cima.

– Estou tendo uma alucinação visual, tátil e olfativa.

– O que diabos significa "olfativa"?

– Significa que posso sentir o cheiro do seu cigarro.

– Eu posso fumar. Não tem nenhuma placa avisando que é proibido, eu verifiquei com o porteiro.

– Você não é real, então a fumaça também não é. Como assim, "o porteiro"?

Minha mãe sorriu e deu outra tragada. Ela voltou para a banheira, passou os dedos pela porcelana e então olhou para as paredes de mármore.

– O rapaz simpático lá embaixo de calça justa. Este banheiro parece a Albany House.

Segui o olhar dela. Sempre quis replicar os banheiros da Albany House em Chiswick, West London, onde Will e eu fizemos a recepção do nosso casamento. O lugar tinha 36 quartos, e a suíte nupcial tinha um banheiro tão lindo quanto este.

– Sim. Quando Will construiu esta casa, ele se inspirou nos banheiros da Albany House – eu disse.

– *Ele se inspirou*, é? Que jeito elegante de dizer "copiou".

Eu me observei no espelho. Será que o conteúdo daquela garrafa tinha feito com que eu chegasse ao meu limite? Virado a chavinha da loucura no meu cérebro?

– Está tudo bem, Maggie-May. Sou só uma projeção do passado.

– Claro que sim.

Minha mãe olhou para o próprio vestido e arrumou a echarpe dourada, que tinha escorregado de seu ombro.

– Ainda estou no seu casamento – ela disse.

No espelho, ela jogou a bituca do cigarro no vaso sanitário, que caiu na água fazendo um barulho.

– Como assim?

– Estou na recepção do seu casamento. Na hora que você estava cortando o bolo, tive uma premonição estranha: eu tinha que subir na suíte nupcial pra ir ao banheiro... O porteiro de calças justas me mostrou o caminho. E aqui estou eu. – Ela acendeu outro cigarro comprido, que tirou de um maço na sua bolsa. Minha mãe certamente diria algo assim. Ela sempre se interessou por espíritos, fantasmas, marcas misteriosas em plantações e qualquer outra bizarrice. E também adorava homens de calças justas. – Ouvi alguém no banheiro e a encontrei aqui. Neste momento do tempo, estamos no mesmo lugar.

– Tipo um portal do tempo?

Ela sorriu e revirou os olhos.

— Pare de tentar encontrar alguma lógica nisso. Você sempre foi uma coisinha movida a lógica. Apenas acredite.

— Estou com saudade. Muita saudade — falei, de repente sentindo meus olhos se encherem de lágrimas ao vê-la ali, tão real.

— Estou sempre com você, Maggie-May. Você que ainda não tinha me visto. — Ela se aproximou e colocou a mão na minha cabeça. Alisou meu cabelo e enxugou uma lágrima da minha bochecha com o dedão. Seu toque era real. De perto, sua pele bronzeada e seu cabelo preto brilhavam, como se estivesse levemente desfocada. — Você está pálida — ela acrescentou.

— Obrigada. Acabei de perder meu marido. E descobrir algo terrível sobre ele. Estou de luto, sabe.

Ela sorriu e arqueou uma sobrancelha.

— E de resto... O tal Eric mandou bem?

— Mãe!

— Will está morto. Quem é que pode culpá-la por querer um pouco de companhia? Não se pode trair quem está morto.

— Ele é o melhor amigo de Will. — Ela cobriu meus lábios com a mão, no espelho. No espelho? Estava encantada com como ela parecia real. — Você sabe o que aconteceu?

— Sim.

— Will me traiu. Ele ajudou a acobertar o assassinato de um homem. E deixou tudo para eu descobrir. Não sei o que devo fazer.

Minha mãe deu de ombros.

— Não tenho todas as respostas, meu amor. Não sou um fantasma, sou uma projeção.

— O que você faria?

Ela fez uma careta.

— Quer mesmo saber? Eu queimaria todas as provas. Venderia esta casa, pegaria a grana e iria para algum lugar bem longe, onde ninguém pudesse me encontrar. Você poderia ter uma boa vida no Marrocos ou na Índia, onde o dinheiro vale muito e o sol está sempre brilhando. E, já que vou estar ao seu lado por toda a eternidade, seria legal estar em algum lugar quente e exótico.

Uma lágrima desceu pela minha bochecha. Ela levantou o braço de novo e alisou meu cabelo, como costumava fazer quando eu era criança. Será que eu seria capaz? De queimar tudo e fugir? Não. Um homem tinha morrido. Dois homens, se eu contasse Will, e havia Diane na cama do hospital.

– Não posso, mãe. É errado.

Ela suspirou.

– Sim. E você vai fazer a coisa certa, não é, Maggie-May? Sempre faz a coisa certa. – Assenti e percebi a inevitabilidade da minha situação. Ela colocou as mãos sob o meu queixo e segurou meu rosto perto do seu. – Você devia tentar encontrar George.

– Eu tentei.

– Não tentou.

– Da última vez que nos vimos, tivemos aquela discussão. Ele disse que estava de saco cheio de mim. Eu deletei o número dele.

– E você disse que nunca mais queria vê-lo.

Assenti.

– Ele sabe onde eu moro... e também poderia ter entrado em contato, mas não.

Minha mãe balançou a cabeça.

– Encontre ele. Procure mais. Prometa que vai encontrá-lo.

– Eu tentei em todos os lugares que me lembrei. Os pubs, os acampamentos onde morou. Ninguém sabe onde ele está. Acho que não quer me ver. Ele nunca me ligou.

Ela sacudiu a cabeça ferozmente.

– Prometa que vai procurar mais.

– Prometo.

Enquanto minha mãe segurava meu rosto nas mãos, senti o cheiro de álcool no seu hálito. Notei aquela saliência no seu nariz, de quando um policial da Greenham Common o quebrou. Ela era tão real.

– Você vai ficar bem, Maggie-May, mas precisa lutar. Você precisa lutar e correr o mais rápido que puder. Está me ouvindo? E precisa ficar de olho em Eric. Ele é sua saída desta ilha, mas você tem que ficar de olho. Não deixe suas emoções a afetarem de novo.

– Posso confiar nele? – perguntei.

Minha mãe afastou as mãos e vi que estava desaparecendo aos poucos. Ela tirou o anel de âmbar, aquele que deixara para mim ao morrer, se inclinou e o colocou na lateral da pia.

Um trovão repentino cortou o silêncio, e ela desapareceu, junto com o aroma do seu perfume e da fumaça do seu cigarro.

Ouvi um barulho lá fora, um grito, e uma forte rajada de vento soprando debaixo da porta do banheiro.

32

Quando abri a porta, senti uma chuva fina vindo do corredor. Corri até a sala e vi que a porta da frente estava escancarada. Um relâmpago iluminou o cômodo e notei que Eric não estava ali. A cozinha e a sala estavam vazias.

A casa estava congelante, e senti minha nudez debaixo da manta. Ouvi mais um grito fraco sobre o vento e a chuva. Fui até a cozinha e peguei uma faca do bloco de madeira.

O trovão cessou, e restou apenas o forte barulho da chuva batendo no concreto do corredor. Dei um pulo de susto quando Eric apareceu na porta, ensopado, segurando uma lanterna e uma grande faca de carne da gaveta da cozinha.

– Tinha alguém ali no corredor! – ele disse, com olhos selvagens e assustados.

A porta da frente abriu para dentro e foi empurrada pelo vento, batendo contra a parede de pedra do corredor.

– Feche a porta – falei. Erguendo a faca com uma mão, Eric fechou a porta com a outra. – Coloque a estante aí. – Ele arrastou a estante baixa, e eu empilhei alguns livros embaixo da maçaneta. Estremeci ao ser iluminada pela lanterna. Ele a desligou, e eu acendi as luzes. – Como percebeu que tinha alguém lá fora se a porta estava fechada?

– Ouvi um grito e barulho de passos – ele disse, muito abalado. – Peguei isto... – Ele se deu conta de que ainda estava segurando a faca e a pousou na estante. – Quando saí, vi alguém na escadaria.

– Como ele era?

– Não sei. Só sei que estava lá. Vi uma figura de relance. Ele estava armado.

– Que tipo de arma?

– Não sei. Não entendo de armas, Maggie.

– Era uma pistola ou um rifle?

– Er... o cano era longo e estava apoiado sobre o ombro dele. Rifle, então.

– Esse homem viu você?

– Não sei... Sim. Ele viu, porque subiu a escadaria quando abri a porta.

– Tem certeza de que não viu o rosto dele?

– Não! Eu saí correndo atrás dele, mas o sujeito era rápido. Escorreguei na lama. Quando voltei, ele tinha desaparecido no portão. – Vi que havia lama por toda a lateral da sua calça e no ombro. Ele olhou para mim, lívido. Suas mãos estavam tremendo. – Eu devia ter continuado.

– Não, você poderia ter morrido. Essa é a diferença entre homens e mulheres. Mulheres ficam dentro de casa fazendo barricadas, e homens querem bancar os heróis.

Ignorei os protestos dele e fui verificar o painel de segurança. Liguei as seis imagens das câmeras.

– Quem você acha que é? – Eric perguntou.

– Espero que as câmeras tenham pegado o sujeito.

Abri a câmera do portão e voltei os últimos dez minutos em alta velocidade. Não havia nada – o portão estava imóvel, e a estrada, vazia.

– Você disse que quando escorregou, ele saiu correndo para o portão?

– Ele desceu a colina naquela direção.

– Bem, ele conseguiu escapar da câmera, ou sabe onde ela está.

Abri a câmera do corredor do lado de fora. Fiz o mesmo e repassei a gravação em alta velocidade. A passagem estava vazia, até que vi dois pés na base das escadas, e então duas pernas no corredor. Voltei para assistir na velocidade normal. Alguns segundos depois que as pernas surgiram, a porta da frente se abriu e Eric saiu segurando a faca de carne. As pernas se moveram e tive um breve vislumbre de uma figura de costas se levantando e desaparecendo escadaria acima.

– Foi nessa hora que ele se levantou. Deve ter caído lá e gritado – Eric disse.

– Não tem som nas câmeras – falei, voltando a filmagem, frustrada. Só dava para ver as pernas dele.

– Ele tinha uma arma, um rifle. O que é que esse homem estava fazendo descendo a escadaria com um rifle?

– O que quer que fosse, você o assustou.

– Foda-se, Maggie. *Foda-se*.

Eric foi até a cozinha e começou a juntar as roupas. Ele sacudiu a mochila.

– O que está fazendo?

– O que parece que estou fazendo? Vou embora. Vou voltar para Londres. Isso é bizarro.

– Você acha, Eric? – questionei, erguendo a voz.

Ele não respondeu. Eric atirou a mochila na bancada da cozinha e passou a dobrar as roupas. Olhei para a casa. Faltavam quatro dias para a balsa voltar do continente.

– Não sei o que Will fez, mas...

Ele se interrompeu, dobrando as cuecas limpas que tinha trazido. Tinha algo ridículo nessa cena: primeiro, ele teve que correr para se salvar, depois parou para dobrar as cuecas.

– Sabe, sim. O que você quer dizer é: não é problema seu.

– Não! O que eu quero dizer é: não é problema meu, e não precisa ser seu também, Maggie.

– Então o que eu devo fazer? Seguir como se nada tivesse acontecido? – Ele não respondeu. – Como é que você vai voltar para Londres?

– De barco, é claro. Mas não seria melhor para você voar? – ele acrescentou depressa.

– Melhor para mim ou pra você? – Ele já estava fechando a mochila. – Alguém matou Will por conta dessas informações, Eric. Nós dois vimos. – Meu amigo pegou o rádio e o ligou. O aparelho emitiu um bipe e então a pequena tela de LED acendeu. Ele só queria verificar se estava funcionando e depois o desligou. Suas mãos estavam tremendo de novo. – Tem lugar pra mim no barco? – Ele hesitou. – Eric? Aff.

– Sim! Sim, claro que tem lugar pra você.

– Você ia me deixar aqui?

Ele fechou os olhos e respirou fundo.

– Não. Eu só... entrei em pânico.

Apertei a manta contra mim. As palavras da minha mãe: "Você precisa ficar de olho em Eric", ficaram ressoando na minha cabeça. Afastei a lembrança da alucinação. Estava ficando sem recursos, tinha que manter a calma. Eric era um marinheiro experiente. Era minha aposta mais segura de dar o fora desta ilha.

– Quanto tempo vamos levar pra sair daqui? Para longe dessa tempestade, até algum lugar seguro?

Ele pegou um dos mapas surrados de mochila e abriu espaço na ilha da cozinha.

— Dependendo da velocidade do vento, o *Dionísio* pode navegar entre 40 e 60 nós por hora.

— Quanto é isso em quilômetros?

— De 70 a 110 quilômetros por hora. Na média, uns 65 quilômetros por hora. Talvez mais, com esse tempo.

— Quanto tempo de viagem até a Inglaterra?

— Dois dias e meio, três dias sem dormir direito. Eu já tinha planejado o percurso, mas sempre verifico o clima antes de navegar e ajusto a rota com base nisso.

— Você precisa avisar as autoridades quantos passageiros está levando?

Ele ergueu a cabeça do mapa.

— Assim parece que vou contrabandear você para dentro do barco.

— Não, só quero saber como funciona.

— Não tenho que avisar ninguém quem estou levando. Claro, vai precisar mostrar seu passaporte na imigração quando chegar.

— E onde fica o porto?

— Southampton. Mags, o que está planejando?

— Quero ir pra casa e denunciar tudo isso — falei, apontando para o meu laptop com o pendrive e as certidões de óbito na mesa.

— Você acha que vai conseguir gritar alto o suficiente antes de alguém tentar silenciá-la? — Eric questionou. Havia algo terrivelmente derrotista em sua fala. Covarde e desonesto.

— Tudo o que precisa fazer é me levar pra casa. Não vou lhe pedir mais nada.

Vi um pouco de culpa em sua expressão.

— Você devia deixar seu celular aqui. Tenho um telefone via satélite e um rádio. Tenho sinal em qualquer lugar do mundo.

O telefone via satélite era um aparelho grande, volumoso e emborrachado com uma pequena antena: um pedaço grosso de plástico que podia se mover para cima e para baixo.

— Quando foi a última vez que usou esse telefone? — perguntei.

— Quando liguei pra você algumas horas antes de atracar o *Dionísio*.

— Você contou pra alguém que estava vindo para cá?

— Tive que registrar a informação com a guarda-costeira italiana, mas só dei o nome da ilha.

Os ombros de Eric se curvaram, e seu lábio inferior tremeu. Seus olhos se encheram e uma lágrima solitária desceu pela sua bochecha.

– Por favor, Eric. Você não pode quebrar agora. Preciso que seja forte.

Ele respirou fundo e enxugou o rosto. Depois, puxou o cabelo para trás, amarrando-o com um elástico que estava no seu pulso. Parecia mais centrado.

– Certo. Se vamos embora, é melhor irmos logo. A maré vai virar daqui a meia hora. Podemos usar a maré a nosso favor para nos levar para o mar aberto.

Verifiquei o relógio. Era quase meia-noite. Quem quer que tivesse a arma poderia voltar.

– E se estiver feio demais lá fora? A guarda-costeira não conseguiu vir – eu indaguei.

– O *Dionísio* está atracado na baía. Temos mais espaço de manobra com o bote. E eu sou um marinheiro bom pra caramba.

Eric sorriu, e senti que ele estava do meu lado de novo.

33

Peguei uma pequena mochila à prova d'água e enfiei o laptop, a garrafa e o rádio do *Dionísio*. Também peguei a lata falsa de feijão com os 11 mil euros. A lata era hermética, então coloquei mais dinheiro ali e meu passaporte, me perguntando o que aconteceria com a gente dali para a frente.

Como médica, sempre me esforcei para me manter positiva para salvar a vida dos pacientes. As coisas ficavam mais complexas nos casos de ferimentos graves e traumas. Tudo o que fazíamos, cada decisão que tomávamos, tinha uma consequência positiva ou negativa. Vivenciei várias situações em que os pacientes chegavam com lesões tão terríveis que, se sobrevivessem, sua vida seria preenchida por dor e angústia. Às vezes, era um alívio ver esses pacientes descansarem em vez de viverem uma vida de agonia.

Como seria minha qualidade de vida se eu só queimasse tudo? As certidões e o pendrive? Eu ficaria sempre olhando para trás, desconfiada. Os amigos e familiares que ainda me restavam estariam vulneráveis. E Diane. Não fazia ideia se ela estava viva ou morta. Eu ainda poderia morrer se denunciasse tudo e compartilhasse esses documentos com a imprensa e as autoridades. Eu poderia ser atropelada por um carro ou afogada na banheira. Mas o resultado também poderia ser positivo.

E quem eu iria denunciar? Will? Daisy De Costa? Ainda precisava entender o envolvimento dela. Havia páginas e páginas de arquivos que eu ainda não tinha olhado. Arquivos pelos quais suspeitava que Jeffery Patrick tinha morrido. E eu me denunciaria também? Esposas de maridos corruptos sempre são arrastadas para o pântano junto com eles: "Ela devia saber", é o refrão de sempre.

Antes de sair, fui ao banheiro. O corte na minha cabeça não parecia muito bom, e um líquido claro escorria pelas pontas da cola médica. Tomei mais antibiótico.

Enquanto fechava o armário de remédios, notei o anel de âmbar na lateral da pia. Fiquei observando-o, pensando na alucinação. Minha mãe o tinha tirado do dedo e deixado ali. Peguei a joia e a coloquei no meu dedo, ainda um pouco inchado. Será que ele já estava ali antes? Não. Eu tinha tirado o anel antes de deixá-lo cair no duto. Quando tentei resgatá-lo, as janelas se fecharam sobre mim... Depois que me soltei, tinha pegado o anel do fundo do duto?

Não.

Saí do banheiro e atravessei o corredor. Entrei no quarto de hóspedes e vi que a grade ainda estava fora do duto que corria ao longo da janela. Olhei para o fundo empoeirado. Eu me levantei e voltei para a porta. Eric estava na ilha da cozinha com a cabeça enterrada no mapa.

– Você resgatou este anel no duto do quarto de hóspedes? – perguntei, mostrando o anel com a mão aberta.

Ele olhou para mim.

– O quê? Não. Nem fui lá. Já está pronta?

– Um minuto.

Voltei para o quarto e me sentei na ponta da cama, pensando sobre os eventos dos últimos dias. Eu não tinha conseguido pegar o anel do duto; meu braço não era comprido o suficiente. E ali estava ele, na lateral da pia, onde minha mãe o colocara.

Ouvi uma batida na porta.

– Aqui, você devia usar isto. Tenho um extra – Eric falou, me oferecendo um casaco impermeável com bolsos frontais.

Ele estava todo vestido com roupas impermeáveis e botas pesadas. Pensei que ele iria compartilhar seus conhecimentos ou me dar algum conselho para a longa viagem que tínhamos à frente.

– A gente devia sair logo – ele alertou.

Verifiquei as imagens das câmeras uma última vez. Não havia nada de novo. Tive uma sensação meio surreal enquanto trancava a porta, como se estivesse deixando minha vida para sempre. Cada um estava carregando uma mochila. Eu estava levando umas roupas, dinheiro, cartões, a garrafa, meu passaporte e mais algumas latas de comida para somar aos suprimentos que Eric tinha no *Dionísio*.

– A maré vai virar em dez minutos – ele anunciou. – Temos tempo o suficiente pra chegar ao barco de bote e nos acomodar, para partir com o mar ao nosso favor.

Eu não sabia que o mar escolhia lados. Tinha passado tantos verões ali, e o mar era só um pedaço azul do paraíso. Demos a volta na casa caminhando pela passagem estreita da porta da frente até o terraço. A lua surgiu em uma abertura nas nuvens, e ver as ondas agitadas e espumantes que ela iluminou enquanto descíamos os degraus me deixou assustada.

Senti o aroma da água salgada que subia das ondas quebrando na praia e, apesar das roupas quentes, o ar frio pareceu penetrar meus ossos. Tentei não pensar muito sobre os dias que tínhamos à nossa frente. Já tinha ouvido Eric contar que ficara inconsciente durante uma tempestade que virou o barco dele. Só torcia para que tivéssemos sorte e conseguíssemos chegar sem precisar enfrentar um clima que ameaçasse nossas vidas.

O vento soprava contra nós quando começamos a descer os degraus da falésia. Ajudei Eric a tirar o pequeno bote de borracha da plataforma e a amarrá-lo no barco. O vento quase o levou enquanto trabalhávamos. Eric segurou a corda e jogamos o bote na água. Ligamos nossas lanternas. As ondas subiam e desciam, cobrindo os primeiros 3 metros dos degraus de concreto para então recuar. Cada onda levava o bote alguns metros para longe da plataforma. Ficamos observando-o ondular com a água. Ele estava a cerca de 3 ou 4 metros da plataforma.

– Quando for pular, calcule o momento em que a onda o levanta até o ponto mais alto. Fique me olhando, vou pular primeiro – Eric avisou.

Ele desceu alguns degraus, se posicionando na altura que a última onda tinha atingido. Outra onda se aproximou, trazendo o bote consigo, e Eric calculou o momento certo em que se nivelou ao degrau, saltando feito um gato e aterrissando no bote logo antes de a onda baixar. Ele pegou um remo e jogou a corda para mim. A corda molhada veio girando e bateu no meu rosto, e eu a peguei no instante em que o bote recuava com outra onda.

– Tudo bem aí? – ele perguntou.

– Sim! – menti.

– Faça o que eu fiz, pule desse jeito, e verifique se tem corda o suficiente pra conter a queda – ele disse.

Eric estava usando o remo para manter o bote no lugar abaixo de mim. Algumas ondas pequenas passaram, fazendo o bote subir um pouco, mas eu estava hesitante.

– É alto demais! – falei, detestando meu tom lamurioso.

– Maggie, você precisa pular. Não tem outro jeito! – Eric gritou, olhando para as águas agitadas e se esforçando para manter o equilíbrio no bote, com o remo.

Vi a próxima onda avançando, me agachei e respirei fundo, mas cometi o erro de vacilar. Quando pulei da escada, a onda já estava baixando, e aterrissei bem no instante em que outra onda levantava o bote. A superfície da água não cedeu nem um pouco, e foi como pousar no concreto. Meus tornozelos queimaram, e eu rolei de costas, me sacudindo toda, com as pernas no ar.

– Se machucou? – Eric berrou, cambaleando no bote.

Assenti, fazendo careta e esfregando as costas.

– Vou sobreviver. Você fez parecer tão fácil.

– Vamos – ele disse, me entregando um dos remos.

A lua estava quase toda coberta pelas nuvens, e relâmpagos duplos reluziam dentro delas, ao longe. Foi um trabalho árduo remar até o *Dionísio*. A maré ainda não tinha virado, mas, eventualmente, a distância entre o barco e a costa começou a diminuir. O casco do catamarã de Eric era grande, e achei o *Dionísio* reconfortante. Não era um navio de cruzeiro, mas um barco robusto com comunicação própria, um lugar para dormir e cozinhar, que contava até com um pequenino banheiro com chuveiro. Senti uma pontada de esperança de que seria uma experiência positiva quando estivéssemos a bordo.

Eric deu uma última remada e, então, ouvimos o barulho da borracha do bote fazendo contato com o barco. Ele agarrou o casco do *Dionísio* e se impulsionou, sumindo na lateral do convés por um momento. Logo depois, o topo da sua cabeça reapareceu. Ele assobiou e jogou um pedaço de corda.

– Amarre isso no tolete – ele pediu.

– Onde?

– Um dos anéis na lateral do bote – ele gritou. – Volto em um segundo. Só vou ligar o comunicador.

– E colocar a chaleira no fogo – gritei de volta, tentando fazer uma piada, que caiu mal no silêncio.

Comecei a trabalhar, amarrando a ponta da corda molhada em um dos toletes de metal do bote. Fiz um nó duplo e depois um nó triplo.

O bote ficou oscilando com as ondas, e, quando ergui a cabeça um instante depois, fiquei surpresa ao ver que uma grande distância tinha se aberto entre o *Dionísio* e eu. Estava flutuando a uns 20 metros dele. O bote não estava ancorado como o barco, então fui rapidamente puxada para a costa pela maré e pelas ondas. O interior da cabine se iluminou e vi Eric ligando o rádio e uma série de luzinhas vermelhas e verdes se acendendo. Ouvi um rugido baixo quando os motores do barco se acionaram. Eric saiu no convés, assobiando para mim.

– Certo, estamos prontos – ele falou.

A corda que me conectava ao *Dionísio* estava completamente esticada, e dava para sentir a força da maré a puxando. Desliguei a lanterna para poder usar ambas as mãos. As luzes do *Dionísio* formavam um amplo círculo ao nosso redor. Eric ajoelhou-se no convés e agarrou a outra ponta.

– Vou puxar você.

Enrolei a corda em torno do pulso algumas vezes, então Eric começou a puxar o bote na direção do *Dionísio*. As ondas queriam arrastá-lo de volta para a praia. Entrei em pânico quando senti a corda se afrouxar e a distância aumentar.

Eric inclinou o corpo para trás e puxou com as duas mãos, então ouvi um barulho alto ecoando da falésia. Eu me virei para ver de onde ele vinha, e quando voltei a atenção para o barco, vi Eric parado no convés, olhando para um buraco aberto no casco. Ouvi outro estalo, e então a pele na lateral de sua garganta explodiu em um jato de sangue. Ele deu um grito, agarrando o pescoço, e caiu para trás na cabine. Eu me abaixei no fundo do bote quando outro estalo soou. Houve um estrondo alto e um calor intenso, e tudo ficou em câmera lenta.

O ar pareceu se expandir ao meu redor. Vi o *Dionísio* se erguer alguns metros da água e explodir em uma bola de fogo. A onda de choque atingiu o bote e me virou. Senti a borda de borracha acertar com força a lateral da minha cabeça, e então tudo ficou preto quando mergulhei na água gelada.

34

Senti um tremendo puxão no braço enquanto era arrastada para a escuridão congelante. A corda estava moendo meu pulso, me apertando cada vez mais conforme eu descia. Houve um clarão vermelho e branco, e o silêncio fez pressão contra os meus ouvidos. Pedaços do *Dionísio* estavam se desfazendo acima de mim, brasas brilhantes rubras e amarelas choviam feito fogos de artifício. Senti dor, como se agulhas longas e finas estivessem sendo enfiadas em meus ouvidos, e não havia ar em meus pulmões.

A corda ao redor do meu pulso ainda estava presa a uma parte do casco do *Dionísio*, me puxava para baixo. Estendi a mão e encontrei a outra ponta ondulando na água. Eu a torci e a desenrolei e, em uma explosão de dor, me libertei. Estava desesperada para respirar. Bati as pernas e os braços para tentar subir, mas estava tão fundo que a pressão era insuportável e, por um momento, pensei que não conseguiria chegar à superfície. Nadei com todas as forças que eu tinha. Uma nuvem de escombros estava espalhada na água, e fechei os olhos para atravessá-la.

Quando emergi, senti o calor da explosão misturado ao ar frio. A lua estava obscurecida pelas nuvens e um círculo de fogo queimava na superfície da água, mas eu não ouvia nada. Dava para sentir o cheiro de combustível queimado. Ofeguei e tossi.

As roupas molhadas estavam me puxando para baixo, e eu ainda estava com a mochila nas costas. Estava me debatendo e não chegava a lugar algum.

Será que a maré tinha virado? Estaria sendo arrastada para a praia? Estava parada no mesmo ponto e ficando sem energia. Engoli um tanto de água salgada e combustível. *Preciso manter a calma*, pensei. Precisava me concentrar em boiar e respirar. Respirei fundo e me virei. A linha de fogo na superfície da água estava menor, até que desapareceu, me lançando de volta ao escuro. Os destroços se espalhavam ao meu redor.

A lateral do meu rosto voltada para a explosão estava queimada. Eu não sabia se a água salgada aliviava ou piorava a queimadura. Quente e frio me pareciam a mesma coisa. Eu só sentia dor.

Mantive a cabeça acima da água com muita dificuldade. Queria me livrar da mochila e, quando uma nova onda de pânico me dominou, quase fiz isso. Eu me imaginei arrancando-a das costas e experimentando aquela sensação de me libertar de um fardo pesado. Mas a mochila guardava tudo.

Até que me dei conta de que estava perto da praia. Parei de lutar contra as ondas e tentei apenas manter a cabeça para fora da água. A maré ainda não tinha virado, ou estava prestes a virar. Quando atingi a arrebentação, uma onda me pegou e me puxou para baixo. Dei uma cambalhota, girando e rodopiando. Minha cabeça bateu no fundo arenoso e minhas coxas rasparam no solo enquanto eu rolava na água.

A onda me carregou até uma das rochas que ficavam na base do penhasco. Conforme a água recuava, fui sendo arrastada para trás, mas me agarrei na rocha com força. Eu me impulsionei para o alto de uma grande pedra para não ficar tão vulnerável quando a próxima onda viesse. Minha perna esquerda gritou de dor quando voltei a ser puxada para trás sobre a superfície rochosa, mas continuei me impulsionando mais alto.

Peguei apenas a cauda da onda seguinte e, rastejando alguns metros mais para o alto, atravessei uma pequena fenda até outra rocha, que estava fora do alcance da água. Rolei e me deitei de costas, ofegante.

Levei a mão à cabeça, sentindo uma massa curta e espinhosa de cabelo queimado no lado esquerdo. Ao olhar para baixo, notei um longo rasgo no lado esquerdo do meu jeans, reparando que a pele abaixo do tecido estava em carne viva, sangrando. Com cuidado, apalpei a ferida. Não parecia que eu tinha quebrado nenhum osso, mas devia ter rompido alguma coisa, algum ligamento perto do joelho. Fiquei ali deitada na rocha, atordoada, observando os escombros do *Dionísio* se espalharem.

Estávamos tão perto... Quase conseguimos... E Eric... Senti um soluço vindo do peito, como se fosse uma forte contração muscular. Alguém tinha atirado em Eric logo antes de o barco explodir. Eu estava vacilando à beira de um abismo sombrio. Tinha perdido um amigo que era parte da minha vida, parte de mim. Tentei me sentar, mas toda vez que erguia a cabeça, eu via estrelas e quase desmaiava. As ondas continuavam borbulhando à minha volta. Fiquei me dizendo que isso não podia ser real. Eu estava dormindo no *Dionísio*. Tudo não passava de um pesadelo, e a qualquer momento, Eric me acordaria com um sorriso e uma xícara de chá quentinho.

Uma grande onda se quebrou sobre mim e me arrastou pela pedra dura, mas a mochila me impediu de ser lançada de volta no mar. Minha perna doía e meu pulso também, no local em que a corda ficara enrolada. Era tudo real. Eu estava acordada.

Inclinei a cabeça, mas só consegui ver a falésia assomando acima. Alguém devia ter ouvido a explosão. Dragan ou Luka. E a guarda-costeira? Era uma ilha pequena. Logo alguém viria ajudar.

Quem é que tinha atirado? Será que ainda estava ali? Tentei levantar a cabeça mais uma vez, mas outra onda enorme se quebrou à minha volta. Sua espuma borbulhou, me arrastando pela rocha dura. Estiquei os braços, me segurando nas laterais enquanto a onda recuava, só que agora eu estava ciente da dor na minha perna esquerda, sentindo cada saliência da pedra na pele exposta. Estremeci e gemi, usando a mochila para me erguer um pouco.

Não sei quanto tempo fiquei deitada ali, atordoada, recuperando e perdendo a consciência. Devia estar em um severo estado de choque, porque várias horas se passaram. Percebi que as ondas tinham parado de quebrar ao meu redor. O céu era de um bronze cinzento, e dava para enxergar alguns metros de areia e seixos na praia abaixo das rochas.

Se estivesse claro, eu seria um alvo fácil. Precisava me mexer. Eu me sentei e comecei a me encaminhar para a borda da rocha. Meus movimentos eram lentos por conta da perna ferida; quando me apressava, eu via estrelas. A rocha era bem alta. Tentei pendurar as pernas na lateral antes de pular na praia, mas a dor era tanta que quase desmaiei. Fiquei sentada por um momento, respirando as pontadas que subiam pela minha perna e a dor de cabeça excruciante que se formava na minha nuca.

Notei um espaço de meio metro entre duas das maiores rochas e me espremi ali. Havia uma fresta entre as sombras, como se fosse uma caverna com uma piscina de água salgada. Recostei a cabeça na pedra e senti algas frescas tocarem meu rosto queimado, aliviando um pouco a dor. A água fria amenizou as queimaduras e os arranhões nas minhas pernas.

Eric estava morto. Tinha levado um tiro e virado pedacinhos. Eu também deveria ter morrido. Fechei os olhos e tentei respirar lenta e regularmente.

Não sei se apaguei, mas depois de um tempo comecei a ouvir alguns sons. As ondas estavam bem mais calmas, se quebrando com suavidade e arrastando alguns seixos consigo. Então ouvi mais um barulho baixo e lamurioso. Abri os olhos. O lamento ficou mais alto. Pelo buraco entre as rochas, eu podia ver um barco atravessando a água na enseada. Meu coração acelerou. Era a guarda-costeira. Eles deviam ter visto a explosão.

Consegui me sentar e me arrastar para a fenda. O mar estava muito mais tranquilo. A lancha diminuiu a velocidade perto da boia de sinalização laranja. Havia uma figura pequena e atarracada, de cabelo curto ali dentro. Era um homem de preto. Ele estava em pé, agarrando a boia. O barco parou, e por alguns minutos, ele ficou olhando para baixo na água.

Ele amarrou uma corda na boia e pegou uma longa vara com uma rede de pesca na ponta. Ele vasculhou os escombros, tirando pedaços de alguma coisa e despejando no barco.

Então o barco se virou, e eu vi seu rosto.

Era Branko.

35

Observei Branko se aproximar da praia em seu barco. O que ele estava fazendo na ilha? Será que tinha vindo ajudar? A tempestade do dia anterior tinha sido terrível demais para que fosse a guarda-costeira. O barco de Branko era pequeno demais para atravessar o mar aberto no meio de uma tempestade daquelas.

Por que estava pescando escombros com uma rede? Ele diminuiu a velocidade quando alcançou a arrebentação. Estava prestes a sair do buraco para chamá-lo quando vi que ele tinha um rifle em um coldre por cima do ombro.

Por que ele teria um rifle?

Seu barco estava indo direto para o espaço entre as rochas onde eu estava escondida. Uma pedra larga e chata formava um telhado acima. Senti a mochila abaixo de mim e pensei na garrafa.

O barco de Branko já tinha passado a arrebentação e estava se aproximando da praia na minha direção.

Tirei a mochila dos ombros, sem parar de observar o rosto severo de Branko, conforme seu barco subia na areia com um barulho. Abri a mochila e demorei para encontrar a garrafa e a lata falsa de feijão. Estendi a mão e os enfiei em um pequeno recesso nas pedras acima.

Branko saltou do barco para a areia. Estava usando um uniforme verde do exército e uma velha jaqueta com bolsos. Ele arrastou o barco pela areia seca. Pegou uma mochila e a colocou sobre o ombro esquerdo, ajustando a alça com o rifle no ombro direito. Era a primeira vez que eu reparava em como era musculoso e forte. Parecia um boxeador decadente, sem medo de perder uma luta. Havia algo em sua expressão severa, em sua postura. Ele não estava ali para resgatar ninguém. Uma linha de detritos se acumulava na praia: um escorredor de cozinha, pedaços de plástico e algo preto e brilhante que o fez parar. Branko se abaixou para pegá-lo. Era um radinho de ondas curtas do *Dionísio*. Ele ficou mexendo na antena e então ouvi um estalo de estática. Estava funcionando. Ele limpou a areia do aparelho e o enfiou em um dos grandes bolsos na lateral de sua calça militar.

Nossa, pensei. *Será que foi ele quem atirou em nós?* Não, este era Branko... o caseiro um tanto excêntrico que se parecia com o Mr. Magoo.

Peguei a mochila e a coloquei nas costas. Ele estava a apenas alguns metros de distância do buraco. Acendeu um cigarro e fez uma ligação em seu velho celular. Eu me agachei nas sombras, pressionando as costas contra as algas. Branko estava falando inglês muito melhor do que quando falava comigo.

– O barco já era. A maior parte afundou. Encontrei os escombros... mas nada dela – ele disse.

Com quem estava falando? Ele ficou ouvindo enquanto fumava. Coloquei a mão sobre a boca para abafar um soluço, me obrigando a não perder o juízo por completo.

– Calma... esta é uma ilha remota. A maré está baixando. Vou tirar tudo do mar, não vai restar nada. Estamos no inverno. Quando os turistas voltarem... Sim... – ele disse, olhando para a falésia acima. – Vou voltar pra dar uma olhada na casa. Aquela vadia pode ter conseguido voltar.

O inglês dele era excelente. Então Branko só fingia que não sabia falar direito?

Eu estava com dor. Mudei de posição, mas a areia debaixo de mim começou a deslizar e ceder sob o meu peso na piscina de pedra. Estendi a mão para me segurar na pedra, mas perdi o equilíbrio e caí para a frente, fazendo barulho. Olhei para cima. Branko estava olhando para a fenda nas pedras.

Ele encerrou a ligação e guardou o celular no bolso. Eu me encolhi no fundo da caverna, mas Branko veio diretamente na minha direção, pegou uma pequena lanterna no cinto e a direcionou para o buraco. A luz forte iluminou meu rosto, e estremeci com a claridade. Ele deu um passo para trás e soltou um longo suspiro. Então voltou a lanterna para mim de novo, se inclinou para a frente e colocou a mão livre na fenda.

– Venha, saia – ele disse, inclinando a cabeça.

Toda a deferência que ele demonstrava como nosso leal caseiro tinha ido embora. O rifle cintilou no coldre pendurado no seu ombro direito.

– Você vai atirar em mim? – perguntei, quase murmurando.

– Não, mas preciso que saia daí. – Ele esticou mais o braço entre as rochas. – Não vou machucá-la. Só preciso falar com você.

Por que acreditei nele? Apesar do meu medo e da minha confusão, aceitei sua mão. Tive dificuldade de sair dali e ficar em pé; doía muito me apoiar sobre a perna esquerda. Branko se inclinou para a frente e usou a outra mão para segurar meu cotovelo e me ajudar a me levantar. Estremeci. A alça do rifle escorregou de seu ombro e caiu no meu braço. Ele a ajustou, apoiando o rifle de novo no ombro. Quando penso nisso, vejo que perdi a oportunidade de tomá-lo. E se eu tivesse sido rápida o suficiente para apontar a arma para ele?

Eu devia parecer bem mal. Vi um pouco de pena em seu rosto.

– Ouvi você no telefone. Disse que encontrou destroços?

– Pode dar uma olhada na sacola – ele respondeu.

Ele deu um passo para trás e apontou para o barco com um sorriso. Fui até lá mancando e vi um saco de lixo preto no fundo do barco. Pensei em Eric, no lindo Eric, e uma pontada de raiva se acendeu no meu peito. Eu não precisava ver o que havia ali dentro.

– Você. O homem com um rosário no carro – eu acusei, encarando-o fixamente.

Branko se aproximou e pensei que fosse me bater, mas, então, ele se conteve.

– Onde está? – ele perguntou. – Está aqui? – Branko acrescentou, acenando para a minha mochila com a cabeça.

– Onde está o quê?

– O pendrive e as certidões de óbito.

Como é que ele sabia? Qual era o seu envolvimento nisso tudo? Mantive uma expressão neutra.

– Não estou com eles.

Ele me agarrou grosseiramente, me virou e arrancou a mochila dos meus ombros. Desamarrou os prendedores e a virou de cabeça para baixo. O rádio, as roupas e meu laptop guardado em seu estojo de borracha caíram na areia. Depois, ele sacudiu a mochila vazia, abriu os dois bolsos e verificou ali dentro.

– Onde estão? *Onde?*

Minha mente estava acelerada. Com quem Branko estava falando no telefone em um inglês perfeito? Pensei na garrafa enfiada na pequena caverna. Será que procuraria ali? Considerei falar para ele que o pendrive e as certidões estavam no barco que explodiu, mas, se fizesse isso, eu não seria mais útil para ele. Eu *tinha* que voltar para casa. Podia me trancar lá e procurar algo para usar como arma.

– Onde estão? – ele repetiu.

– Em casa! – soltei.

– Ligue este computador – ele berrou, pegando-o e o empurrando para mim.

Agradeci a Deus por não ter baixado os arquivos do pendrive no meu disco rígido. Meu laptop precisava de senha para iniciar. Ele se inclinou e agarrou a ponta do meu cabelo.

– Agora!

Liguei o computador, e a tela se acendeu. Era um milagre ainda estar intacto. Digitei a senha e o entreguei a ele. Eu não tinha muitos arquivos ali, apenas fotos. Ele deu uma olhada com uma expressão de frustração, então seus olhos se moveram para mim. Eu tinha que convencê-lo a me levar para casa e ganhar algum tempo.

– A garrafa está escondida na casa. Posso lhe mostrar. Posso dar as certidões, o pendrive... Por favor, Branko. Não vê que estou ferida?

Ele ficou me encarando, refletindo sobre o que eu disse. Apontei para o rasgo comprido no meu jeans. A pele exposta do meu joelho parecia uma fatia de bacon, e havia areia incrustada nos cortes mais profundos.

– Tenho analgésicos lá em casa. Por favor, Branko. Posso lhe dar tudo o que quiser, estou morrendo de dor. Não consigo pensar direito.

Eu estava com medo, mas também começava a voltar a mim. Estava alerta, e não podia demonstrar. Enxuguei os olhos. Branko ainda me encarava. Ele parecia dividido, sem saber o que fazer. Pegou o velho celular no bolso. Hesitou e o guardou. O que era bom.

– Prometo, Branko. Vou fazer o que disser, lhe dar tudo o que tem na garrafa, mas, por favor, só me deixe tomar um comprimido para essa dor.

– Tudo bem, já entendi. Cale a boca. Cale a boca, porra! – ele gritou, erguendo o braço para me bater.

Eu me encolhi e recuei. Minha raiva evaporou, substituída pelo medo. Ele estava assustado e furioso.

– Coloque as coisas de volta na mochila – ele cuspiu, chutando a areia. Ajoelhei-me e enfiei tudo de volta. Quando terminei, ele pegou a mochila e a fechou. Então tirou o rifle do ombro e o apontou para mim. – Certo, vamos. Você primeiro.

Tentei pensar rápido. Eu tinha saído com Eric logo após a meia-noite, com a maré prestes a virar. A cada vinte e quatro horas, havia mais ou menos duas marés altas e duas marés baixas. Se a caverna inundasse, o frasco poderia se perder no mar.

– Que horas são? – perguntei, enquanto ele me levava pela areia na direção da escada.

– Por quê?

– Não sei quanto tempo fiquei na água. Estou confusa.

– São 7 horas – ele falou, após uma pausa.

Ele estava atrás de mim, e senti a ponta do rifle nas minhas costas quando começamos a subir os degraus.

Se a água da caverna tivesse baixado na última hora, eu tinha três ou quatro horas até que a maré subisse demais para voltar à caverna e pegar o frasco e a lata de feijão com o dinheiro e meu passaporte. Tinha ganhado algum tempo, mas precisava de horas, não de minutos. Eu precisava encontrar uma maneira de distraí-lo.

36

—Não consigo andar rápido – avisei, sentindo a arma pressionada nas minhas costas.

Tropecei quando saímos da areia molhada e desabei na base dos degraus escorregadios, caindo sobre a perna machucada. Branko não me ajudou a levantar. Em vez disso, empurrou a arma com mais força nas minhas costas.

– Levante. – Precisei me esforçar para não vomitar de dor. Respirei fundo. – Está ouvindo? Mexa-se.

Enquanto subíamos os degraus, me lembrei do que Dragan tinha falado sobre Branko. Eles tinham servido juntos na Guerra de Independência da Croácia. Estavam em batalha quando Dragan se feriu e perdeu o olho. Certa vez, Will me disse que Branko trabalhava no inverno como segurança para complementar a renda. O que ele fazia nesse trabalho de segurança? Seria um bandido de aluguel? Quem o contratara? Será que alguém do Reino Unido o procurou? E se sim, como?

No meio do caminho, minha perna ferida cedeu. Estava tremendo muito.

– Só um minuto – pedi, tentando recuperar o fôlego.

Tive que me apoiar na pedra. Branko se moveu para me olhar de frente. E me deu menos de um minuto.

– Chega. Mexa-se! – ele ordenou, agarrando a mochila e me empurrando.

Recomecei a subir as escadas com a arma nas minhas costas.

E Dragan?, pensei. Também estava envolvido? Branko devia ser um segurança privado. Ou um bandido de aluguel. Será que alguém do Reino Unido o contratara? As mesmas pessoas que mataram Will e tentaram matar Diane? Precisava trabalhar com a hipótese de que ele tinha ordens de encontrar os documentos escondidos de Will, destruí-los e depois se livrar de mim também. A explosão do barco, se bem-sucedida, teria sido bastante simples e limpa. Até agora, Branko poderia estar fazendo tudo a distância: invadir a casa e explodir o barco. Ele não teve que se envolver diretamente com Eric nem comigo, mas eu sobrevivera, e agora ele tinha que lidar com isso.

Por que ele não atirou em mim assim que me viu escondida ali na caverna? Será que estava esperando ordens? Até onde eu sabia, ele não tinha contado para a pessoa no telefone que eu tinha sobrevivido à explosão do barco. Branko tinha me visto na caverna e encerrado a ligação sem dar explicações. E como é que ele sabia do pendrive e das certidões? Will teve tanto trabalho para escondê-los. Será que Branko sabia sobre as garrafas de vinho na caverna? Se sim, não teria procurado lá antes de mim? Finalmente alcançamos o topo da escada, e era mais fácil caminhar no terraço.

– Você que fez aquilo? – perguntei, apontando para a cobertura rasgada.

Ele assentiu.

– Precisava parecer um acidente.

– Dragan sabe?

– Dragan? Ele não sabe de nada. Ele não tem nada a ver com isto.

A passagem que contornava a casa ainda estava molhada da chuva e coberta por folhas mortas. Quando chegamos à porta, ele passou na minha frente, bloqueando meu caminho até os degraus da garagem. Ele tirou uma chave do bolso.

– Abra – ele disse, me entregando a chave.

– Você tem uma cópia – falei, entendendo como ele tinha entrado.

– Claro, sou o seu caseiro – ele respondeu com um sorriso sórdido.

– Como conseguiu voltar para ilha? O tempo ficou terrível desde que você foi embora de balsa.

– Eu não fui embora de balsa.

– Eu falei com você no telefone.

– Eu disse a você que estava na balsa, e acreditou.

– Você ficou na ilha esse tempo todo?

– Abra a porta, porra! Se continuar falando, vou bater em você – ele disse.

A forma como pronunciou a frase "Vou bater em você" me deu calafrios.

Destranquei a porta, e ele me empurrou para dentro, trancando a porta depois. Ele tirou o rifle do ombro e o apontou para mim, levando o dedo aos lábios. Apontou para o sistema de segurança, fazendo sua contagem regressiva, e ficou me observando digitar o código para desativar o alarme.

Ele atravessou a sala e foi até a estante atrás do sofá. Mantendo os olhos e a arma em mim, Branko tateou uma das prateleiras e pegou um exemplar de *Tubarão*, de Peter Benchley. Ele o abriu e vi um pequeno quadrado plástico enfiado no meio das páginas. Parecia uma placa de circuito. Havia um disco de metal preso nela que lembrava uma moeda bem grossa. Ele colocou a arma debaixo do braço e pegou uma faca no bolso. Posicionou a ponta sob o pedaço circular de metal, fez uma alavanca e removeu o que parecia ser uma pequena bateria de aparelho auditivo.

– É uma escuta? – perguntei, soando tão ridícula quanto me sentia.

– Ouvi tudo – ele disse, sorrindo e guardando as peças no bolso.

Pensei em mim deitada ali no escuro enquanto ele mexia nos livros. Por que não verifiquei a casa minuciosamente depois? Tentei me lembrar de tudo o que falei nos últimos dias, tudo que Eric e eu conversamos. Tínhamos feito planos ali na sala, a alguns metros de distância. Branko ouvira tudo. Será que falei em voz alta que tinha colocado a garrafa na mochila? Não conseguia me lembrar.

– Onde está seu celular?

– No quarto – eu disse.

Um medo repentino me dominou diante da ideia de ter que ir para o quarto com ele. Branko gesticulou com a arma para que eu fosse na frente. Atravessamos o corredor e entramos no quarto de hóspedes. Eu tinha deixado o celular ligado na mesinha de cabeceira. Ele o pegou e, usando a faca de novo, removeu a tampa e com a ponta, tirou a bateria. Por que subitamente se importava se meu celular estava ligado? Quem mais estava escutando?

– Agora, o pendrive e as certidões – ele exigiu.

Mantive os olhos no rifle. Ele não ia me matar até ter o que queria. Depois, o que faria? Estaria planejando outro acidente? Será que me afogaria e me jogaria na água?

Eu precisava ganhar tempo.

– Por favor, posso usar o banheiro? Preciso tomar um analgésico e um pouco de água. Meu kit de primeiros socorros está no banheiro da suíte, no final do corredor.

– Certo, seja rápida – ele disse, dando um passo para trás para me deixar passar pela porta.

Ele seguiu atrás de mim, com a ponta do rifle nas minhas costas. Quando entrei no banheiro, ele ficou parado na porta.

– Posso fechar?

Ele estava começando a ficar nervoso. Vi suor em suas sobrancelhas.

– Quer me ver mijar? – perguntei.

Branko ficou constrangido. Deu uma espiada dentro do banheiro. Não havia janela, apenas um respiradouro, que era pequeno demais para deixar passar um corpo.

– Você tem dois minutos. Deixe a porta destrancada – ele disse.

Fechei a porta.

37

Eu me olhei no espelho, paralisada de medo. A pele da minha orelha esquerda estava queimada e cheia de bolhas, com areia misturada à ferida. Um grande quadrado na lateral da minha cabeça estava chamuscado até o couro cabeludo. Meu rosto estava todo arranhado, e a cola médica acima da minha sobrancelha direita tinha se aberto. A ferida inflamara, soltando pus.

Inclinei-me para a pia e tomei um longo gole de água direto da torneira. Lavei o rosto. Tentei pensar rápido. Dobrei as mãos trêmulas, abri a gaveta debaixo da pia silenciosamente e peguei o kit de primeiros socorros. Coloquei-o com cuidado sobre a bancada e abri a tampa. As três gavetas se destacaram. Eu tinha duas seringas descartáveis, dois pequenos frascos de vidro borossilicato de morfina e um frasco de Diazepam.

Ainda estava com o anel de âmbar da minha mãe na mão esquerda, e vê-lo ali me ajudou a reunir coragem. Com o dente, abri o plástico da seringa.

– O que está fazendo? – Branko perguntou, colado à porta.

– Eu precisava trocar o absorvente – respondi.

– Bem, vá logo – ele falou. Devagar, tentando controlar as mãos trêmulas, tirei a tampa do frasco de Diazepam e enchi a seringa. – Você já demorou demais!

– Não! Só mais um minuto. Minha menstruação é intensa.

Esperava constrangê-lo com isso. Discretamente, guardei o kit de volta no armário. O que é que eu ia fazer?

Branko tinha um rifle.

A porta do banheiro se abria para dentro.

Será que eu poderia furá-lo com a agulha rápido o suficiente?

– Chega, vou contar até cinco – ele disse. – Um.

Uma ideia desesperada e perigosa me ocorreu bem na hora. Resolvi tirar o que restava do meu jeans, estremecendo de dor ao arrastar a calça e a calcinha para baixo sobre o meu joelho esquerdo inchado e cortado.

– Dois, três... quatro.

Peguei a seringa e me joguei no chão perto do vaso.

– Cinco.

Caí gemendo bem quando a porta se abriu. Estava deitada de costas para a porta, com o traseiro nu e exposto.

– Não, não entre, por favor! – gritei.

Não precisei fingir muito, pois estava aterrorizada. Fiquei deitada com a cabeça apoiada no vaso, de forma que minha mão com a seringa não ficasse visível. Tirei a capa de plástico da agulha.

– Levante-se – Branko disse, se aproximando.

Estava com a seringa na mão direita, com a ponta voltada para mim e o polegar no êmbolo. A ponta fina e afiada estava contra a parte interna do meu pulso. Virei a cabeça e o vi em pé. A arma estava ao seu lado, e ele olhava fixamente para o espaço entre as minhas pernas.

– Eu caí – falei. O rosto de Branko exibia um desejo faminto e animalesco. Ele se aproximou, olhando para a minha nudez. – Por favor, coloque uma toalha em mim – pedi, sem precisar fingir medo.

Ele caminhou ao meu redor, com os olhos na parte de baixo do meu corpo nu, e começou a tirar o cinto. Abriu o zíper e puxou o cós de sua cueca suja para baixo, expondo seu pênis e escroto. Branko ia me estuprar.

Enquanto avançava sobre mim, fui impelida pelo medo. Eu me apoiei no quadril esquerdo e no cotovelo, me erguendo um pouco, estiquei o braço direito para cima e enfiei a agulha no músculo da coxa direita dele. Apertei o êmbolo, gritando enquanto aplicava uma dose cavalar de Diazepam no que eu esperava ser uma veia grossa.

Ele olhou para a seringa espetada na sua perna e, por um breve segundo, ficou sem entender o que estava acontecendo. Eu me arrastei contra o chão com o quadril e soquei com força seu saco.

Branko gritou e caiu, e lutamos violentamente quando acertou um tapa no meu rosto queimado. Ele berrou algo em seu idioma, e rolei para longe e me afastei, rastejando. Ele tentou me agarrar, mas ainda estava com o tronco dobrado. Consegui me desvencilhar e sair, bati a porta e cambaleei, puxando meu jeans para cima.

Ouvi o espelho se quebrando. Fui mancando até o banheiro de hóspedes e me tranquei ali dentro.

– Espere sua vez, sua puta! – ele gritou.

Branko engatilhou o rifle. Houve um estrondo ensurdecedor quando ele disparou um tiro. Fui até a janelinha do banheiro de hóspedes. Era bem alta e pequena demais para que eu pudesse passar.

Uma grande dose de Diazepam poderia deixá-lo sedado por várias horas, mas quanto tempo levaria para fazer efeito? O remédio não era tão eficaz em fumantes, e sua tolerância poderia ser maior se ele fosse usuário de drogas.

Ouvi passos no corredor e então tudo ficou em silêncio. Olhei pelo buraco da fechadura. Não dava para ver nada no corredor. Contei os segundos e depois os minutos. Eu não conseguia recuperar o fôlego. Por alguns minutos, não distingui nenhum movimento. Meu suor grudava na madeira da porta. Comecei a ouvir todo tipo de rangido e coisas. Seria Branko se movendo? Ele deveria estar inconsciente. Eu acertei bem na mosca ao injetar a seringa direto no músculo da perna. O Diazepam já deveria estar fazendo efeito.

A faca estava escorregadia na minha mão. Eu me levantei, girei a chave na fechadura devagar, abri a porta e saí no corredor. Ao me virar, vi que a sala e a cozinha estavam desertas. Voltei para a suíte. Passei pelo depósito, que estava vazio.

Na suíte, havia uma chuva de lascas de madeira no carpete. Branko tinha atirado na fechadura da porta do banheiro. Fiquei parada no meio do quarto, ao pé da cama. O banheiro estava vazio. Será que ele estava se escondendo na sauna? Poderia ser o barulho que eu ouvi. Eu me virei e tudo ficou em câmera lenta. Branko estava parado na porta do quarto, de olhos esbugalhados, com o rosto cinza pálido, vertendo suor. Ele estava apontando o rifle para mim com mãos trêmulas. Ele sorriu, exibindo seus dentes enormes.

Senti o coração na boca e pensei que era meu fim. Branko ia atirar. Então o momento se alongou, ele deu alguns passos para a frente, seus olhos viraram para trás, seus joelhos cederam e ele caiu de frente com um estrondo, imóvel.

Então o interfone tocou.

38

Eu me aproximei de Branko e o cutuquei com o pé. Ele estava apagado. Com a bochecha esquerda pressionada no chão. A boca aberta. Babando. Os músculos da minha perna ferida gritaram quando me abaixei e o arrastei para o quarto. Agarrei seus ombros para virá-lo. O interfone tocou de novo. Eu o ergui e o puxei. Branko tinha um corpo sólido e compacto. Eu só conseguia me apoiar na perna direita, o que tornava o trabalho ainda mais difícil. O resto de seu corpo enfim cedeu e eu consegui colocá-lo de barriga para cima. Peguei o rifle. Eu não fazia ideia de como funcionava, mas ele tinha acabado de disparar, então a trava de segurança, se havia uma, devia estar desativada.

A mandíbula de Branko ficou mole e sua boca se abriu, revelando seus dentes graúdos. Pensei em um animal perigoso que tinha sido imobilizado. O interfone tocou de novo, persistente. Fechei a porta do quarto, saí mancando pelo corredor e verifiquei as imagens da câmera. Dragan estava na porta com Luka.

Eu destranquei a porta e abri uma pequena fresta. Vi a surpresa em seus rostos ao me ver de cabelo bagunçado e calça rasgada, coberta de cortes e queimaduras.

– Está tudo bem? – Dragan perguntou, franzindo as sobrancelhas. – Isso é um rifle carregado? – Ele apontou para a arma no meu ombro.

– Sim – falei, com uma voz vacilante.

– Espere aqui – Dragan falou para Luka. Abri a porta, ele entrou e a fechou na cara preocupada do filho. – Por favor, precisamos descarregar o rifle – ele disse, pegando a arma com cuidado. Não pensei, só o deixei fazer o que queria. Ele a abriu e tirou as duas balas restantes. – É o rifle de Branko. O que está acontecendo?

Fui tomada por alívio ao ver Dragan. O fato de ele ter trazido Luka consigo me fez pensar que sua preocupação era genuína. Levei-o até a suíte e abri a porta. A fechadura de metal do banheiro estava ao lado da janela, entre as lascas de madeira espalhadas pelo carpete e pela colcha. Branko jazia no mesmo lugar.

Dragan arregalou os olhos.

– Você atirou nele?

– Não. Ele tentou me matar. Eu apliquei um sedativo nele – contei. Seu olho bom me encarou com ceticismo. O outro estava inexpressivo. – Acertei a perna dele com uma seringa cheia de Diazepam, mais precisamente.

– Falei com Branko no telefone ontem à noite. Ele disse que estava em casa, em Dubrovnik, com a esposa.

Dragan se abaixou e retirou o cinto de ferramentas da calça de Branko. Ele continha mais seis cartuchos de bala, uma longa faca de caça, um feixe de braçadeiras, uma lanterna e um molho de chaves. Depois, vasculhou os bolsos e pegou dois celulares, uma carteira, a escuta que tinha removido do livro e um pedaço de papel dobrado. Ele o abriu e me entregou. Era uma impressão da foto do passaporte de Eric.

– Ah, meu Deus. Onde é que ele pegou isso?

– Quem é este homem?

Contei brevemente a Dragan sobre Eric e sobre Branko atirando no *Dionísio*. Como é que eu explicaria a situação para a família dele e como poderia encontrar o que restara de seu corpo? Fechei os olhos e respirei fundo. Quando os abri, Dragan estava me observando com um misto de empatia e horror.

– O *Dionísio* explodiu na baía? – Dragan perguntou.

– Sim.

A cicatriz acima do seu olho de vidro se enrugou. Ele se abaixou e pegou a pequena escuta, revirando-a nas mãos.

– Por que Branko tem isso?

– Você já viu isso antes? – perguntei.

Dragan assentiu.

– Durante a guerra, trabalhamos na contraespionagem, espionando os sérvios. Branko fazia esses dispositivos de escuta usando componentes estéreo comuns.

– Ele invadiu a casa umas noites atrás e instalou isso na estante da sala – revelei.

Ainda era difícil ler a expressão de Dragan. Ele se aproximou de Branko e disse:

— Ajude-me a levantá-lo.

Dragan fez a maior parte do trabalho enquanto o colocávamos na cama. Meu joelho ainda latejava. Fiquei observando Dragan o ajeitar, virando-o para o lado e inclinando sua cabeça para trás, para deixá-lo na posição de recuperação. Ele tirou os sapatos de Branko, se voltou para o cinto de ferramentas e pegou quatro braçadeiras. Ele prendeu os braços de Branko atrás das costas com duas braçadeiras e os pés com as outras. Peguei os dois celulares do carpete. O smartphone surrado tinha uma capa branca e suja com o logotipo da Eurocopa de 2016.

— Você disse que lhe deu Diazepam? — Dragan indagou.

— Sim. Ele pode ficar inconsciente por umas três ou quatro horas.

Ele assentiu. Verifiquei se suas vias aéreas estavam desobstruídas.

— Por que Branko implantou uma escuta na sua casa?

Olhei para Dragan. Todos os que conheciam o segredo de Will estavam mortos ou tinham sofrido algum atentado contra a vida, incluindo eu. Esta ilha era o único lar de Dragan e Luka.

— Acho que ele está prestando algum serviço privado de segurança pra alguém com muito poder. É tudo o que eu posso dizer.

— Você também é alguém com muito poder? — ele perguntou com cuidado.

— Não, mas tenho informações comprometedoras sobre alguém com muito poder.

— Sei que Branko trabalha em uma agência de segurança em Zagreb.

— Que tipo de trabalho de segurança ele faz?

— Ele trabalhou para o Museu Nacional quando contrataram uma empresa privada para transportar obras valiosas. Ele também trabalhava na equipe de segurança de políticos em comício ou cantores que vinham fazer algum show. Muitos ex-militares fazem esse tipo de trabalho.

Ele observou outra vez as lascas de madeira, seguindo sua trajetória desde a fechadura do banheiro do outro lado do quarto.

Então saiu do quarto. Eu o segui até a porta da frente. Ele a abriu e vi Luka parado na passagem, se mexendo todo nervoso.

— Está tudo bem? — ele perguntou. Algo em seu inglês hesitante partiu meu coração. Mesmo nessa situação estranha, ele ainda queria que eu entendesse. O vento balançava as longas mechas de seu cabelo escuro que tinham escapado do rabo de cavalo.

– Sim – Dragan disse, dando batidinhas no ombro do filho. – Maggie, me mostre onde o barco estava atracado.

Eles me seguiram pela passagem, e demos a volta para o terraço.

Um monte de escombros se espalhava pelas ondas turbulentas, e vi pedaços do barco pela areia. Luka olhou para nós alarmado e horrorizado.

– Você também estava no barco? – Dragan perguntou.

– Não. Eu ainda estava no bote que usamos para sair da praia.

– É aquele ali? – ele perguntou, apontando para o barco de Branko.

– Não. Não sei o que aconteceu com o bote. Aquele é o barco de Branko.

Dragan colocou o rosto entre as mãos e se apoiou na parede.

– Jesus Cristo, no que aquele idiota está metido?

Pensei que "idiota" não era bem a palavra, mas não falei nada.

– Saímos para pescar hoje cedo – Luka disse. – Sentimos cheiro de queimado e vimos fumaça no ar quando voltamos. Pensamos que sua casa estava pegando fogo, então viemos ver. O que está acontecendo?

Dragan deu as costas para Luka e abaixou a voz:

– Vou ter que ligar para guarda-costeira. E seu amigo… precisa ser encontrado.

A última parte me acertou em cheio. *Eric.*

Respirei fundo.

– O que você vai falar para eles?

Ele hesitou e me encarou, mas não teve chance de responder. O celular velho de Branko, que eu ainda segurava, começou a tocar. A tela mostrou que o número era desconhecido. Aceitei a ligação e coloquei o aparelho no ouvido.

– Ainda estou esperando uma atualização – exigiu uma mulher. Congelei. – Cê tem que manter a comunicação aberta comigo, Branko.

Reconheci a voz: uma mistura de formalidade com coloquialidade. Ela havia usado "cê" em vez de "você".

– Olá? Está aí? – ela perguntou.

Afastei o aparelho da orelha e me atrapalhei para desligá-lo.

Era a voz de Daisy De Costa.

39

Dragan me observava com atenção.
— Era a pessoa com muito poder para quem Branko está trabalhando? — ele quis saber.
— Sim. — Desliguei o aparelho e respirei fundo. Ouvir a voz dela me aterrorizou mais do que tudo. Eu precisava fugir. Ela sabia onde eu estava. Tinha que encontrar um lugar para me esconder. — Branko sabe que você sabe que ele ficou na ilha?
— Não. Eu disse a você que falei com Branko ontem à noite no celular. Ele me contou que estava em casa com Mila. Assistindo filme. — Ele balançou a cabeça. — Estou surpreso por Branko ter me enganado. Devo estar ficando velho.
— Onde você acha que ele estava ficando? — perguntei.
Dragan estreitou os olhos por um momento e depois sacodiu a cabeça.
— Existem tantas casas vazias em Tišina.
— Conheço o barco que ele estava usando. É de um casal francês que tem uma casa no lado norte da ilha — Luka, que tinha se mantido calado até então, falou.
Ele estava na ilha esse tempo todo, ocupando uma casa vazia e me observando.
Preocupada, me dei conta de que o sol já estava alto, tentando perfurar as nuvens com seu disco branco e reluzente. O mar estava mais calmo. Alguns pedaços do *Dionísio* ainda flutuavam na pequena enseada, outros jaziam na areia. A maré devia ter levado as sobras para o mar.
Fiquei ouvindo a voz de Daisy De Costa. *Cê tem que manter a comunicação aberta comigo, Branko.* Quanto tempo fazia que ela falava com ele? Será que ouvira Eric e eu? Como tinha convencido Will a falsificar a autópsia de um jornalista investigativo?

Tive um flashback de mim no bote flutuando para longe, me afastando do *Dionísio*. Da surpresa no rosto de Eric, do catamarã se erguendo da água em uma bola de chamas. Se tivéssemos saído um pouco mais tarde e a maré tivesse virado, eu provavelmente estaria morta também. Fiquei olhando para a superfície lisa da água. Eric sempre disse que queria ser enterrado no mar.

Se Daisy De Costa descobrisse que eu ainda estava viva, faria de tudo para me encontrar e terminar o trabalho. Ela era uma política do alto escalão no governo britânico. Devia ter recursos impressionantes à sua disposição. Eu precisava ser esperta. Tinha que me manter atenta para o que viria a seguir.

Olhei para as pequenas ondas se quebrando nos seixos. A praia quase parecia normal de novo.

– Dragan, e se você *não* contar à guarda-costeira sobre a explosão? Alguém vai verificar? Acha que alguém mais viu? – perguntei.

Ele olhou para o horizonte.

– O que está me sugerindo?

– Quero manter você e Luka fora disso.

Luka estava com as mãos nos bolsos, mantendo distância no terraço, nos dando privacidade.

– Como é que pretende fazer isso? – Dragan perguntou, se virando para mim com uma resignação sombria no rosto. Eu não podia imaginar quão dura era sua vida naquela ilha maldita.

– As evidências da explosão quase não existem mais – falei, baixando a voz. – Branko só vai acordar daqui a algumas horas. E se a gente o levar de volta para casa que ele estava ocupando e limpar a minha? Está escurecendo cedo. Você pode me levar para o continente no seu barco. Branko vai acordar sem saber como voltou para lá. E eu vou ter desaparecido.

– E como é que isso beneficia Luka e eu? – ele perguntou com o canto da boca. Percebi que a cicatriz em seu olho repuxava sua pele para baixo quando ele franzia a testa e seu rosto virava uma máscara trágica.

– A pessoa do outro lado da linha não sabe que estou viva. Na última ligação que Branko fez, o ouvi dizer que estava procurando nossos corpos. Ele estava inconsciente quando você chegou. Não o viu. Você e Luka podem negar saber qualquer coisa.

– E espera que eu seja seu táxi para sair da ilha?

– Posso pagá-lo.

Ele arqueou a sobrancelha do olho bom.
– Quanto?
– Posso lhe dar 10 mil euros em espécie agora, e mais dez quanto eu... estiver segura.
– Você tem esse dinheiro? – ele perguntou.
– Sim – respondi. Dragan olhou para a casa e assentiu, parecendo reconhecer que eu tinha dinheiro mesmo. – Se alguém perguntar, você pode dizer que me ajudou a voltar para o continente com urgência porque minha amiga estava muito doente.
– Sua amiga está doente?
– Sim – respondi, pensando em Diane. Eu ainda não sabia se ela estava viva ou morta. – Ela foi atropelada. – Fui enxugar os olhos e acabei raspando na queimadura, produzindo uma pontada de dor. Dragan franziu o cenho de novo. Ele precisava do dinheiro. Antes de ele falar, acrescentei:
– Quando eu chegar ao continente, vou precisar de ajuda para cruzar a fronteira eslovena para a zona Schengen. Não posso arriscar mostrar meu passaporte.
Ele ficou pensando por um momento.
– Certo. Tenho um amigo taxista perto de uma cidade chamada Ogulin. Fica bem na fronteira eslovena. Ele poderia levá-la para zona Schengen, para algum lugar calmo, sem cercas nem controles. Mas vai ter que chegar a Ogulin por conta própria.
– E como eu chego a Ogulin?
– Vou levá-la até Split pela água. Você pode pegar um ônibus para Ogulin de lá.
– Então temos um acordo? – perguntei.
Ele me encarou com seu olho de vidro inexpressivo, e não consegui ler o outro olho. Será que podia confiar nele? Torci para que ninguém o procurasse e lhe oferecesse dinheiro antes de eu atravessar a fronteira. Ele assentiu e balançamos as mãos.
– Para onde você planeja ir quando entrar na zona Schengen na Eslovênia?
– É mais seguro para você e para mim se não souber – falei.
Estava bolando um plano na minha mente. Se eu chegasse à França, poderia me esconder na casa de Hugo, que eu sabia que estaria vazia. Ganharia algum tempo. E isso era todo o meu plano até então.
Dragan se virou para Luka.

Vá até a praia, leve aquele barco até a próxima enseada, até a casa Auberge. Depois vá direto pra nossa casa e fique lá. Ligue para mim quando chegar. Entendeu?

Luka ficou olhando de mim para o pai. Eu sorri, mas devo ter parecido assustadora ou perturbada, porque ele não retribuiu o sorriso.

– Certo – ele falou.

Luka começou a descer a escadaria, e Dragan se virou para a casa.

– E agora vamos cuidar de Branko.

40

Dragan esfregou as têmporas. Suas mãos ásperas tocaram a cicatriz acima do seu olho. Ficamos observando Branko prostrado na minha cama.

– Eu confiava nele com a minha vida durante a guerra – ele falou.

– Talvez pudesse confiar nele porque vocês estavam do mesmo lado.

Parecia que ele ia protestar, mas, em vez disso, ele perguntou:

– Quanto tempo esse sedativo vai fazer efeito?

Verifiquei as horas. Eram quase 9 da manhã. Branko estava inconsciente por mais de uma hora.

– Não sei direito. Depende da pessoa. Ele bebe muito? Usa drogas?

– Não. Você devia aplicar um pouco mais depois, só para garantir. Podemos seguir para o continente depois das 3 horas da tarde.

– Você quer sair daqui a seis horas?

– São duas horas até Split, seria mais seguro chegar quando já estivesse escuro. Vou levar duas horas para voltar. Não quero que Branko saiba que saímos da ilha. Se ele bater na minha porta, quero estar em casa de pijama, fingindo que nada aconteceu.

– Como é que a gente vai levá-lo para casa que você acha que ele está ficando?

– Vou dar um jeito. Você precisa se limpar. Não vai querer chamar atenção.

Levei uma eternidade para descer a escadaria até a praia com a perna ruim. A água estava acima dos meus joelhos quando cheguei. Eu me enfiei na pequena abertura entre as pedras e recuperei a garrafa e a lata de feijão com o dinheiro. Quando voltei, Dragan havia removido Branko e a casa estava vazia.

Fui até o banheiro de hóspedes. A banheira ainda estava preenchida com os edredons e os cobertores, formando um ninho, e senti uma vontade avassaladora de me encolher ali e dormir para sempre, mas fui até a pia e bebi um longo gole de água, evitando meu reflexo no espelho. Precisava dar uma olhada no restante dos arquivos do pendrive e depois tinha que descobrir como é que eu voltaria para o Reino Unido sem passar pelo controle de imigração. Era inevitável que Daisy De Costa tivesse me marcado no sistema ou, pior, que tivesse conseguido um mandado de prisão contra mim.

Alguns anos depois que minha mãe morreu, os pais de Will estavam de férias na Grécia quando o vulcão Eyjafjallajökull entrou em erupção na Islândia. O espaço aéreo europeu ficou fechado por dez dias, e o pai dele estava doente e desesperado para voltar ao Reino Unido para fazer quimioterapia. Naquela época, ninguém sabia quando o espaço aéreo seria reaberto, mas George conseguira levá-los para casa, cobrando favores de todos os tipos de pessoas estranhas e maravilhosas que possuíam barcos.

Meu plano não ia além de me esconder na casa de Hugo na França, o que era bastante assustador. Será que George poderia me ajudar? Seu estilo de vida nômade, sua vida fora do sistema, deixava muitas pessoas desconfortáveis. Conforme fui crescendo, parei de tentar entender por que ele vivia daquele jeito, e meu padrasto passou a me deixar desconfortável também. A discussão que tive com ele foi sobre algo trivial, ou, melhor dizendo, sobre algo que eu achava trivial. Alguns meses após a morte de mamãe, ele foi me visitar em Londres e eu comprei ingressos para a London Eye. Tínhamos que mostrar um documento com foto para pegar os ingressos, e George se recusou, dizendo que não mostraria seu documento para entrar em uma roda-gigante superfaturada. Discutimos em público. E Will e Felicity, sua irmã, estavam conosco. Fiquei brava por ele me expor daquele jeito e acho que ainda estávamos à flor da pele por causa da morte de mamãe. E essa foi a última vez que a gente se viu. Pensei nas palavras da minha mãe: "Encontre ele. Procure mais".

Tirei as roupas molhadas e enchi a banheira. Tudo doeu quando me enfiei na água quente. Limpei com cuidado a areia das feridas e fiz um balanço da situação. Os arranhões dos meus braços e da perna direita eram numerosos, mas superficiais, mas a perna esquerda me preocupava. Parecia que eu tinha rompido um ligamento atrás do joelho. A única maneira de me recuperar era descansar, e ali estava eu tendo que fugir.

Depois que me limpei, fiz ataduras de gaze nas feridas mais feias da perna e vesti uma roupa quente e macia, meias grossas e tênis. Tomei mais antibióticos e analgésicos. Encontrei a máquina de cabelo de Will e raspei o cabelo queimado na lateral da minha cabeça. Por sorte, o restante do cabelo cobriu a parte raspada. Minha mochila impermeável não tinha sido danificada, então a sequei. Guardei uma muda de roupa, um boné vermelho da Coca-Cola e um preto. Também guardei o Rolex e as abotoaduras, ambos dentro da caixa. Pensei que talvez precisasse vender algo. Incluí um isqueiro e alguns suprimentos médicos. Por fim, guardei a lata de feijão e a garrafa.

Estava prestes a guardar o laptop quando uma lembrança veio à tona. Anos atrás, quando comprei um dos meus primeiros celulares, anotei alguns números e digitalizei o pedaço de papel.

Liguei o computador e comecei a vasculhar os arquivos na área de trabalho. Passei muito tempo clicando nas fotos em arquivos e em subarquivos dentro de subarquivos, até que o encontrei escondido em um subarquivo em branco, sem nome: um pedaço de papel digitalizado com uma lista de telefones escritos à mão.

— O que diabos? — falei.

Eu tinha vasculhado meu computador depois que Will morreu, eu tinha certeza, e não encontrara nada. O número de George era o quarto da lista. Eu me sentei no chão e fiquei olhando para a tela por um momento.

Copiei o número dele em um papel e o coloquei na garrafa.

41

O sol estava baixo no horizonte quando saí de casa e tranquei a porta pela última vez.

Quando eu tinha 18 anos, minha mãe e George desistiram da van porque o conselho da cidade nos ofereceu um chalezinho no subúrbio de Slaithwaite, em Yorkshire. Adorei morar em uma casa de verdade, mas, alguns meses depois, fui embora para cursar a faculdade de medicina. Foi aterrorizante me mudar para Londres sozinha e mergulhar no desconhecido. Tive essa mesma sensação ao atravessar o portão no carro de Dragan.

Seguimos pela estrada de terra em silêncio rumo à igreja. Os estragos da tempestade estavam por toda parte: árvores caídas pelos campos e partes da estrada tinham sido levadas, deixando buracos e riachos na lama. Os pneus do carro zumbiram nos blocos de pedra que levavam à igreja, e a torre aparecia e desaparecia conforme avançávamos.

Havia uma leve névoa no ar, e o céu escurecendo aumentava o meu desconforto. A tal casa ficava próxima ao hotel Sun-Inn: era uma pequena casa de fazenda perto do penhasco que sempre víamos quando subíamos do cais. O ar estava frio, e a luz do dia, fraca quando chegamos ao local onde Branko andou se escondendo. Estava gelado e escuro lá dentro, mas o encontramos ainda dormindo em um sofá da sala debaixo de um cobertor. As cortinas estavam fechadas e uma pequena lâmpada brilhava.

Eu me ajoelhei ao lado do sofá, estremecendo com a dor, e meu lado profissional entrou em ação. Dragan tinha um termômetro eletrônico. Ergui o cobertor. Branko estava deitado de lado, com as mãos e os pés amarrados. Sua temperatura estava normal, 36,9 graus.

– Posso dar mais um pouquinho de sedativo, mas ele já tomou uma dose bem grande. Você não vai querer lidar com um cadáver – eu avisei.

O telefone de Dragan tocou, e ele o pegou no bolso.

– É a esposa de Branko, Mila – ele disse, olhando para a tela. – Ela está ligando há horas. Deve estar preocupada com ele.

Não comentei a ironia da situação.

– Não atenda.

Dragan ignorou a ligação e guardou o aparelho no bolso.

Peguei uma seringa com 5 miligramas de Diazepam, hesitei e depois adicionei mais 2 miligramas. Quando a segurei contra a luz, vi uma pequena bolha de ar. Olhei para Branko. Seria fácil empurrar aquela bolha para a sua corrente sanguínea, mas, apesar de tudo, eu sentia o dever de tomar cuidado para não causar danos. A noção de que eu poderia acabar com a vida dele, mas optei por não o fazer, me deu uma sensação de satisfação. Bati na seringa para eliminar a bolha. Pressionei a agulha em sua calça até sentir o músculo da perna e apertei o êmbolo. Sua boca se abriu, ele engoliu em seco e roncou de leve. Retirei a agulha e me levantei.

– A gente devia tirar as amarras das mãos e dos pés – falei. – Ele vai ficar mais confuso e se perguntar como chegou aqui.

Dragan hesitou e depois assentiu. Tirou o facão do cinto, cortou as braçadeiras que prendiam os pulsos e as pernas dele e as guardou no bolso. Peguei a lata de feijão na minha mochila, e Dragan ficou me observando sacar vinte notas de 500 euros. Então ofereci o dinheiro a ele.

– Aqui, como combinamos. Transfiro mais 10 mil quando... estiver segura.

Eu não sabia quando ou se eu ficaria segura de novo. Afastei o pensamento. Dragan embolsou o dinheiro.

– Vamos – ele disse.

Olhei para Branko. Ele estava dormindo profundamente, enquanto eu lutava para viver.

O crepúsculo se instalava conforme subíamos por uma paisagem montanhosa, onde algumas ovelhas pastavam. Ao chegarmos ao topo de uma colina, o terreno se inclinou, formando um pequeno vale coberto por árvores frondosas. Vi um pequeno aglomerado de construções entre os galhos. Entramos em um labirinto de estradas sinuosas, repletas de casas em ruínas. Árvores cresciam em telhados quebrados e chaminés, e passamos por uma fileira de cinco terraços em que os telhados haviam desabado por completo. Muros de pedra corriam ao longo das casas, delimitando jardins e pátios de árvores e samambaias.

– Este era o vilarejo de mineração – Dragan contou, olhando para mim pelo retrovisor.

A abundância de árvores esqueléticas ao longo da estrada, crescendo nas casas abandonadas, conferia uma certa melancolia a tudo. Dragan teve que acender os faróis para enxergar naquele fim de tarde de novembro.

– Nunca tinha visto esta parte da ilha – comentei.

– Tentamos manter os turistas longe daqui. Mas algumas crianças sempre escapam do hotel para quebrar uns vidros.

Reparei que todas as janelas estavam quebradas ou sem vidro.

– Somos as únicas pessoas que moram aqui – Dragan falou. – Bem ali – ele acrescentou, apontando para além do para-brisa enquanto subíamos uma colina por entre um matagal. Pensei como era sinistro viver entre tantas casas abandonadas.

Emergimos das árvores no topo de uma encosta íngreme que descia para uma pequena enseada. O chalé deles era o último à esquerda na borda da vila, se destacando das outras casas por uma luz fraca brilhando na janela da frente. Era um amontoado de tijolos e ardósia caindo aos pedaços, mas o jardim estava limpo e as janelas, intactas.

– O barco está atracado ali – Dragan disse. À luz do entardecer, vi que a água estava mais calma na pequena enseada, mas fora da baía a superfície era irregular, com picos brancos de espuma. – Tenho uma calça impermeável para você no chalé. Você vai precisar.

O teto do chalé era baixo e o corredor de pedra estava cheio de sapatos velhos e botas. Dragan apontou para a primeira porta, e fomos para a sala de estar, forrada com um papel de parede desbotado com marcas d'água e um padrão de centáureas azuis. Parecia um instantâneo da vida deles juntos: desesperada, mas também reconfortante. Eles tinham um ao outro.

Luka estava nos esperando.

– Peguei comida para você – ele disse, me entregando uma sacola.

– Obrigada – falei.

Ele estava assustado, e me senti culpada por colocá-lo naquela situação. Dragan me deu uma calça impermeável verde-escura e lisa feito óleo. Eu a vesti, e Dragan e Luka vestiram calças idênticas, além de casacos.

Saímos da cabana no crepúsculo. O ar estava parado pela primeira vez em dias e, enquanto descíamos para a baía, as nuvens se dissiparam e um manto de estrelas surgiu no céu que escurecia. Senti o peso da jornada que me aguardava pela frente. Meu destino não estava claro, mas fiquei mais determinada quando pensei em Daisy De Costa e nas informações que eu tinha.

Já cheguei tão longe, não vou sucumbir agora. Will e Eric morreram por isto, e Diane... Bem, Diane pode já estar morta. Isso tudo não ficará em vão.

Quando chegamos ao final da estrada, a calmaria passou, o vento aumentou, e as nuvens se fecharam sobre o céu estrelado.

Nosso barco era maior do que o barco de pesca que eu os vira rebocando no carro, mas ainda não parecia forte o bastante para cruzar o mar aberto. Eu me sentei em uma plataforma no topo da praia de seixos. Dragan me ajudou a subir. O convés era de madeira, e havia uma pequena cabine de três lados na frente. Dragan e Luka empurraram o barco, que desceu a ladeira íngreme coberta por cascalho e atingiu a água com força. Perdi o equilíbrio, e o barco balançou e oscilou nas ondas enquanto os dois subiam a bordo.

Senti um fedor de fumaça de combustível no ar frio quando Dragan ligou o motor. Avançamos pela baía. Achei que estava difícil até passarmos pela abertura rochosa e entrarmos no mar aberto. O vento nos fustigou feito facas congelantes, e quase perdi meu boné. Dragan fez sinal para que eu me abrigasse na cabine, e não discuti. O vento batendo no meu rosto machucado e queimado era agoniante.

Era impossível ser ouvida com o barulho do motor e o vento uivante. Eu me encolhi com Luka, sentado no deque de madeira atrás do abrigo. Tinha me esforçado tanto para sair da ilha, e era tarde demais quando olhei para trás. Tišina havia sido engolida pela escuridão e o céu estava cheio de nuvens. A única luz vinha da fraca lâmpada amarela da cabine, iluminando um círculo ao redor do rosto abatido de Dragan enquanto ele dirigia o barco.

Estava assustada por enfim estar partindo, sacolejando com as águas e o frio rumo ao continente. Eu estava indo na direção do desconhecido. Sem celular. Ninguém sabia onde eu estava. Dragan e Luka só sabiam que eu queria atravessar a fronteira.

Luka segurou minha mão durante a maior parte da travessia, e então o som do motor mudou. Dragan gritou e apontou para a cabine. Fiquei em pé e, através da névoa salgada que cobria o vidro, vi no horizonte uma linha de luzes. Era o porto de Split. O continente.

42

Quando nos aproximamos e adentramos as paredes do porto, vi como ele era enorme. Havia um terminal de balsas comprido e atarracado com fileiras de holofotes, e notei três contêineres ancorados em torno de um navio de cruzeiro. Dragan conduziu o barco para longe do terminal de balsas, em direção a um passeio iluminado por holofotes e ladeado pelos mais belos edifícios venezianos e palmeiras. Tudo parecia vazio naquela noite tranquila de novembro.

Passamos por um barco de pesca que atravessava a vasta extensão de água delimitada pelas paredes baixas do porto. Os homens a bordo estavam nas sombras, seus cigarros brilhando vermelhos. Ouvi o murmúrio baixo de suas vozes e, então, se foram.

Dragan conduziu o barco para uma parte vazia do cais, longe dos holofotes. Logo à frente ficava o escritório do porto, um prédio alto de pedra onde uma luz solitária ardia em uma das janelas do térreo.

O motor parou, e o súbito silêncio enquanto deslizávamos até o cais me surpreendeu.

– Você está bem? – Luka perguntou, me ajudando a levantar.

– Sim – menti.

Minha perna esquerda latejava, mesmo com os fortes analgésicos que eu tinha tomado. Meu rosto estava molhado. Tirei a roupa impermeável, e felizmente eu estava seca. O barco deu um solavanco suave contra o quebra-mar e um conjunto de degraus de pedra que conduziam ao cais.

– A rodoviária fica em frente ao terminal de balsas. Siga à esquerda do cais. Quando chegar à estrada principal, vá até o cruzamento e vire à direita. É uma caminhada de dez minutos – Dragan disse, apontando para além do escritório do porto.

Assenti. De repente, estava apavorada de ter que sair da segurança do barco e seguir sozinha.

– O próximo ônibus para Ogulin sai em trinta minutos. Meu amigo, Andro, vai esperar por você. Ele vai atravessar a fronteira da Eslovênia e deixá-la na rodoviária de Ljubljana. Andro tem um Honda amarelo. É um carro moderno e feio. – O barco balançava para cima e para baixo ao lado do cais, a água chapinhando. Eu não conseguia ver os rostos de Dragan ou Luka, apenas seus contornos. – Tem mais alguma pergunta?

– Não. Quando estiver segura, prometo mandar o restante do dinheiro.

Ele ficou em silêncio. Parecia que Dragan não acreditava que eu chegaria tão longe.

– Boa viagem – ele disse.

Luka pegou minha mão e me conduziu até a borda do barco. Ele ligou a lanterna do celular, e vi uma pequena plataforma de concreto na parte inferior de um conjunto de degraus também de concreto que subiam para o porto.

Ele se inclinou e me deu um abraço.

– Tome cuidado. Boa sorte – ele falou.

Segurando seu braço, esperei até que a próxima onda nos levasse até a plataforma e desci para os degraus.

– Nunca vou esquecer isso. Obrigada – eu disse.

Subi até o topo depressa e saí no cais de pedra. Uma rajada de ar frio soprou contra a ponta do meu boné e precisei colocar a mão na cabeça. Senti os aromas da cidade misturados ao ar frio: cigarro velho, lixo podre e gasolina. Estava tão escuro que mal dava para ver o barco. Ouvi o motor sendo acionado, e tudo o que vi deles foi uma forma engolida pelas sombras.

O vento soprou de novo, então tirei o boné e o enfiei no bolso. Respirei fundo, mantive a cabeça baixa e olhei para a estrada. Meu casaco grosso estava molhado, assim como meus tênis, mas me sentia aliviada por estar vestindo roupas quentes. O casaco tinha bolsos fundos e era volumoso, fazendo eu me sentir menos exposta, sendo uma mulher sozinha no escuro. Minha perna ainda doía, e cada passo era uma batalha. Atravessei a estrada e segui para a rodoviária. Era uma região degradada da cidade, com lojas de presentes fechadas com tábuas e vários caixas eletrônicos e cabines de câmbio. Havia algumas pessoas por ali. Vi um casal idoso carregando malas e caminhando a 50 metros de mim, e cruzei com um grupo de homens fumando sentados na frente de uma pizzaria. Eles me olharam. Apertei o passo e me vi no reflexo da janela escura de uma loja de aluguéis de carros. Não me reconheci. Meu rosto estava inchado e mortalmente pálido.

Quando me aproximei de uma banca de jornal no meio-fio, vi um homem alto e magro com um corte militar e cabelo grisalho, de jeans e jaqueta azul brilhante. Ele estava em pé, olhando uma estante de revistas. Ele olhou para mim quando passei e ficou me encarando por mais tempo do que o normal. Eu me virei para ele e percebi que o homem ainda me encarava. Ele não estava vestido para o frio, e estava escuro demais para ler revistas.

Merda, pensei, me esforçando para não entrar em pânico. *Ele sabe quem eu sou*. Olhei para trás de novo, e ele ainda me observava. Ele devolveu a revista que estava segurando na estante e começou a caminhar na minha direção. Tentei caminhar mais rápido, mas a dor na perna era insuportável. Percebi que estava seguindo para uma parte escura e sombria da rua, com lojas de presentes e de aluguéis de carros fechadas.

Dei uma olhada discreta, mas ouvi o barulho dos seus sapatos e notei que o homem se aproximava. Andei mais rápido, quase começando a correr pela calçada sombria.

– Ei! – ele gritou.

Virei para trás e vi que ele estava tentando me alcançar. Mais adiante, vi luzes vindo de um pub chamado One-Eyed Pig. Corri o mais rápido que consegui e cheguei lá ofegante. Abri as portas. Estava lotado de pessoas bebendo e zanzando com suas malas. Abri caminho até o fundo do bar, onde um grupo de mulheres mais velhas vestindo *leggings* e coletes de inverno estavam bebendo.

Vi o homem entrando pela porta do pub. Seus olhos estavam arregalados e um pouco selvagens, e ele estava olhando ao redor. Enquanto avançava, percebi que estava encurralada. O bar não tinha saída pelos fundos. O homem veio direto até mim, e me ouvi gritando:

– Não! Não, não, não!

As mulheres se viraram para mim, assim como todo mundo. Parecia um lugar bem informal, mas mesmo assim várias pessoas ficaram chocadas.

– Você derrubou o boné – o homem alto falou com um forte sotaque, parando para recuperar o fôlego.

Ele estava segurando meu boné da Coca-Cola. Agora que estava perto, notei quão magro ele era. Ele tinha os sinais da icterícia: sua pele e seus olhos eram amarelos, e seus lábios estavam rachados. A pele do dorso de sua mão era fina, quase translúcida. As velhas senhoras nos olharam enojadas.

Peguei o boné. Com uma voz dura e gutural, o barman gritou algo para nós e apontou para a porta. Ele pensou que éramos sem-teto. O bar ficou silencioso, e senti todos me observando. Abaixei a cabeça e manquei para fora. Nunca me senti tão longe de mim mesma do que naquele momento em que pisei na rua, tremendo e suando. Pensei em todas as pessoas em situação de rua que vi no hospital. Nunca tinha entendido até então. Por dentro, eu ainda era a mesma pessoa, a dra. Maggie Kendall, uma profissional que trabalhava duro. Será que um dia eu poderia voltar para a vida que eu tanto amava? Para o meu trabalho, minha casa quentinha e meus amigos? Olhei em volta e notei outras pessoas em mal estado, como eu. Um velho sentado no chão na porta de um banheiro público, mendigando com um boné. Eu estava passando por um momento muito assustador, perto de ser esquecida. Precisava continuar.

A rodoviária ficava a algumas centenas de metros mais à frente, depois de longas fileiras de abrigos de metal. Um ônibus decrépito com uma placa que dizia OGULIN esperava na terceira parada, já meio lotado. O motorista, um homem miserável de meia-idade, mal me olhou quando paguei 15 euros por uma passagem só de ida.

Estava preocupada de não chamar atenção com meu casaco e meu boné, mas, para todo lugar que eu olhava, via pessoas em condições piores do que eu. A maioria dos passageiros estava sozinha, e vi alguns pedreiros com camadas de sujeira em seus macacões. Encontrei um assento vazio nos fundos e me acomodei, aliviada por dar um descanso para a minha perna latejante. Eu me encolhi com a mochila no colo.

Se havia alguém me seguindo, não dava para perceber. Inclinei-me para o corredor e vi o rosto do motorista refletido no retrovisor, no alto do ônibus. Sua expressão era uma máscara de impassibilidade. Ele me olhou, e ajeitei minha postura, apoiando a cabeça no vidro gelado. Devia estar com febre alta.

Apesar do medo, o ônibus era confortável, e o zumbido baixo do motor e o balanço suave da suspensão duvidosa tiveram um efeito sonífero. Eu ia começar a analisar o restante dos arquivos do pendrive no computador, mas estava quente e um cansaço terrível tomou conta de mim.

Quando dei por mim, estava acordando completamente desorientada, olhando para as luzes do teto. O motorista estava parado ao meu lado, sacodindo meus ombros, e o ônibus estava vazio. Olhei para a janela e vi várias pessoas se afastando, e uma placa indicando Ogulin.

Eu tinha dormido por cinco horas.

43

Eu me levantei e saí do ônibus cambaleando com a mochila pesada. Levei um tempo para voltar à realidade. Apoiei-me no ônibus e abri a mala para ver se estava tudo ali dentro. Eu tinha dormido tão profundamente que qualquer um poderia ter me roubado. Fiquei aliviada ao ver meu laptop e a garrafa no meio das roupas. O envelope de dinheiro também estava ali.

A rodoviária era um quadrado de concreto vazio e amplo, e havia ervas daninhas altas e mortas em algumas rachaduras. Vi um pequeno ponto de táxi próximo a uma bilheteria fechada com um Honda amarelo estacionado. Enquanto atravessava a rua, notei como fazia frio. Minha respiração condensava ao sair pela boca. Um homem alto e magro estava encostado no Honda, fumando um cigarro. Ele tinha cabelos pretos na altura dos ombros, rosto comprido e mandíbula quadrada e saliente. Havia uma sombra escura de barba rala em sua pele oliva. Encontrei o boné de beisebol no bolso e o coloquei.

– Olá – falei, parando a alguns metros de distância dele.

– Maggie? – ele perguntou.

– Andro?

Ele assentiu e jogou a bituca em um trecho escuro de arbustos. Deu a volta no carro e pensei que fosse abrir a porta para mim, mas Andro ficou parado.

– Quatrocentos euros – ele disse, me lançando o mesmo olhar de desgosto que as senhoras haviam me lançado no pub.

– Pensei que fosse 300 euros.

– Agora são 400.

Ele me olhou de cima a baixo, com os olhos brilhando. Olhei em volta e vi que o ônibus estava se afastando.

– Por que o preço mudou? – perguntei, percebendo o tremor na minha própria voz. Engoli saliva. Minha garganta estava seca.

— Pelo risco.

— Tenho um passaporte britânico válido. Se formos parados, você não vai ter problemas.

— Pelo visto, *você* é o risco.

Meus olhos começaram a lacrimejar no ar frio. O que Dragan lhe dissera? Por que não pensei em perguntar? Eu só podia usar dinheiro para chegar à França, e não sabia por quanto tempo teria que me esconder lá. Quantos dias minha grana iria durar? A ideia me aterrorizava. Fazia muito tempo que eu não precisava me preocupar com dinheiro, e aquela velha sensação ressurgiu: a sensação de impotência.

— Você pode esperar ali e pegar um ônibus para atravessar a fronteira — ele disse, apontando para o estacionamento vazio e abrindo a porta do motorista.

— Espere. Posso lhe dar 350 euros.

Ele abriu um sorriso malicioso.

— O próximo ônibus é daqui a uma hora.

— Certo, 400 euros — concordei, temendo que ele fosse aumentar o preço outra vez.

Abri a mochila e peguei o dinheiro. Percebi sua aversão, com ele tão próximo. Andro arrancou as notas da minha mão sem me tocar. Depois, destrancou o carro. Fui entrar atrás, mas vi que o carro só tinha duas portas.

— Posso sentar atrás? — perguntei, espiando o veículo.

— Você precisa se sentar na frente comigo. Fica mais natural.

Obedeci. Por dentro, o carro estava imaculado, com um cheiro agradável de pós-barba fresco e amadeirado. Seu celular estava no painel. Eu estava exalando um cheiro desagradável de umidade. Ele colocou uma toalha de praia sobre o meu assento. Queria lhe dizer que era médica e tinha uma bela casa inteligente à beira-rio em Londres, mas temi que não acreditasse em mim e, depois do que aconteceu, será que eu ainda tinha uma carreira para a qual voltar? Um lar?

Fizemos uma viagem sem contratempos através dos campos escuros, que só ficou um pouco surreal porque Andro colocou a trilha sonora de *Mamma Mia!* para tocar. Eu estava encharcada de suor, mas minha pele queimava. Sentindo-me um pouco tonta, tive que abrir a janela. Se Andro estava curioso para saber por que uma mulher branca de meia-idade tão abatida precisava atravessar a fronteira às escondidas, ele não demonstrou.

Dez minutos depois, vi uma placa indicando Ljubljana e percebi, aliviada, que já tínhamos atravessado a fronteira e estávamos na Eslovênia.

Entramos no estacionamento da luminosa e moderna rodoviária, onde fileiras de ônibus esperavam sob os arcos dourados da placa do McDonald's. Andro parou em uma vaga e desligou o motor. A essa altura, eu estava me sentindo péssima, tremendo e enjoada.

– Obrigada – falei.

Ele assentiu. Tirei o cinto e desci. Quando fui fechar a porta, ele disse:

– Dragan pediu para eu avisar que ele voltou para casa e está tudo calmo, e que ele está de pijama, se significa algo para você.

– Obrigada.

Fiquei aliviada ao saber que Dragan e Luka estavam de volta. Eu me perguntei se Branko tinha acordado e o que aconteceria quando aquele homem acordasse. Afastei o pensamento.

Sem dizer mais nada, Andro se inclinou e fechou a porta do passageiro. Fiquei observando-o se afastar.

A rodoviária ficava no centro da cidade, e os ônibus estavam estacionados em fila do lado de fora da estação de trem. Havia várias pessoas por ali, apesar de já ser quase meia-noite.

Eu precisava entrar em algum ônibus, depressa. E se tivessem pegado Dragan e ele tivesse contado aonde eu estava indo? Podiam ter avisado à Interpol que eu estava desaparecida ou que queriam me interrogar. Havia câmeras de segurança em todos os lugares, e se me identificassem...

Troquei o boné da Coca-Cola pelo preto e abaixei a aba para cobrir o rosto. Percorri a fila de ônibus, tentando manter a cabeça baixa e verificando se havia alguém me observando.

O último ônibus tinha uma placa indicando Paris no para-brisa. Era um FlixBus, popular entre estudantes. Subi os degraus e notei que ele estava lotado.

– Quanto é a passagem para Paris? – perguntei, notando minha voz trêmula.

– Quarenta e nove euros – respondeu o motorista, me olhando.

Peguei uma nota de 50 euros e meu estômago se contorceu por um instante, pois pensei que ele fosse pedir minha identidade, mas então me deu 1 euro de troco e um bilhete. Ele acenou a cabeça para indicar que eu devia seguir.

Encontrei o último assento vazio ao lado da janela no meio do ônibus, e me acomodei, grata pela sorte. Algumas mulheres me olharam de cima a baixo, mas todo o resto parecia absorto em seus laptops e celulares ou já estava dormindo.

44

O ônibus saiu da estação meia hora mais tarde. Fiquei sentada ali, tentando regular minha respiração e me acalmar. Minha perna latejava. Enquanto o ônibus seguia por ruas vazias e escuras, passamos por um homem solitário caminhando com seu cachorro, e, pela janela de um restaurante deserto, vi uma faxineira conversando com alguém no telefone.

Eu me sentia perdida sem o meu celular. Larguei-o ligado na cozinha, para que as autoridades pensassem que eu ainda estava na ilha. Estava desesperada para ligar para o número de George que eu tinha encontrado. Teria que procurar algum telefone público e precisava de trocado. Depois de um tempo, tirei o casaco e tentei me acomodar. A viagem até Paris duraria dezoito horas, cruzando a Áustria, a Alemanha e então a França. Tomei mais analgésicos e antibióticos. As luzes diminuíram, e todos se ajeitaram em seus assentos. Eu estava alerta, então abri o laptop e dei uma olhada nos arquivos do pendrive. Achei um PDF que não tinha visto, com páginas digitalizadas do diário de Jeffery Patrick, e comecei a ler com interesse:

4 de outubro de 2011 – Londres
É um dia claro e ensolarado e tenho notícias claras e ensolaradas! Meu editor aprovou o artigo sobre técnicas de impressão de carteiras de motorista e passaportes no Reino Unido. Sei que ele pensa que é uma matéria boba, mas estou deixando-o pensar assim porque estou sendo cuidadoso sobre o real motivo de tê-la escrito. Não quero levantar bandeira demais para o fato de que estou investigando Daisy De Costa.

Descobri uma informação preciosa hoje. Falei com uma jovem chamada Kellie, que trabalha na Agência de Licenciamento de Motoristas e Veículos em Swansea, sobre a tecnologia usada para imprimir as fotos das carteiras de motorista no Reino Unido. Eles têm máquinas de impressão automatizadas, todas de altíssima segurança. Os dados ficam com outro escritório mais importante e são enviados criptografados. Os funcionários são controlados e monitorados e não têm acesso a eles, de modo que não possam fazer quaisquer alterações numa carteira depois que já está na fila para impressão. No entanto, curiosamente, a foto de identificação deve ser inserida manualmente no momento da impressão.

Kellie contou uma história divertida sobre um colega que fora demitido por inserir uma foto do Elmo da Vila Sésamo ao imprimir a renovação da carteira de habilitação de uma mulher. Kellie revelou que se essa mulher tivesse recebido a carteira de motorista do Elmo e depois fosse parada pela polícia, eles tecnicamente teriam que lhe perguntar por que ela não era o personagem vermelho da Vila Sésamo, e não o contrário. Não que isso fosse chegar tão longe. A questão é que a máquina que imprime a carteira de motorista é tipo Deus. VOCÊ deve COMBINAR a foto de identificação com a carteira de motorista, e não o contrário.

19 de outubro de 2011

Daisy De Costa continua declinando dos pedidos de entrevista. O escritório dela recusou meu pedido pela quarta vez esta manhã. Acho que ela sabe que estou atrás dela. Em meu desespero, pensei que estava sendo esperto (ha!) ao marcar um horário (em nome de Lily) na sessão mensal de constituintes de DDC. É uma sorte que De Costa seja nossa deputada local e que parte do processo democrático do Reino Unido envolva a possibilidade de os constituintes agendarem uma reunião em seu escritório uma vez por mês. Não sei por que não pensei nisso antes.

O gabinete dela fica perto da Borough High Street, numa casa geminada bem discreta e reformada com poucos recursos. A sala de espera fica no térreo, e fui num dia agitado, com pessoas entrando e saindo o tempo todo, subindo um conjunto de escadas de madeira que ecoavam o som pelo espaço. Fomos os penúltimos a serem atendidos, escoltados por um sujeito que parecia o segurança, usando um terno apertado. Quando entrei em seu escritório com Lily, o inferno começou. Mesmo que cônjuges pudessem acompanhar seus maridos ou esposas (Lily estava lá para discutir nossos problemas com autorizações de estacionamento para residentes), a gente não chegou nem a se sentar, e Daisy mandou o brutamontes nos escoltar para fora.

Tentei explicar que estava lá para acompanhar Lily, mas ela ficou dizendo: "Você está aqui sob falsos pretextos, o que o torna um risco de segurança". DDC é mais baixa do que parece na TV, e ela acabara de clarear os dentes, que estavam brancos demais. Mas não é isso que me deixa desconfiado. Ela ficou perturbada com a minha presença. É uma política, caramba – se chegou a essa posição, certamente poderia blefar para sair de situações complicadas.

Se fosse mesmo esperta, teria me deixado participar da reunião enquanto Lily reclamava de termos que desembolsar nossa grana para bancar a licença de residente para estacionar na nossa própria casa. Mas DDC, sendo quem é – paranoica/maníaca por controle/inserir adjetivo conforme o caso, me botou para fora por um segurança corpulento com cara de lápide. Ele me empurrou na rua e me disse "Vá se foder e não volte nunca mais". O que meio que resume a democracia na Grã-Bretanha neste momento.

DDC está com medo, e sabe que estou atrás dela.

25 de outubro de 2011

Estou no trem rumo ao norte, indo para Gateshead com a equipe de filmagem do programa infantil de TV Blue Peter. É bizarro. A serendipidade entrou em ação quando ouvi que meu amigo jornalista Frank Osho, da seção de entretenimento, havia sido convidado para assistir à filmagem de uma cena justamente para o programa sobre impressão de passaportes e o novo design para o Reino Unido.

Ele concordou em me levar, e eu estava até usando o distintivo do programa que ganhei em 1970 por uma ilustração que fiz do meu cachorro no Brighton Pier. Ninguém falou do meu distintivo. Não sei se pensaram que eu estava tirando sarro!

O lugar onde imprimem os passaportes em Gateshead é como Fort Knox, com várias camadas de segurança, bem no estilo aeroporto. Tivemos que abandonar nossos celulares e assinar todo tipo de formulário. Foi interessante ver que imprimiam as páginas do passaporte numa espécie de papel plástico junto com os detalhes necessários para criar o holograma e a intrincada marca d'água. Perguntei se é fácil falsificar um passaporte e me disseram, com bastante seriedade, que é quase impossível pela complexidade do design, pela segurança reforçada e pelas máquinas de impressão criptografadas.

Hummm, *pensei.* Fale isso para Daisy De Costa.

Então me lembrei da história da carteira de motorista do Elmo. Um passaporte "falso" poderia ser obtido se você tivesse acesso às máquinas oficiais. Se os dados pudessem ser interceptados ou alterados antes de entrar na máquina de impressão, você acabaria com um passaporte real/falso. O marido de Daisy De Costa, Mark, é um funcionário público de alto escalão do Escritório de Relações Exteriores, Commonwealth e Desenvolvimento, o que poderia ser muito útil.

Pergunta: Será que Mark De Costa tem acesso ao processo de impressão de passaportes com suas credenciais?

Ergui a cabeça da leitura por um momento. O ônibus estava silencioso e muito escuro. Algumas fileiras abaixo, vi o brilho da tela do laptop de um passageiro. Eu sabia que o marido de Daisy era funcionário público, só não sabia que ele tinha uma posição tão elevada em um departamento do governo. Estava ficando assustada com essas anotações, mas tinha que continuar lendo...

45

10 de novembro de 2011 – Londres

Acabei de descobrir que Daisy De Costa agiu como intermediária para obtenção de um passaporte e um visto para um cidadão russo classificado como "indivíduo sancionado".

Alice Frank, uma colega, estava trabalhando numa matéria sobre oligarquias russas e se deparou com uma história terrível sobre uma jovem chamada Galina, que foi trazida da Rússia para Londres para trabalhar como empregada doméstica do oligarca Maxim Stepanov e sua esposa, Yuliya Stepanova. Maxim consta na lista oficial de sanções do Reino Unido por corrupção fiscal e facilitação de fraude fiscal no valor de 180 milhões de libras.

Após vários meses trabalhando para o casal, Galina caiu em desgraça, eles a demitiram e a botaram na rua, largando-a sozinha em Londres. Atualmente, ela está morando num albergue, tentando pedir asilo. Galina está disposta a denunciar que DDC fez um acordo para que a irmã de Yuliya Stepanova tivesse seu passaporte e visto aprovados. Assim, por meio de sua cunhada, Maxim Stepanov teve acesso a contas bancárias no Reino Unido e financiamento para lavagem de dinheiro. Galina diz que as reuniões ocorreram na residência de Maxim em Londres e que ela viu DDC na casa para uma dessas reuniões.

Alice Frank está entregando a história para mim, pois está muito doente, com câncer de pulmão em estágio 4. Ela diz que essa matéria é um presente de grego, e ela quer se curar. Levei a reportagem para o meu editor, tomando cuidado para não citar DDC, e ele demonstrou um entusiasmo morno. Histórias de oligarcas russos são um campo minado, especialmente quando a testemunha-chave é uma trabalhadora ilegal demitida pelo empregador.

risco de litígio é um grande problema. Estou me sentindo muito sozinho, mas determinado a continuar.

28 de novembro de 2011 – Londres

Hoje conheci outra jovem disposta a falar sobre a relação de Daisy De Costa com aprovações/fraudes de passaportes. Karine tem 22 anos. Nos encontramos em Neasden, perto do abrigo para mulheres onde ela está morando. Karine afirmou que estava trabalhando como babá para um empresário russo chamado Aleksey Nikolaevich. Ele comprou um visto e um passaporte britânico para sua mãe idosa em dinheiro no valor de 500 mil libras. Assim como Maxim Stepanov, ele usou a mãe para abrir contas no Reino Unido para lavar dinheiro russo do tráfico.

Karine foi demitida por Aleksey depois que ele deu em cima dela e a esposa descobriu.

Quando nos vimos, Karine estava muito assustada, e seu inglês não era bom. (No começo, foi difícil entender se eram 50 mil ou 500 mil libras, mas então escrevi o número e o mostrei para ela, que confirmou que se tratava de meio milhão.)

Mostrei para ela fotos de DDC e duas outras deputadas e perguntei se ela já as tinha visto antes. Karine apontou para DDC e alegou que a viu visitando Nikolaevich em casa, e que ele lhe pagou em dinheiro.

Não sei o que é mais chocante: que DDC esteja envolvida nessa merda ou que esses russos cheios de sanções tenham a arrogância de desprezar suas empregadas, pois elas veem tudo. Pensando bem, o primeiro me choca mais. Tenho certeza de que muitos outros parlamentares se colocam à venda assim. A única diferença é que DDC tem a arrogância de mexer com escritórios gigantescos do Estado, além de ser desonesta. Os corruptos mais bem-sucedidos tentam ficar fora dos holofotes, mas ela parece se divertir com isso.

1º de dezembro de 2011 – Londres

Era para eu encontrar Galina e Karine hoje no escritório de um advogado para que elas fizessem suas declarações oficialmente, mas nenhuma delas apareceu.

A próxima entrada do diário era de sete meses depois. A data fez eu parar para respirar fundo. Em que ponto Will se envolveu nisso?

30 de junho de 2012 - Londres

Apesar dos meus esforços, não consegui encontrar Galina nem Karine; ambas parecem ter desaparecido do mapa. Sem minhas testemunhas, não tenho mais o apoio do jornal para a matéria de Daisy De Costa.

Tive um encontro interessante (extraoficial) com um perito criminal; vamos chamá-lo de Sr. A. Ele ficou sabendo que tenho perguntado sobre DDC (o que é interessante e preocupante, porque não abordei nenhum deles antes).

Ele me disse que trabalhou numa operação antidrogas numa casa em Bloomsbury no ano passado. Cem mil dólares em heroína foram encontrados na posse de Maxim Stepanov - aí está esse nome de novo! Stepanov não estava em sua residência na hora da operação. A parte emocionante é que a perícia revistou toda a casa e coletou 23 impressões digitais completas e parciais. Nosso policial foi responsável por verificar todos os 23 conjuntos de impressões digitais no banco de dados central, e uma delas foi identificada como de Daisy De Costa.

Ele me contou que, quando algo assim acontece, precisa seguir um "procedimento especial". Ele relatou a descoberta para seu oficial superior e nada aconteceu. Quando entrou no banco de dados alguns dias mais tarde, descobriu que as impressões digitais de DDC tinham sido deletadas. A impressão digital da cena do crime também tinha sido removida do arquivo do caso, e as impressões digitais de DDC tinham sido apagadas de TODOS os bancos de dados.

Nosso perito, Sr. A, diz que não vai denunciar, mas fui espertinho. Gravei nossa conversa sem o consentimento dele. A trama se complica, no entanto. Antes de ser excluída, ele fez uma cópia da impressão digital de Daisy De Costa e da entrada do banco de dados. Ele me deu o arquivo no final de nossa reunião, me avisando para ter cuidado.

6 de julho de 2012 - Londres

Dia preocupante. Passei a semana inteira revisando meus originais e tentando rastrear Galina Makarova e Karine Sokolova. Ambas são de Novosibirsk, no sul da Rússia. Não consegui verificar se o fato de elas terem vindo do mesmo lugar tem a ver com o caso. É preocupante que ninguém pareça saber o paradeiro delas.

Mais preocupante ainda é que tentei contatar o Sr. A, o perito que me forneceu as impressões digitais. Seu número estava sem linha. Não sei se estava usando um telefone descartável – presumo que sim. Não tenho mais informações dele.

Com essas fontes, será que tenho o suficiente para escrever essa história?

Enquanto o ônibus sacolejava pela noite, fiquei olhando para a estrada. 6 de julho de 2012 era a última entrada do diário de Jeffery. Ele morreu no dia 7 de julho.

Foi difícil voltar a olhar para as fotos da autópsia de Jeffery Patrick. Seu rosto mostrava tanta dor. A primeira vez já foi angustiante, mas sentia que o conhecia melhor depois de ter lido seu diário. Pensei no que Eric tinha me falado sobre aquela noite de junho de 2012 quando saíram do clube e ele viu Will e Daisy entrando em um táxi. Será que ela já tinha chegado nele? Como fez isso? Será que o chantageou? Olhei os outros arquivos do pendrive. Eram extratos de transações bancárias vinculadas a uma empresa LTD para a qual vários milhões de libras em dinheiro haviam sido creditados.

O último arquivo era um áudio. Peguei meus fones de ouvido e os conectei ao laptop.

A voz de Will preencheu meus ouvidos: "Observações adicionais sobre a autópsia de Jeffery Patrick. Quando removi os órgãos internos, vi que o estômago continha traços de sua última refeição: um pouco de carne e pão. Havia também algo pequeno. A princípio, pensei que fosse uma peça de Lego ou um pedaço de plástico, mas era um pendrive embrulhado em filme de PVC. Deve ter sido ingerido pouco antes de sua morte, porque os ácidos estomacais não conseguiram penetrar nas camadas do plástico. O nome da vítima era vagamente familiar; eu sabia que ele era um jornalista investigativo e isso, junto com o pendrive em seu estômago, me fez parar. Acabei de olhar o conteúdo do pendrive... A natureza de seus ferimentos mostra que ele foi atacado e assassinado. Será que engoliu o pendrive pouco antes de ser atacado ou quando soube que estavam indo atrás dele? Merda...". Ele suspirou e então a gravação terminou.

Ouvir a voz de Will assim de repente me abalou. Tive que me perguntar se era bom ouvir sua voz, ouvir um pedaço dele que ainda estava vivo. Não. Eu senti a traição de ele ter gravado isso em julho de 2012.

Doía pensar que meu marido não confiasse em mim, mas talvez estivesse tentando me poupar...

Mais uma vez, tive aquela dúvida: *Por que então ele deixou essa bagunça para mim?*

Desconectei o pendrive do laptop. Ele tinha pouco mais que 1 centímetro quadrado. Segurei o pequeno objeto entre os dedos e o levei aos lábios, tentando imaginar o que levou Jeffery Patrick a engoli-lo. Uma ligação ameaçadora? Ou algo mais imediato como uma batida na porta? Não, ele morreu na banheira. Será que foi arrastado inconsciente até o banheiro e então colocado na banheira?

Ergui a cabeça e notei uma senhora me observando do outro lado do corredor e percebi que ainda estava segurando o pendrive na boca.

Pluguei-o de volta no laptop. Enquanto a noite avançava, fiquei cochilando e acordando várias vezes de pesadelos em que eu me afogava e ficava presa na cobertura da piscina com os corpos de Will, Jeffery Patrick e Eric, que estava tão queimado que ficou quase irreconhecível. A febre se recusava a ceder, mesmo com os analgésicos, e meu rosto ardia com as feridas e o corte infeccionado acima do olho.

Às 4 horas da manhã, entrei em pânico ao ver a fronteira com a Áustria em Salzburg logo à frente, mas não havia ninguém ali e o ônibus apenas diminuiu a velocidade. Consegui dormir e acordei duas horas depois com a perna latejando. O ônibus estava parado no final de uma fila na direção da fronteira alemã. Nós nos aproximamos e enquanto passávamos devagarinho, notei um grupo de policiais alemães. Virei o rosto machucado para o outro lado, com o coração acelerado. O ônibus freou, e eu pensei que a casa tinha caído, mas então ele se afastou e entramos na Alemanha.

A manhã parecia se arrastar. Paramos na rodoviária de Munique para um intervalo de quinze minutos e não vi nenhum telefone público. O resto do dia foi de horas e horas de estradas alemãs. De dia, eu me sentia muito exposta. Tinha sido fácil esconder meu rosto machucado no escuro, mas agora eu precisava ter cuidado. Mantive o boné sobre a cabeça baixa e fui ao banheiro apenas uma vez, mas ainda assim atraí alguns olhares dos outros passageiros.

Comecei a me sentir muito mal por volta das 11 horas, quando cruzamos a fronteira da França. E, quando o ônibus enfim se aproximou dos subúrbios de Paris às 5 horas da tarde, acho que estava um pouco delirante. Só de pensar em comida já ficava enjoada, e até a água me provocava ânsia. Minha saúde se deteriorava, e eu sabia que estava com problemas.

Tenho uma vaga lembrança de atravessar o metrô de Paris. Era a movimentada hora do rush, cheia de gente com casacos de inverno. O chão de ladrilhos estava escorregadio com a neve derretida de seus pés.

Não sei se virei na rua errada ou se o destino e a serendipidade tiveram parte nisso, mas, quando dei por mim, estava na estação Paris Gare Montparnasse. Olhei para o quadro de partidas mais próximo e vi que Montfort-l'Amaury, o vilarejo onde ficava a casa de Hugo, era o primeiro destino da lista. Era como se algo ou alguém estivesse cuidando de mim. Extraordinário. Minhas memórias seguintes são fragmentadas, como fotos. Eu viajava em um trem moderno e aconchegante com assentos estofados de cores vivas. O vagão estava quase vazio... Paris de noite passou voando... Então só restou a escuridão lá fora e algumas luzes distantes. A dor de cabeça era violenta, parecia que havia algo tentando sair de dentro do meu crânio. Fechei os olhos, encostei a cabeça na janela fria e só senti vontade de morrer.

Fui a única passageira que desceu em Montfort-l'Amaury. Uma solitária lâmpada de vapor de sódio queimava na entrada do pequeno prédio da estação, lançando um brilho alaranjado sobre a neve suja na plataforma. O ar gelado me acordou um pouco. Os trens passavam velozes e depois desapareciam no túnel. A estação tinha um saguão minúsculo e todas as bilheterias estavam fechadas e escuras. Vi alguns telefones públicos em uma parede, mas estavam quebrados. Ao lado deles havia um computador público, velho e sujo.

Fui tomada por uma urgência de me conectar com o mundo externo. No começo, pensei que estivesse quebrado: a tela estava riscada, e o mouse ao lado do teclado não se movia direito. Mas então a tela se acendeu, mostrando ícones de sites de notícias: France 24, CNN e BBC. Cliquei no da BBC e esperei a página carregar. Logo a página inicial surgiu, piscando. Fiquei surpresa ao descobrir que era domingo – eu tinha perdido a noção do tempo –, e fiquei chocada ao ver a manchete na parte inferior da primeira página:

MÉDICA BRITÂNICA DESAPARECIDA NA CROÁCIA

46

Fiquei encarando aquela manchete na tela por um longo tempo, então li a matéria:

As autoridades britânicas estão preocupadas com o paradeiro da dra. Margaret Kendall (47), uma importante cirurgiã de trauma no Guy's Hospital de Londres. A dra. Kendall viajou recentemente para a isolada ilha croata Tišina, mas seus parentes alegaram terem perdido contato com ela no final da semana passada. Ela deveria ter voltado a Londres dois dias atrás, mas não embarcou em seu voo. O marido da dra. Kendall se matou há pouco tempo, e acredita-se que ela se encontra num estado vulnerável. A polícia e as autoridades locais estão em alerta e estão tratando o caso como de pessoa desaparecida.

Nada disso fazia sentido. Dois dias atrás? Meu plano era voltar para Londres na próxima quarta-feira. Era tudo mentira. Reli as palavras: *O marido da dra. Kendall se matou há pouco tempo, e acredita-se que ela se encontra num estado vulnerável.*

Daisy De Costa estava me procurando. Estava manchando minha imagem através da imprensa, fazendo com que eu parecesse louca. Se eu estivesse mesmo desaparecida, todas as fronteiras deveriam estar em alerta. Foi então que vomitei. Fui pega de surpresa, e minhas entranhas se contorciam enquanto eu as colocava para fora. Queimava por dentro. Quando saí do outro lado da estação, havia um táxi parado um pouco mais à frente, em um pequeno ponto de táxi. Limpei a boca e tentei me recompor. A casa de Hugo era chamada de Montélimar. E lembro-me disso pelo motivo mais bobo: anos atrás, a Quality Street tinha um chocolate chamado "Montélimar nougat". É incrível a quantidade de merda que a gente memoriza; às vezes, algo pode ser útil.

O motorista era um senhor enrugado com sobrancelhas grossas e selvagens. Ele me olhou de alto a baixo, e precisei de apenas duas tentativas para que entendesse para onde eu estava indo. Primeiro, eu disse "Château Montélimar". Ele franziu a sobrancelha e me encarou.

– *Château Montélimar? Vous voulez dire la maison Montélimar?*

Pedira a ele para me levar até o castelo Montélimar, mas fiquei aliviada por ele conhecer uma casa com esse nome. Entrei no táxi e partimos na noite escura. Eu me senti grata pelo aquecedor estar ligado, só que o ar logo ficou abafado. Passamos por uma série de lojas fechadas, iluminadas por um único poste, que ostentava um telefone público, e então mergulhamos de novo na escuridão. Olhei para o meu reflexo na janela. O rádio não estava ligado, de modo que só se ouvia o zumbido do aquecedor e nosso silêncio constrangedor. Ele seguiu em frente, até que paramos abruptamente. Eu não conseguia ver nada além de uma árvore ao lado da janela.

– Maison Montélimar? – perguntei.

– *Oui. Vingt-deux* – ele disse, dando batidinhas no taxímetro com uma unha comprida.

Os números brilhavam vermelhos. Vinte e dois euros. Ele estava me extorquindo, mas eu não tinha energia – nem o vocabulário – para discutir. Entreguei a ele uma nota de 50 euros, o motorista resmungou e me devolveu 28 euros em moedas. A sensação delas sacodindo no meu bolso era boa; pelo menos, algo parecia normal em meio a tanta bizarrice.

Quando o táxi se afastou, a escuridão me engoliu. Não havia postes na rua, nem lua nem poluição luminosa, e, enquanto o som do motor desvanecia, só se ouvia o rugido do vento nas árvores. Tentei me lembrar das fotos que tinha visto da casa de Hugo. Estava localizada em uma rua tranquila e ficava afastada da estrada. Tinha um grande jardim que dava para uma floresta.

Ou seja, ela oferecia vários lugares onde eu poderia me perder no escuro.

Pulei assustada quando uma coruja piou e tropecei na beira do caminho de cascalho. Eu não tinha lanterna nem celular, então saí cambaleando, avançando para uma fileira de arbustos e arranhando meu rosto já machucado.

Caminhei feito zumbi, com os braços esticados para a frente, tateando o caminho ao lado dos arbustos que ladeavam a estrada. Meus passos ressoavam altos no cascalho, e a coruja piou de novo. Até que uma forma grande e escura emergiu na minha frente contra o céu escuro. Tropecei em uma pilha de tijolos, arranhando a perna, e encontrei um degrau na frente da porta. Não havia capacho nem um vaso de flores que pudessem esconder as chaves. Não dava para saber se essa era mesmo a casa Montélimar. E se o taxista tivesse me deixado na casa errada e houvesse alguém dormindo lá dentro?

Não. O lugar estava silencioso demais. Se houvesse alguém ali, alguma luz estaria acesa. Segui às cegas até a fachada, tateando os parapeitos fundos de pedra e as janelas com uma camada de gelo no vidro. Não consegui dar a volta até os fundos – uma fileira de arbustos parecia estar bloqueando o caminho.

Fiquei parada ali por um longo tempo, então começou a nevar. Os flocos de neve perfuraram minha pele quente. Estava exausta, incapaz de pensar. O único jeito de entrar era quebrando uma janela. Fui até a pilha de tijolos, peguei um e avancei até a primeira janela ao lado da porta. Com cuidado, bati no vidro com um canto áspero do tijolo, então tive que aplicar um pouco de força. O vidro quebrou e o som de cacos se estilhaçando no chão pareceu ecoar pelo ar.

Prendi o fôlego. Nenhuma luz se acendeu. Só havia o silêncio e o veludo negro. Enfiei o braço pela janela e cortei o dorso da mão, mas fiquei aliviada ao descobrir que era uma janela de guilhotina. Consegui encontrar a trava de latão, girá-la e empurrar a moldura para cima.

Subir no parapeito quase acabou comigo. Minha perna estava terrível, e o esforço fez tudo girar. A janela era mais alta do que pensei, e saí cambaleando na escuridão, evitando por pouco cair de cara no vidro quebrado do chão.

Até agora, estava quase desvairada de cansaço. Então lembrei-me do meu laptop. A porra da tela me ofereceria um pouco de luz. Abaixei a mochila, peguei o computador e o liguei – por que não fiz isso antes? Ele lançou um brilho surpreendente na enorme sala. O cômodo estava vazio, com apenas um banco de madeira nos fundos, coberto de ferramentas de construção.

Fui até o corredor. As escadarias haviam sido arrancadas do lugar, e uma escada fina estava em seu lugar. Avancei pelo corredor e encontrei uma sala vazia. Fazia um frio congelante e uma grande lona batia e estalava sobre um grande buraco na parede de trás.

A casa parecia pairar acima da minha cabeça, rangendo e se movendo. Havia uma pia de pedra em um canto, então ali devia ser a cozinha.

Tinha uma lavanderia na frente dela, com duas máquinas de lavar velhas. O lugar cheirava a mofo, mas tinha paredes sólidas e havia uma pilha de lençóis empoeirados no chão. Não pensei na sujeira. Estava tão exausta que só me deitei, me enrolei em um lençol e adormeci instantaneamente.

47

Tive um sonho longo e realista em que eu ouvia passos nos quartos vazios do andar de cima e a voz de George chamando por mim. No sonho, eu despertei e era dia. Subi as escadas para os quartos e me deparei com George deitado no chão com os olhos arregalados... Sua pele oliva tinha um tom descorado, e ele estava morto. Acordei assustada na claridade congelante, e fiquei olhando para o teto amarelado coberto por manchas marrons de água. Estava ensopada de suor, tremendo. Não consegui me esquecer do sonho. E se George estivesse morto? E se eu não conseguisse encontrá-lo? Quais eram as chances de ele ainda ter o mesmo número? Então me lembrei da manchete que vi na estação de trem. O pânico começou a contorcer minhas entranhas.

Água. Preciso de água.

Eu me desvencilhei dos lençóis imundos e me levantei. A casa estava glacial. O sol penetrava nos vidros coloridos da porta da frente, lançando um mosaico melancólico nas paredes brancas. O buraco na parede da cozinha parecia maior na luz do dia. Havia um plástico transparente e fino cobrindo-o, mas a parte de baixo estava solta, acima de escombros e tijolos quebrados. Notei o corte sangrento no meu pulso esquerdo. Eu não precisava ter quebrado a janela; poderia ter apenas entrado pelo buraco. Vi marcas de uma tinta azul-celeste desbotada nas paredes, onde os armários da cozinha haviam sido arrancados, e uma velha pia de pedra embaixo de uma janela. A torneira estava funcionando, bebi três punhados de água limpa e congelante, e me senti bem por um instante. E então uma sensação horrível tomou conta de mim, como se eu estivesse encharcada, e vomitei tudo. Contemplei a bagunça na pia. Quantas vezes já disse aos meus pacientes que eles deviam beber devagar para se reidratar? Peguei mais um punhado de água da torneira e tomei um gole.

Que horas são? Que dia é hoje?

Voltei para o lugar onde tinha passado a noite. As enormes e velhas máquinas de lavar estavam manchadas de ferrugem, e havia uma teia de aranha em uma janelinha encardida acima. Sentei-me nos lençóis e revirei a mochila. A garrafa caiu com a lata falsa de feijão e a sacola de comida. Meu laptop tinha pouca bateria. Eram 13h20 e era segunda-feira.

Eu sabia que estava piorando rapidamente. Quanto tempo levariam para me encontrar? E o que fariam comigo, quando isso acontecesse? E quem eram "eles"? Esta casa era de Hugo. Quando descobririam que ele é meu cunhado? Quando eu ficaria desesperada a ponto de usar meu cartão de crédito? Lembrei-me da matéria do jornal. *Médica britânica desaparecida na Croácia.* O que viria depois? *Médica britânica encontrada morta no norte da França.* Poderiam escrever muitas coisas, distorcer vários fatos conforme lhes fosse conveniente. E, se não me matassem, minha carreira estaria acabada de toda forma. Quem é que confiaria pacientes a mim?

Abri a garrafa e peguei o papel com o número de George. Tínhamos passado por algumas lojas e por um telefone público na corrida da noite anterior. Peguei a mochila e saí pelo buraco na parede da cozinha. O jardim dos fundos era amplo e estava coberto por um cobertor branco, reluzente e ondulante. O sol já tinha cumprido a maior parte de sua curta jornada pelo céu, e as árvores altas projetavam sombras longas e finas na neve imaculada.

Coloquei o casaco por cima do moletom, o que me manteria aquecida, mas minhas calças não eram adequadas para a neve. Encontrei uma passagem através dos arbustos na lateral da casa, e o caminho de cascalho pareceu mais curto de dia. Quando emergi na rua, ela estava silenciosa, e vi estradinhas e portões para outras casas recuadas. Pensei um pouco. De que lado o táxi tinha vindo?

Virei para a esquerda e passei a caminhar, alcançando a fileira de lojas depois de dez minutos. Tinha começado a nevar, e notei poucas pessoas na rua: um homem passeando com um cachorro preto e magro de cabeça baixa contra a neve, e duas senhoras conversando no balcão de um açougue.

O telefone estava na parede, no final das lojas. Era da France Télécom. Azul, com uma pequena cobertura laranja na parte superior, coberto de pichações e adesivos.

Meus tênis estavam encharcados, e eu tremia. Um carro se aproximou e eu mantive a cabeça abaixada, olhando para o chão. Os faróis fizeram a neve cintilar no asfalto enquanto ele passava e então desaparecia na luz diminuta.

Coloquei o telefone na orelha. Deu linha. Peguei as moedas, mas não me lembrava o que fazer primeiro: discar ou inserir o dinheiro. Enfiei 2 euros e apertei os números. Houve uma longa pausa, e então a linha começou a tocar... e tocar. Meu coração estava acelerado e minha respiração, presa. Após um toque, a ligação caiu. Ouvi um barulho dentro do aparelho, e logo depois ele comeu as moedas. Fiquei parada ali, com o coração acelerado e tentando não entrar em pânico. Coloquei mais 2 euros e disquei. Mais uma vez, a linha tocou e tocou, e então caiu.

Observei as duas senhoras saindo do açougue com cestas de vime. Elas pararam para me encarar por um momento, então se afastaram.

Enquanto o telefone engolia minhas moedas, olhei para as que ainda restavam. Eu estava derrotada, com frio, faminta e doente. As duas mulheres estavam indo embora com as cabeças para baixo, e uma delas se virou para mim.

Eu devia ter colocado um boné, pensei. *Devo estar com uma aparência péssima.* Fiquei tentando descobrir quem seria a pessoa menos arriscada para quem pedir ajuda quando o telefone começou a tocar bem baixinho. Atendi. Houve um silêncio.

– Alô? – falei com a voz rouca.

– Maggie, é você? – George indagou, com a voz usual: forte e calorosa, com uma pitada de sotaque. Meu coração deu um pulinho de alegria.

– Sim, sou eu.

– Onde você está? – Ele parecia desconfiado.

– Em uma cabine telefônica.

George ficou em silêncio por um longo tempo, e me esforcei para me recompor. Outro carro passou, iluminando a tarde obscura.

– Você se meteu em problemas, não é?

– É. Como você sabe?

– Você está nos noticiários. Tive o pressentimento de que talvez você fosse me ligar.

– George, me desculpe por... Eu devia... – Deixei escapar um soluço. O alívio de ouvir a voz dele era imenso.

– *Shhh* – ele falou. – Não faça isso. Não temos tempo. Onde é essa cabine?

– França... Estou na França. Eles sabem? Falaram isso no noticiário? Sabem que estou aqui?

– Estão dizendo que você deve ter se afogado na Croácia.

– O quê?

— Mas você me conhece... a única coisa em que acredito no jornal é a data. E parece que eu estava certo, como sempre. Onde você está? Meu telefone é descartável, e sempre será, então acho que está segura.

Contei a ele o nome da cidade e da casa.

— Consegue aguentar um dia?

Pensei na casa vazia e congelante.

— Acho que sim. Por quê?

— Vou buscar você – ele avisou.

Depois, George desligou. Fiquei ali parada com o telefone na mão.

Eu tinha visto minha mãe e tudo pareceu bem real, mas ela estava morta. Lembrava-me com clareza de ter ido ao funeral dela. Mas George... Será que essa conversa era outra alucinação? Ele não tinha feito muitas perguntas. Não quis saber o que eu tinha feito. Só ofereceu ajuda. Seria verdade? George era assim. Ele era leal.

Observei as lojas. A luz do açougue tinha se apagado, e as janelas da padaria estavam vazias. A loja de conveniência ao lado tinha uma vitrine grande e festiva, exibindo uma árvore de Natal cercada por cestas. Estava quase escuro agora, e as luzes coloridas da árvore reluziam na neve.

Tinha congelado no lugar, pensando na casa e na lareira aberta na sala vazia. Eu precisava encontrar um abrigo e uma maneira de me aquecer. E esperar. Era tudo o que eu podia fazer: esperar. A caminhada de volta pareceu mais rápida, como se eu tivesse mais energia. O céu estava quase escuro, e um azul profundo e diminuto cintilava, mas foi o suficiente para que eu conseguisse distinguir o caminho. Achei lenha do lado de fora e juntei algumas varetas e troncos partidos.

Eu me recriminei por ter quebrado a janela da sala. Encontrei uma vassoura encostada nos equipamentos de construção nos fundos e varri o vidro quebrado para um canto. Depois, peguei um dos lençóis sujos e tapei o buraco.

Comecei a acender o fogo, grata pelo isqueiro que tinha trazido. A lareira era uma plataforma de tijolos de tamanho considerável. Havia um pouco de papel toalha entre o material da obra e terebintina, que usei para acender o fogo.

Era bom estar fazendo algo, por mais simples que fosse. Precisei de todos os papéis, paus e aguarrás para conseguir uma boa chama e fiz mais algumas viagens para pegar mais lenha. A temperatura havia caído bastante, e nos pontos onde a neve derreteu havia uma camada de gelo brilhante.

Peguei os lençóis empoeirados da copa e preparei uma cama na frente do fogo. Eu não tinha espelho, então não podia me ver, o que foi bom. Bebi mais água e tomei analgésicos e antibióticos. Consegui até comer um pouco de chocolate.

Eu não podia pensar muito em George. Parte de mim ainda achava que eu tinha imaginado nossa conversa, assim como imaginara ver minha mãe.

Fiquei deitada na frente do fogo, o que me confortou. Ou ele apareceria, ou eu apagaria devagar. Foi o que disse a mim mesma.

Devo ter pegado no sono de imediato. Quando acordei, vi luzes fortes entrando pelas janelas da sala e ouvi alguém batendo na porta.

48

Por um instante, eu não sabia onde eu estava. Cambaleei pelo corredor, tropeçando pelas tábuas do chão. Então alguém bateu na porta mais uma vez.

– Maggie, sou eu, George – uma voz gritou.

Virei a maçaneta, mas não abri.

– Acho que a porta está trancada... Não consigo abrir. Se der a volta pelos fundos, tem um buraco na parede! – gritei de volta.

– Ah, certo. Vou dar a volta então – ele disse.

O motor do carro continuou ligado, e a luz dos faróis formava ondas na parede dos fundos da sala.

Seria real? Será que eu ainda estava dormindo? Estava começando a perder a fé na minha própria sanidade. Atravessei o corredor e fui até a cozinha. Depois de uns minutos, uma luz brilhou no buraco. George levantou o plástico e entrou.

Ele parecia mais velho e menor do que eu me lembrava. Estava vestindo uma grossa jaqueta vermelha, jeans, botas enormes e um gorro preto. Sua barba estava um pouco grisalha. Parecia bem de saúde.

Eu me encolhi quando ele direcionou a lanterna para o meu rosto e depois para o teto. George não escondeu a surpresa ao ver o meu estado.

– Eu sei. Devo estar um espanto – falei. Estiquei os braços e o agarrei, abraçando-o apertado. Ele era mais baixo do que eu, e ainda era tão firme e forte quanto eu me lembrava. O pós-barba era o mesmo: Old Spice. Nunca amei tanto aquele cheiro quanto nesse momento. – Você é real?

Ele se afastou e abriu um sorriso. Tinha um dente de ouro em seu incisivo esquerdo, que brilhava sob a luz da lanterna.

– Da última vez que verifiquei, eu era. Só meu quadril não é. Troquei no ano passado.

Também sorri, rindo de alívio.

— O que tem de engraçado?

— Nada. Só estou feliz de ver você. Como chegou tão rápido? Que horas são?

— Pouco mais de 3 horas da madrugada. Peguei um voo de Birmingham para Paris assim que desliguei. Depois, aluguei um carro. — Ele olhou além de mim para a cozinha do canteiro de obras. — Se esta é a cozinha, qual é o estado do resto da casa?

— Terrível.

— Quer se esquentar no carro? Trouxe café e bolo.

Assenti. George me ajudou a dar a volta na casa até o pequeno Citroën estacionado na frente. Ele abriu o porta-malas e sacou uma grossa jaqueta verde, arrancando a etiqueta de preço.

— Vista isso, Mags — ele disse, colocando-a nos meus ombros. Então pegou uma sacola de loja esportiva e tirou luvas e um gorro de lã. Eu me encolhi quando ele o colocou na minha cabeça. — Desculpe. Que corte feio, hein.

Assenti e segurei as lágrimas. Essa era a nossa dinâmica quando eu era criança. George foi o pai que eu nunca tive e, de várias maneiras, seria meu pai para sempre.

— Não acredito que você está aqui.

— Pois acredite, garota. Agora entre no carro.

Ficamos sentados no carro, e ele ligou o aquecedor no máximo. Ele tinha café em uma garrafa térmica e trouxera um saco enorme de rosquinhas com geleia. De repente, fiquei com fome e sede e devorei duas, engolindo o café junto.

— Está com fome, é? — ele perguntou, me observando com um sorriso no rosto. — Como é que veio parar aqui neste lugar?

— Esta casa é de Hugo — respondi, engolindo um grande pedaço de rosquinha. — O irmão de Will.

— Ah, sim. Lembro. Hugo sabe que você está aqui?

— Não, acho que não. Ouviu algo de alguém?

— Não.

Houve um longo silêncio.

— Desculpe-me, George... Pelas coisas que eu disse em Londres.

— Peço desculpas também. Eu devia ter ligado pra você.

— Não, eu é que devia ter lhe ligado. Queria tê-lo convidado para o funeral.

– Acho que existem convites melhores. Até o McDonald's seria melhor que um funeral.

– Era o funeral de Will.

– Pior ainda!

Dei risada e bebi mais café. Ele também riu. De repente, estava curtindo o momento. Curtindo a estranha normalidade no meio de todos os eventos malucos e abomináveis dos últimos dias e semanas. Ali estava eu, viva, bebendo café com George. Eu podia estar em um carro alugado no meio da madrugada numa casa-esconderijo, mas eu estava com George. E George nunca julgava ninguém.

Ele enxugou as lágrimas dos olhos.

– Desculpe, eu não deveria dar risada. Sinto muito por Will. Fiquei sabendo pela imprensa que ele... se matou.

– A polícia disse que ele se matou, que enfiou a arma na boca e apertou o gatilho. Mas não foi isso que aconteceu.

George arqueou uma sobrancelha e deu mais um gole de café. Ele colocou a mão sobre a minha, e foi aí que percebi que tentava me manter forte, mas estava segurando as emoções e lidando com as coisas sozinha por muito tempo. Então desmoronei. Agarrei George e chorei em seu ombro.

– Está tudo bem, Maggie. Solte tudo – ele disse, me deixando chorar. Fazendo carinho nas minhas costas. Repetindo que estava tudo bem.

Quando enfim me recompus, ele me entregou um lenço.

– Você consegue me contar o que aconteceu? No seu tempo – ele falou.

Assenti. Durante a próxima hora, lhe contei tudo o que tinha acontecido desde o momento em que Will foi morto. O café que George tinha trazido era bom, mas ficou ainda melhor com a dose generosa de uísque que ele acrescentou na segunda caneca.

Ele ouviu tudo sem julgar, mas o vi levantando as sobrancelhas ao ouvir os elementos mais bizarros.

Depois que terminei, ele ficou em silêncio por um longo tempo.

– O que você quer fazer? – George, enfim, perguntou.

– Quero voltar para casa e denunciar Daisy De Costa e tudo o que ela fez.

– Mas e Will? Ele não está vivo para se defender, e pode sobrar pra você. Nunca tratam esposas de caras malvados com bondade.

– Estou tentando entender por que Will deixou tudo isso para mim.

– Talvez ele achasse que estava protegendo você.

– Ou quisesse que eu pudesse fazer algo que ele nunca teve coragem.

George ficou refletindo sobre isso por um momento.

– Você acha que consegue derrotá-los, Maggie? Esses malditos que comandam as coisas no governo e na polícia? Você não acreditaria nas merdas que eles fazem para se proteger.

Ele hesitou, então vasculhou entre os assentos e pegou uma velha sacola de pano contendo uma pasta de plástico transparente.

– Não se vai mudar de ideia depois de ver isso...

Ele pegou um maço de folhas. Eram notícias tiradas do *Daily Mail* on-line e do tabloide *The Sun*.

As matérias eram uma extensão daquela peça mais factual que eu tinha visto no site da BBC News: investigações escandalosas sobre o passado da médica desaparecida (eu).

Li horrorizada as alegações de que Will e eu estávamos com problemas no casamento e que meu marido tinha abandonado a carreira médica porque estava sendo acusado de roubar drogas.

– Will nunca roubou drogas. Estão fazendo parecer que ele largou a medicina antes de ser pressionado a fazer isso.

George apontou para a pilha de papéis.

– Você não vai gostar nada da próxima.

Era uma cópia de uma matéria do *Daily Mail* que expunha meu passado não convencional. Havia fotos de mim criança com minha mãe e algumas outras mulheres no acampamento de paz do Greenham Common. Havia uma foto dela sendo arrastada pela polícia, com roupas rasgadas e o nariz quebrado e sangrando. E uma outra tirada na cozinha caindo aos pedaços de uma casa alugada em que moramos por um tempo, mostrando minha mãe sentada ao lado de Len, o homem da seiva de couro, e eu perto dela, com o cabelo bagunçado, segurando uma Barbie. Minha mãe e Len estavam em péssimo estado, e uma garrafa de vodca estava sobre a mesa junto com um revólver. O jornal tinha destacado a garrafa e a arma com um círculo vermelho. Abaixo, estava escrito:

Os colegas e pacientes da dra. Kendall estão cientes do passado dela quando ela veste seu uniforme cirúrgico para cumprir seu turno no hospital St Thomas, que fica a poucos metros de distância das Casas do Parlamento?

– Onde é que eles conseguiram essas fotos? – perguntei.

– Não comigo.

– Eles têm fotos suas?

– Não.

– Será que algum jornalista entrou na minha casa?
– Sei lá.
Ficamos ali sentados com o aquecedor ligado.
– Você precisa ver o que Will deixou para mim.
Peguei o computador e passei as próximas horas analisando as informações com George: lemos o diário de Jeffery, os relatórios de autópsia e todos os dados e extratos bancários contidos no pendrive.
– O que você acha que eu devo fazer? – perguntei.
Agora havia um azul brilhante no horizonte, sinalizando que o amanhecer logo iria romper.
– Quer uma resposta sincera? – ele falou depois de uma pausa. – Se eu fosse você, eu fugiria.
– Para onde?
– Eu poderia ajudá-la. Tenho amigos no Marrocos. Você pode entrar por Tânger, que é bem perto da Espanha. Arranjar uma nova identidade. Praticar a medicina.
– África! Você acha que eu devia fugir para a África! – exclamei. Ele estava tão sério que fiquei preocupada. – Mamãe falou a mesma coisa.
– O quê?
– Quero dizer, mamãe teria dito o mesmo.
Ele abriu um sorriso triste, mostrando seu dente de ouro.
– Ela sempre quis ir para a Espanha e passar os fins de semana em Tânger. Nunca fomos, porque o câncer a pegou.
– Preciso voltar, George. Não é certo eu não tentar acabar com isso.
– Acabar com o quê? Já aconteceu.
– Se Daisy De Costa se livrar dessa, quem é que pode dizer que ela não vai fazer de novo? Fazer algo até pior?
George ficou pensando por um minuto.
– Certo. Então quer voltar para o Reino Unido, onde todo mundo está procurando por você?
– Se conseguir me levar de volta sem cruzar oficialmente a fronteira, posso pegá-los desprevenidos. Esse jornalista, Jeffery Patrick... Os colegas dele no jornal devem saber dele. Ele era um dos bons. Posso passar para alguém a história de que ele foi morto.
George parecia cético. Ele se inclinou e me serviu mais uísque.
– Se eu tentar cruzar a fronteira do Reino Unido pela alfândega, eles vão dar um jeito de me pegar. Sei lá, de me prender ou me deter, pelo

menos. Se eu conseguir entrar no Reino Unido sem passar pelos controles de fronteira, será mais difícil para justificarem fazer algo contra mim quando eu estiver em solo britânico. Eu não cometi nenhum crime.

George arqueou a sobrancelha esquerda, e me lembrei que ele costumava fazer isso quando estava com raiva.

– Não entendo sua fé nos governos e no poder. Ainda mais depois de tudo o que aconteceu com você. Quem julga que é o responsável por essas matérias nos jornais? – Ele bateu na pilha de papéis impressos. – Alguém entrou na sua casa para roubar suas fotos. E isso é só o começo. Não vê como estão fritando você, fazendo com que pareça mentalmente instável, que Will era corrupto, que você teve um passado terrível, para poder ganhar vantagem quando aparecer no radar *deles*? São eles que controlam as coisas, Mags.

Coloquei a cabeça entre as mãos. George sempre usava "eles" para descrever a crueldade das autoridades: dos governos, das religiões e da realeza. Lembrei-me de alguns incidentes de quando eu era criança. Uma vez, ele foi até a escola para reclamar que tinham me dado uma Bíblia. Causou tanta confusão que acabou discutindo com o diretor e foi escoltado para fora do parquinho. A segunda cena teve implicações mais significativas. Foi a primeira vez que fiquei brava com ele. Eu tinha 11 anos, e George e minha mãe me levaram a Londres para marchar em um protesto do Greenpeace, que acabou se tornando violento. Por sorte, não aconteceu nada com a gente, mas o diretor, um velho conservador, disse que eu tinha desonrado a escola. George o mandou se foder na frente de um grupo de alunos. Fui expulsa da escola e enviada para estudar do outro lado da cidade. Fiquei furiosa com ele porque, naquela época, já tinha decidido que queria ser médica, e estava prestes a fazer o exame de admissão para o Ensino Fundamental. Passei no exame, mas fiquei brava com George porque pensei que tinha comprometido meus planos. E agora ali estava ele de novo em minha vida, esse agitador fiel que tinha ideias muito claras sobre certo e errado: e que era a única pessoa que tinha vindo me resgatar.

– É o seguinte, George: se eu fugir, *eles* vão ganhar.

Sua sobrancelha se enrugou, e ele parecia assustado. Era a primeira vez que eu o via assustado de verdade.

– E se você não puder ganhar? – ele questionou.

Ficamos em silêncio de novo por um longo tempo. Estava quase claro.

– Não, George. E se *eles* ganharem? Quando me formei, jurei não fazer mal a ninguém. Esse juramento não deveria se estender às minhas ações? – Segurei a garrafa entre as mãos. – Tenho todas essas informações. Mantê-las em segredo ou destruí-las é fazer o mal.

– E o mal que você vai fazer a si mesma?

– Olhe para mim. O que é que eu tenho a perder?

– Não quero perdê-la de novo – George respondeu, colocando a mão sobre a minha.

– Você não vai. Prometo. – Observei a casa se assomando sobre nós na luz da manhã. – Consegue me levar de volta para o Reino Unido no sigilo? Você sempre fala que conhece umas pessoas.

– Se for o que você quiser fazer de verdade.

– Sim.

George ficou pensando por um momento e depois assentiu.

– Certo. Vou ajudá-la a voltar e pegar aqueles desgraçados.

49

Tudo aconteceu rápido demais. Saímos de casa no meio da manhã e seguimos para um porto de contêineres em Le Havre, a três horas de distância de Montfort-l'Amaury, na costa norte da França. George cobrou o favor de um homem que poderia me colocar em um navio de carga.

Paramos em um supermercado para comprar comida e água. Ainda era cedo quando adentramos a silenciosa zona portuária por um pequeno portão e pudemos subir ao lado de um enorme navio porta-contêineres.

– É tudo legítimo. Eles vão levá-la para Southampton – George explicou, vendo meu rosto preocupado. – Meu parceiro, Maurice, vai cuidar de você. Nos conhecemos há muito tempo. Pode confiar nele.

– Está bem. Quanto tempo vai levar?

– Seis horas ou mais.

– *Seis horas!*

Estava prestes a protestar quando um homem de pele bronzeada vestindo um macacão azul apareceu e bateu na janela do carro. Ele conversou um pouco com George, e então tudo pareceu acelerar. Não os vi trocando dinheiro, mas, de repente, tive que sair depressa do carro e subir na passarela do navio.

– Quando chegar a Southampton, faça o que mandarem. Você vai deixar a zona portuária a pé e vai caminhar até o centro.

– Você não vai comigo?

– Eu vou pelo Eurotúnel. Preciso devolver o carro e pegar meu passaporte. Quando chegar a Southampton, faça o que disserem e vai ficar tudo bem. Tem uma Starbucks na rua principal de Southampton. Encontro você lá, está bem? – George disse.

Ele me abraçou, e me senti desamparada por ele estar me deixando sozinha.

George viu outro carro descendo a rampa de acesso.

– Faça o que disserem e você vai ficar bem.

– Certo.

George se apressou para mover o carro, e fiquei sozinha ali na passarela. O navio enferrujado se assomava sobre mim.

Ele era imenso, e Maurice me levou por um labirinto úmido de corredores de metal antes de chegarmos a um pequeno escritório com acesso ao convés. Ele me mostrou um banheirinho sujo ao lado e me disse para ficar ali e não sair. Eu estava com a garrafa, o pendrive, os atestados de óbito e a comida que George comprara no supermercado.

A viagem foi estranha porque nada aconteceu. Não vi ninguém e passei a maior parte do tempo no pequeno pátio do convés, do lado de fora do escritório.

Caía uma garoa leve quando o porto de Southampton apareceu no horizonte e, conforme os prédios foram aumentando, comecei a sentir muito, muito medo. Maurice apareceu quando estávamos atracando, e não ajudou nada o fato de ele parecer estressado.

– Vou levá-la pela mesma rampa que entramos. Você vai ver um prédio comprido. Quando chegar no porto, caminhe em direção a um beco bem em frente. Entendeu? Fica bem em frente. Vai ter um portãozinho de serviço aberto, que vai levar você a um estacionamento público. Continue andando para o centro. Entendeu? Não pare.

– Certo.

Ele me conduziu de volta pelos corredores úmidos em meio a muito barulho, e uma buzina soou. Chegamos a uma grande porta, e Maurice a abriu. Estávamos perto da água, então a pequena plataforma que descia até o cais de concreto não era longa.

Assim que passei pela porta, ela se fechou. O porto estava muito movimentado quando saí do navio e me deparei com vários caminhos através da longa linha de edifícios baixos. Continuei andando e vi três opções à minha frente. *Merda, merda, merda,* pensei. Escolhi o que parecia um longo beco de concreto. As paredes eram tão altas que os tijolos pareciam se estender até o céu. Mais ou menos na metade do caminho, vi uma porta lateral aberta e o caminho adiante bloqueado. Entrei tropeçando e, para o meu horror, acabei parando dentro de uma pequena área alfandegária. Estava vazia, exceto por uma mulher usando um uniforme de funcionária.

Na mochila impermeável, eu carregava meu passaporte, o laptop, a garrafa com o pendrive e as certidões de óbito, o restante do meu dinheiro, o Rolex, as abotoaduras e algumas roupas.

– Funcionária? – ela perguntou, oferecendo a mão para mim.

– Er, não.

– Não? – ela disse. Eu tinha chamado sua atenção. – Você é passageira?

– Sim.

– O que está fazendo tão longe do saguão de desembarque? – Olhei para a porta, me perguntando se eu devia sair correndo. – Você deve ser britânica – ela sugeriu, cantarolando, me olhando de cima a baixo e reparando em minhas roupas e feridas.

– Sim, britânica.

– Então vou precisar ver seu passaporte, por favor – ela disse, esticando a mão.

Eu me aproximei de sua mesa e hesitei. O que deveria fazer? E se eu dissesse que tinha perdido o passaporte? Eu ainda teria que dar meu nome... Se lhe desse um nome falso, conseguiria ganhar algum tempo? Que merda. Qual era o beco com o portão aberto que Maurice tinha falado?

– Senhora, o que está fazendo? Preciso ver seu passaporte. – Dava para ver que agora ela estava bastante desconfiada.

Vasculhei a mochila, desesperada, e peguei o passaporte. Ela pareceu se tranquilizar um pouco.

A mulher o pegou e o folheou, pressionando a página com a minha foto contra o sensor. Ela o ergueu e esperou um longo tempo. Por um instante, pensei que estava livre. E se não tivessem colocado nada no meu registro? Os segundos se estenderam, e então ela franziu o cenho, lendo o que apareceu na tela. Ela olhou para mim.

– De onde você está vindo? – perguntou.

– Embarquei em... um barco em Le Havre.

– Que barco?

– Esqueci.

– Foi o único país que você visitou na viagem? – ela perguntou.

– Também fui para a Croácia, mas por causa da zona Schengen...

Ela pegou as chaves, tirou o cartão do computador, abriu a porta de sua cabine e contornou a mesa para se juntar a mim.

– Pode vir comigo, por favor? – ela pediu, esticando o braço e apontando para uma porta à direita.

Atrás dela, vi a porta para fora daquela salinha e presumivelmente para a liberdade.

– Tem algum problema?

– Só precisamos fazer mais algumas verificações.

– É sobre eu ser uma pessoa desaparecida?

– Só precisamos fazer mais algumas verificações – ela repetiu com um tom firme e agressivo.

Eu a segui até a porta. A funcionária encostou o cartão em um sensor, que emitiu um som e então a porta se abriu. Entramos numa sala de entrevistas. Ela me pediu para me sentar e saiu.

A porta se fechou.

E me trancou ali dentro.

50

Dez minutos se passaram, vinte. Não havia nada naquela sala além da mesa e de duas cadeiras pregadas no chão. Eu me levantei e fui até a porta. Hesitei um pouco, então testei a maçaneta. Estava trancada. Uma hora se passou até eu ouvir alguém destrancando a porta. Um funcionário diferente entrou com dois jovens policiais de uniforme, uma mulher de meia-idade em um terninho mal ajustado e um homem alto de cabelos escuros vestido com um terno risca de giz de qualidade muito superior.

– O que está acontecendo? – perguntei.

– Por favor, sente-se – a mulher disse. – Posso chamá-la de Margaret?

– Antes de nos tratarmos pelo nome, me digam: quem são vocês?

A mulher tinha um cartão de identificação de plástico pendurado em um cordão azul em volta do pescoço.

– Meu nome é Terri Conway. Sou a assistente social sênior da região – ela respondeu, me mostrando seu cartão.

Os dois policiais usavam casacos amarelo-fluorescentes de alta visibilidade sobre seus uniformes azuis, ainda molhados de chuva. Olhei para o homem de terno preto, me encarando com uma expressão sombria.

– Deixe-me adivinhar: o senhor é médico? – falei, reparando em sua antiquada maleta de couro.

– Sou o dr. James Ridpath, clínico geral da Summer Hayes Surgery, em Southampton

– E dois policiais – eu disse, olhando para eles. – Eu sei o que está acontecendo aqui.

– O quê, Margaret? – Terri perguntou, me olhando por cima de seus óculos com uma preocupação fingida.

Ela sabia tanto quanto eu que, quando dois policiais se apresentavam com uma assistente social e um médico, uma pessoa poderia ser legalmente detida sob a Lei de Saúde Mental. Fiquei os encarando. Se mencionasse isso, poderiam usar minha fala contra mim.

– Talvez a senhora devesse me dizer – falei, me sentando.

Todos continuaram em pé. Cruzei as mãos no colo, tentando controlar meu medo e minha raiva.

Terri tirou uma pasta de uma grande bolsa Chanel.

– Maggie, está ciente de que tinha um monte de gente preocupada com você? – ela indagou, abrindo a pasta. – Você foi dada como desaparecida.

– Quem reportou meu desaparecimento? – perguntei.

– Você estava desaparecida? – ela devolveu, inclinando a cabeça.

– Essa pergunta é meio boba.

– Por que boba?

– As pessoas podem sentir minha falta ou achar que estou sumida. Não posso responder que sim, eu estava desaparecida. Mas, para responder à sua pergunta, eu não estava. Perdi meu celular.

– Você estava de luto recentemente, não é? – Terri questionou.

Havia uma certa indiferença em seu tom desafiador. O doutor inclinou a cabeça de um jeito simpático, mas profissional, e os dois policiais ficaram parados de ambos os lados da porta, com os braços cruzados. Presenciara cenas assim muitas vezes antes, mas, claro, do outro lado da mesa.

Quando as coisas chegavam a esse ponto, não importava o que o paciente dissesse; os jogadores estavam reunidos. Estava acontecendo. Eu seria detida sob a Lei de Saúde Mental de 1983. Já tinha visto essa cena centenas de vezes, e de nove em cada dez vezes, testemunhei a pessoa sendo levada contra a própria vontade, gritando, agitando os braços e, em alguns casos, vomitando ou mordendo.

– Estou de luto. Perdi meu marido há pouco tempo – respondi, determinada a parecer saudável.

Eu não iria lutar. Queria que duvidassem das ordens que tinham recebido.

– Seu marido atirou em si mesmo à queima-roupa, cometendo suicídio, não é? – Terri perguntou.

Um alarme ressoou na parte de trás da minha cabeça, se somando aos alarmes que já estavam buzinando. Dizer que alguém "cometeu suicídio" era uma grande questão nestes tempos politicamente corretos. Todos os funcionários do Serviço Nacional de Saúde estariam cientes disso. *E ela não tinha acabado de me chamar de Maggie?* Olhei para Terri outra vez: sapatos bonitos, bolsa Chanel. Podia ser uma imitação, mas uma assistente social não andaria com uma bolsa de grife por aí. Até bolsas falsificadas eram caras.

– Posso ver sua identificação de novo, Terri? – perguntei.

– Você já viu – ela disse.

Ela era elegante demais. Não era uma assistente social de verdade. Eu não podia manifestar minhas suspeitas, pois isso cairia bem na narrativa de eu ser "louca".

– Se ele cometeu suicídio? Falando como médica, como profissional da saúde, não podemos dizer isso.

Olhei para os homens, que se viraram para Terri.

Ela me encarou com um olhar sádico e os ignorou.

– Você estava na Croácia. Está correto, Margaret?

– Correto.

– Na ilha? – ela perguntou, arqueando uma sobrancelha. Isso me convenceu de que estava trabalhando para alguém bem mais sinistro. Ela estava me provocando. Aquela sobrancelha me dizia: "Uma ilha, hein? Tudo bem, pra alguns".

– É nossa... Bem, agora é minha casa de férias. Fui lá para dar um destino aos pertences do meu marido.

Terri abriu a pasta e folheou os documentos. O médico, cansado de ficar em pé, se apoiou na beirada da mesa e dobrou os braços, observando impassivelmente Terri brincar comigo.

– Você chamou a polícia e a guarda-costeira enquanto estava lá, afirmando que um intruso invadiu sua casa... Mas, além do zelador e seu filho, não havia mais ninguém na ilha.

– Isso é relevante? Estamos em solo britânico.

– Estou tentando definir seu estado mental e o motivo de ter sido dada como desaparecida. Estou tentando ajudá-la, Margaret – ela disse, me olhando por cima dos óculos. Senti um calafrio ao ver seus olhos escuros e frios. Mas me mantive calma. Ela continuou: – A guarda-costeira atendeu sua ligação, mas não conseguiu atracar o barco. Eles tentaram ligar de novo várias vezes, mas você não atendeu. E agora apareceu clandestinamente em um cargueiro de Le Havre.

Eu desviei o olhar. Senti uma lágrima se formando em meu olho.

– Quando a guarda-costeira enfim conseguiu chegar a Trishna, a ilha...

– É Tišina.

Ela me ignorou e prosseguiu:

– Quando a guarda-costeira chegou, iniciou uma busca. A balsa foi suspensa e eles gastaram recursos consideráveis procurando por você.

– O zelador me levou até o continente no barco dele – contei.

– E qual é o nome dele?

– É... não lembro.

Terri estalou a língua e balançou a cabeça.

– O zelador da ilha é um homem chamado Branko *Valdiss* – ela disse, mutilando o sobrenome dele. Eu ia dizer algo, mas hesitei. Por que ela estava dizendo que Branko era o zelador da ilha? – Branko confirmou que conhece você e seu marido há seis anos – ela continuou, consultando os documentos. – Ele falou com a polícia e disse que estava preocupado com seu comportamento estranho durante sua estadia na ilha. Ele também falou que o acusou de invadir sua casa e de implantar escutas. Além disso, afirmou que você dirigiu até a igreja e danificou uma pintura valiosa.

– Não é verdade! – O médico e os policiais na porta, se mexeram, assumindo uma postura mais competitiva.

Terri prosseguiu:

– Branko Valdeece ajudou a polícia local e a guarda costeira a procurá-la quando você foi dada como desaparecida. Sua família em Londres também contatou as autoridades quando não voltou para casa no fim de semana.

– Eu só voltaria amanhã, quarta-feira – retruquei.

Terri me encarou.

– Não temos registro seu desembarcando no continente. Nem de você entrando na zona Schengen nem onde esteve desde então, e agora aparece em Southampton com cortes e feridas no rosto e nos braços. Não vê que isso é motivo de preocupação?

Ela não mencionou a casa de Hugo na França. Tampouco mencionou George. Eu não sabia que horas seriam. Quanto tempo ele ficaria me esperando na Starbucks da rua principal antes de descobrir o que estava acontecendo?

Terri contraiu o rosto, sorriu e se aproximou, abaixando a voz:

– Maggie, você perdeu seu marido em circunstâncias terríveis. E tem um trabalho estressante na medicina do trauma. Sabemos que está em licença prolongada, mas não posso arriscar mandá-la de volta para uma ala de trauma para tomar decisões de vida ou morte sobre pacientes vulneráveis.

Fechei os olhos. O que quer que eu dissesse, por mais que eu protestasse, seria tachada de louca.

– Eu ia ver um médico quando voltasse e, agora que estou aqui, vou vê-lo. Isso é algum problema de imigração? Porque tenho um passaporte válido, que mostrei na fronteira quando ele me foi solicitado. Não é necessário que me detenha aqui.

– Quem disse que você está sendo detida? – Terri perguntou.

– A porta estava trancada.

– A porta não estava trancada – ela disse. Ela olhou para o médico e os policiais. Tirou os óculos e os guardou na bolsa, junto com a pasta. – Posso ver o que você tem na mochila?

– Por quê?

– Preciso ver se você está carregando alguma arma.

– Não estou carregando nenhuma arma...

De repente, ela veio até mim para pegar a mochila no meu colo. Seu movimento me surpreendeu e, por instinto, afastei a mochila. Ela se abaixou e tentou pegá-la, e, quando levantei a mão para empurrá-la, a sala virou um pandemônio. Os policiais avançaram e agarraram meus braços. Já vi isso tantas vezes: a polícia inflamando uma pessoa calma para usar sua reação como justificativa para aplicar mais força. Tentei soltar os braços, mas me arrastaram para fora da cadeira, e fiquei sem ar quando eles me jogaram no chão e me rolaram de barriga para baixo. Terri pegou a mochila e começou a vasculhar.

Gritei para que me soltassem, e mais uma vez foi como se eu estivesse observando a cena de cima.

Pare, não ofereça resistência, disse uma voz na minha cabeça. *Você só está piorando a situação.* Mas eles torceram meus braços violentamente, e senti um joelho na lombar. Meu joelho ferido queimava enquanto eu era pressionada no chão. O médico, magro feito uma aranha em seu terno risca de giz, era o único que permanecia calmo.

Eu o ouvi dizer que estava sendo levada sob a Lei de Saúde Mental de 1983 e então senti uma pontada quando ele me deu uma injeção. Não sei de onde veio a agulha, mas funcionou na hora.

Eles tinham me pegado.

51

Era assustador ver como minhas liberdades podiam ser arrancadas com apenas uma canetada. Eles pegaram minha mochila e agora estavam com a garrafa, o pendrive, as certidões e meu laptop.

Só é possível deter alguém contra sua própria vontade sob a Lei de Saúde Mental por 24 horas, e, durante essas primeiras horas, o paciente é mantido em segurança máxima para ser avaliado.

Acordei em uma cela acolchoada e imunda, vestindo uma bata de hospital aberta atrás. O lugar era congelante, e eu não sabia que horas eram ou há quanto tempo eu estava ali. Tentei me manter calma. Eu sabia que seria fácil. Depois do primeiro dia, um médico precisaria provar que eu deveria permanecer detida por mais 28 dias.

Dois enfermeiros se anunciaram com batidas abafadas na porta, como atores bem escalados para um filme de terror sobre um hospital psiquiátrico. O homem era baixo e muito pálido, com uma terrível irritação na pele causada pela navalha e um estrabismo no olho esquerdo. Sua colega era uma senhora larga e musculosa com um corte militar. Ambos tinham uma postura do tipo "não mexa conosco". Eles me disseram que eu estava sendo levada para "ver o médico", mas, quando perguntei onde eu estava e que horas eram, os dois me ignoraram.

Onde quer que eu estivesse, era um inferno do lado de fora da cela. Devia ser uma instituição antiga, com paredes de concreto e fedor de merda e vômito. Do corredor se ouviam gritos, berros e batidas contra as portas de metal. Enquanto os enfermeiros me conduziam pela porta com as mãos amarradas, dois atendentes escoltavam outra paciente pelo corredor estreito. Ela era muito magra, com a cabeça raspada e um olhar maníaco nos olhos.

Eu sabia que isto não estava certo. Não se movia pacientes desse jeito em um hospital de alta segurança – era preciso esperar e mover apenas um paciente por vez pelos corredores. Enquanto me aproximava deles, me virei para dizer algo ao homem atrás de mim, mas ele me empurrou para a frente, seguindo a outra paciente, que se jogou contra mim, chutando e cuspindo. Caímos no chão. Minhas mãos estavam amarradas, mas as dela estavam soltas. Foi rápido, mas violento, e ela abriu a ferida do meu olho e fez meu nariz sangrar.

A paciente foi arrastada para longe, e os dois enfermeiros me empurraram para uma porta no final do corredor.

Eu estava tão brava que comecei a gritar com eles, e foi então que me levaram para um consultório bem iluminado e arejado para que eu fosse avaliada por um médico.

Uma enfermeira veio ver minhas feridas. O médico parecia um senhor agradável. Reclamei com ele que tinha sido uma armação para que eu fosse deixada com uma paciente perigosa quando estava imobilizada. Então me dei conta de que eu estava me comprometendo. Ele sugeriu um período de avaliação de 28 dias.

Depois que me limparam, fui levada para uma ala em uma parte melhor do hospital. Uma enfermeira de rosto bondoso me encontrou na porta. De um jeito maternal, mas firme, ela me disse que eu estava na ala de segurança média e me mostrou um quartinho com uma cama.

O mundo todo pareceu virar de ponta-cabeça quando me entregou toalhas, roupa de cama, roupas e remédios. Ela me explicou as refeições e falou a que horas eu deveria tomar banho pela manhã.

– O que é isto? – perguntei, enquanto me entregava um copinho com seis comprimidos aninhados no fundo.

– São estabilizadores de humor e algo para ajudá-la a dormir – ela respondeu.

– Não sou louca – falei.

– Não usamos essa palavra aqui.

– Sou médica.

– Então deve saber que a maioria das pessoas aproveita esse tempo para descobrir o que há de errado. Seu período aqui não determina o restante de sua vida. É só pra limpar as coisas na cabeça – ela explicou, me olhando com atenção.

Eu sabia que não era verdade. Pensei na família de Will. Eles deviam saber que eu tinha sido detida. Quem mais eu tinha? Diane... George... O que acontecera com ele? Será que estava seguro?

– E se eu não tomar esses comprimidos? – perguntei, olhando para o copo.

– Daí vamos ter que tentar outros métodos, Maggie – ela disse, endurecendo o rosto.

Peguei os comprimidos, mesmo sabendo que me silenciariam e que poderia ser o começo de uma longa jornada para a escuridão.

A enfermeira pareceu relaxar e me perguntou se podia tirar uma amostra de sangue. Eu me sentei na ponta da cama e segurei as lágrimas.

Observei os dois frascos sendo preenchidos de vermelho. A enfermeira trabalhou habilmente, trocando o cheio pelo vazio e sacando a agulha ao terminar.

– Tenho uma amiga – eu disse. – Ela também é médica e se envolveu num terrível acidente de trânsito. Será que conseguiria descobrir se ela está bem?

– Aperte aqui – ela falou, aplicando um quadrado de algodão na alfinetada no meu braço. Eu o pressionei contra a minha pele.

– Por favor, você poderia fazer isso? Não estou delirando. O nome dela é Diane Kochanowski, ela trabalhava comigo na emergência do Guy. A última notícia que tive é que ela estava na UTI.

– Você não tem permissão para entrar em contato com ninguém enquanto estiver aqui.

– Não quero entrar em contato, só quero saber se ela está bem. Só isso. Por favor? Não tenho família, não tenho ninguém. Diane é minha melhor amiga e colega de trabalho. *Por favor?*

Ela balançou a cabeça e saiu com minhas amostras de sangue, trancando a porta.

Fiquei olhando para o teto e me perguntando como é que tinha ido parar ali. Ser detida dessa forma era dramático e brutal. Eu sabia quem era a responsável por isso. Tinha que ser Daisy. Era tão fácil destruir a credibilidade de alguém rotulando-a de "louca". O estigma sobre a saúde mental ainda era forte. E eu não podia falar nada. Já tinha visto tantos pacientes lúcidos e honestos que acreditavam que o governo os estava perseguindo ou mantendo-os como reféns. Se eu mencionasse Daisy De Costa, seria minha passagem só de ida para uma estadia muito longa. Caí em um sono agitado, induzido por drogas.

No dia seguinte, uma enfermeira diferente, muito jovem, me acordou e disse que eu tinha que ver o médico antes do café da manhã. Era o mesmo homem que eu vira no dia anterior, e desta vez fui levada para o seu consultório.

– Por favor, sente-se – ele pediu. A enfermeira ficou em pé.

– Examinamos seu sangue – ele falou, e então fez uma pausa. Eu não sabia se estava fazendo isso porque sabia que eu também era médica ou se falava assim com todos os pacientes.

– Por favor, só me diga o que encontrou – pedi, pensando que tinham encontrado câncer ou algum outro problema.

– Você está grávida, Maggie.

Fiquei o encarando por um longo tempo e pedi para ele repetir o que tinha acabado de falar.

– Está no início, mais ou menos por volta de oito semanas. Queremos levá-la para fazer mais exames. Costumamos esperar até doze semanas, mas considerando que você teve uns contratempos e que já é mais velha... queremos garantir que esteja tudo bem.

– Parabéns – a enfermeira disse, sorrindo de forma estúpida.

Levei as mãos à barriga, chocada. Grávida. Aos 47 anos. De oito semanas. Eu estava carregando o bebê de Will.

52

Eu estava internada no Hospital Northgate, a 8 quilômetros de Southampton, então o médico conseguiu fazer uma ultrassonografia sem que eu precisasse sair de lá. Descemos dois lances de escada até o consultório. A ultrassonografista era uma mulher magra, vestida de branco, com longos cabelos grisalhos presos em um coque.

– Certo, quer subir na mesa? – ela perguntou, cobrindo-a com um papel para que eu me deitasse.

Subi na mesa de exame e levantei o suéter. Era estranho estar do outro lado das coisas, sentindo o cheiro de desinfetante e a sensação do papel áspero sob as minhas costas. A ultrassonografista puxou um carrinho com fios pendurados em um monitor. Eu ainda estava chocada quando ela apertou uma garrafa e o gel escorreu sobre o meu estômago.

– Está um pouco gelado – ela avisou, com a voz suave e tranquilizadora.

Pensei em Will. No quanto ele queria um filho. Se estivesse vivo, estaria aqui ao meu lado. Pensei em todas as pessoas que eu gostaria que estivessem comigo: minha mãe, Diane e George. Até Marelle... Sempre fui uma decepção tão grande para ela. Sempre fingi que não ligava, mas carregar seu neto na minha barriga mudaria nossa relação. A ultrassonografista começou a escanear meu estômago devagar. Ela viu as lágrimas nos meus olhos.

– Estar grávida é muito emocionante – ela falou baixinho. – Acontece todos os dias, mas nunca deixa de ser maravilhoso.

Um som alto, estridente e ecoante saiu dos alto-falantes, como uma bola quicando em um túnel.

– Este é coraçãozinho dele. – Ela sorriu, passando o escâner pela minha barriga.

O som era tão rápido, alto e vital. Fiquei sem palavras.

– Certo, está muito cedo ainda, só estou vendo se está tudo bem.

Ela ficou em silêncio, observando a tela. Alguns minutos se passaram. Pensei em tudo o que eu passara enquanto já estava grávida. Em todo o estresse, os acidentes e a explosão do barco de Eric.

– Tudo parece... normal – ela disse, virando o monitor para mim.

A tela preta e líquida mostrava o que parecia ser um fragmento de luz iluminando o perfil de um minúsculo feijão, mas dava para ver a cabeça e, conforme alisava minha barriga, a pequena forma se mexia na tela.

– Está ali? – perguntei, toda boba, apontando da tela para o meu estômago.

Ela sorriu e assentiu.

– Ainda não consigo ver se é menino ou menina, geralmente precisamos esperar até as doze semanas. Segundo esse exame, você parece estar com oito semanas. A data provável para o parto é 11 de julho.

Eu estava chorando, lágrimas escorriam pelas minhas bochechas. Passei anos lutando contra a ideia de ter um bebê, então fiquei aliviada, pois pensava que não poderia mais engravidar. Lembrei-me do pavor que costumava sentir ao pensar em engravidar. Só que isto era diferente. Eu era um navio solitário à deriva, mas esta notícia era um pequeno farol de esperança ao qual podia me agarrar. Foi nesse instante que eu soube que teria esse bebê.

– Emocionante, não? – ela falou.

Assenti.

– Ouça – eu disse. – Fui detida aqui e tomei 500 miligramas de clozapina, risperidona e um comprimido pra dormir, que não sei direito qual. Acho que foram 500 miligramas de triazolam. Na verdade, tenho quase certeza de que foi um benzodiazepínico. Fui atropelada por um caminhão. Enfim. Só estou preocupada com toda essa medicação, agora que sabemos que estou grávida.

Ela limpou minha barriga com papel toalha e ficou me observando com atenção. Será que vi um lampejo de reconhecimento de que talvez eu não fosse louca? Estava desesperada para lhe contar o que havia acontecido, mas sabia que isso seria fatal. Fiquei encarando-a, desejando que ela falasse algo, mas a médica continuou me estudando. Tentei manter a voz calma.

– Acho que eu não deveria estar aqui, e agora estou carregando um bebê. Meu marido morreu, este bebê é dele. Estou velha demais pra ter um filho, e vocês estão me enchendo de drogas.

Ela me deu um sorriso triste, parecendo que ia dizer algo. E, então, parou:

– Posso recomendar que seu médico revise sua medicação levando isso em consideração. Gostaria de levar o ultrassom impresso?

Eu me imaginei levantando pesado o monitor junto com o carrinho e atirando-o no topo da cabeça dela.

– Sim, obrigada.

Houve um clique e um zumbido, e então ela me entregou o ultrassom.

Passei as 24 horas seguintes entre a euforia e o desespero absoluto. Menos de dois meses atrás, eu estava bem casada e trabalhando em algo que eu adorava. Como foi que me tornei uma viúva recém-grávida detida em uma unidade psiquiátrica? Vi o médico no dia seguinte, e ele reduziu a medicação. Depois, recebi boas notícias. A enfermeira que tinha me recebido na ala de segurança média voltou. Ela entrou no quarto para me dar os novos comprimidos e fechou a porta.

– Fiz a ligação, você estava certa. Tem uma dra. Diane Kochanowski no hospital Guy's and St Thomas'. Não consegui descobrir muita coisa, mas ela está estável, e estão esperando para tirá-la da UTI nos próximos dias.

Senti uma onda de felicidade.

– Ela vai se recuperar? Qual é o prognóstico?

– Não sei de mais nada e quebrei as regras só de fazer essa ligação. Mas você é médica, não é?

– Sim, traumatologista – respondi.

– Você foi admitida aqui porque mostrou sinais de paranoia e alucinações. Ainda está tendo alucinações?

– Não – eu disse, olhando-a calmamente. Ela parecia querer dizer mais algo, assim como a ultrassonografista.

– Você devia dormir um pouco antes do almoço – ela falou e foi embora.

Fiquei deitada olhando para a parede. *Elas não acham que sou louca*, pensei. *Só tenho que aguentar firme*. No refeitório, enquanto eu estava na fila para devolver a bandeja, a enfermeira se aproximou.

– O médico quer vê-la – ela avisou.

Eu a segui pelo corredor, passando por algumas portas trancadas, até que chegamos a uma ala que eu não conhecia. Fui colocada numa sala de reuniões e me mandaram esperar. Enquanto me sentava, pensei que havia algo estranho. Era uma sala de reuniões de negócio. Havia uma lousa branca com canetas e um laptop ao lado de uma moderna caixa de som. Havia fios e partes móveis... Essas coisas não eram proibidas para pacientes? Mas ali estava eu, sem supervisão.

A porta se abriu, e o ar se esvaiu dos meus pulmões quando Daisy De Costa entrou com três homens de terno.

– Oi, Maggie. Não precisa se levantar, por causa da sua condição – ela disse.

53

Não fui apresentada aos homens de terno. Dois deles deviam ter por volta de 40 anos, e o terceiro, cujos ombros estavam esmagados na vestimenta, não devia ter mais do que 20 anos. Ele olhou para a sala e então saiu para esperar no corredor, fechando a porta.

– Parabéns, fiquei sabendo da novidade – Daisy disse, se sentando na minha frente.

Os homens esperaram até que ela se sentasse, então se acomodaram um de cada lado dela.

Fiquei ali, incapaz de me mexer. Incapaz de falar. Estava em choque por vê-la. Parte de mim não acreditava que Daisy estava ali. Ela estava vestida com elegância, com um terno azul-marinho e um grande colar de grife com discos de ouro entrelaçados. Um dos homens carregava uma maleta, que colocou sobre a mesa, abriu e tirou algumas pastas de papel pardo, colocando-as na superfície polida da mesa de reuniões.

Daisy me olhou.

– Ela está medicada? – ela perguntou baixinho para os dois homens.

– Não. Estou lúcida e a ouvindo bem – respondi.

Daisy abriu um sorriso encantador que me fez querer dar um tapa no rosto dela.

– Estou aqui para lhe fazer uma oferta – ela informou.

– Quem são eles? – indaguei, apontando para os homens.

– Não importa. – Ela pegou a primeira pasta e a abriu. – O bebê é de Will ou de Eric?

Lembrei-me de quando fiz sexo com Eric. A escuta estava na estante atrás de nós.

– Você não tem o direito de me perguntar isso.

— E, enquanto estiver detida sob a Lei de Saúde Mental, você não tem o direito de ficar com o bebê — ela devolveu.

Senti minhas mãos tremendo e as coloquei sobre o colo para que ela não visse.

— O bebê é do Will.

Daisy assentiu e arqueou uma sobrancelha.

— Isso complica as coisas, mas também nos dá uma oportunidade... — Ela se inclinou para a frente. — Você copiou ou enviou algo antes do seu laptop e o pendrive serem retidos na alfândega de Southampton?

Não respondi. Notei que aquela policial não estava com ela. Estaria lá fora? Ou esses homens estavam armados?

— Maggie, você não está numa posição de poder jogar. As certidões, os relatórios da autópsia e o pendrive... — ela disse. — Estavam na sua mochila junto com o seu laptop. Você copiou ou enviou alguma coisa?

Resisti à vontade de me levantar e enfiar os dedos nos brancos dos olhos dela.

— Você matou Will? — perguntei.

— Ele tirou a própria vida. Você sabe disso, Maggie.

— Ele não fez isso, e *você* sabe. Mandou matá-lo? — Os homens nem piscavam. Seriam da polícia ou do serviço secreto?

— Não, Maggie. Não mandei — ela respondeu.

— Não acredito em você.

— Você pode acreditar no que quiser.

— E Eric e minha amiga Diane? E Jeffery Patrick, claro?

Daisy hesitou e, então, abriu um sorrisinho.

— Não temos muito tempo, Maggie. Não vim aqui para responder suas perguntas. Vim aqui para lhe fazer uma proposta.

— Eu atendi o celular de Branko no dia que o barco explodiu. Quando ele tocou, era a sua voz do outro lado da linha.

— Não sei do que está falando. Talvez tenham que aumentar a sua dose. Podemos ajustar isso.

— Vá se foder — xinguei, me sentindo bem de olhá-la nos olhos e dizer isso. Daisy não reagiu.

— Maggie, precisa entender que isto é política. Você não entende como o mundo funciona. O que precisa ser feito para manter este país seguro. Eu fui ao funeral de Will para prestar minhas condolências. Lamento a morte dele. E lamento a morte de Eric. — Assisti à sua encenação com um pavor crescente. Ela levou a mão ao peito. – Os restos mortais de Eric foram devolvidos à família dele ontem à noite. Achei que você gostaria de saber.

– Branko atirou em Eric. Sob ordens suas.

Daisy balançou a cabeça e sorriu.

– Isso não é correto. A investigação policial descobriu que o tanque de combustível do barco de Eric tinha um defeito. Foi recuperado do fundo do mar, junto com os restos mortais dele. O funeral vai ser na próxima semana. Se fizer as coisas direito, Maggie, você vai sair daqui e poderá prestar seus respeitos. Você também vai poder ficar com seu bebezinho...

Antes que eu me desse conta do que estava fazendo, já tinha levantado da cadeira e estava avançando para ela. O homem à sua direita foi rápido e agarrou meu braço.

– Pare – ele disse, torcendo minha mão e me imobilizando a centímetros do rosto de Daisy.

– Oh, Maggie. Admiro a sua braveza – ela disse. Era estranho ouvir essa palavra saindo de sua boca afetada, uma política forçando a barra desse jeito. Apesar da calma na voz dela, de perto dava para ver que estava agitada. Uma veia pulsava em sua têmpora.

O homem me empurrou de volta para a cadeira, e eu me sentei. Ele ficou ao meu lado. Eu me soltei de sua mão, mas ele ficou ali.

– Qual é a sua proposta? – perguntei.

Daisy olhou para o homem sentado ao seu lado. Ele se levantou, pegou uma pasta e deu a volta na mesa. Então a abriu com um floreio e depositou um documento na minha frente com o selo real no topo da página.

– Estamos com o seu laptop. Vimos que acessou os arquivos do pendrive, mas não os baixou no computador. Correto?

– Correto.

– Onde esteve entre sua saída de Tišina e sua chegada ao Reino Unido? – Daisy perguntou.

Tive que pensar rápido. Se mencionasse a casa de Hugo, eles poderiam procurar nas imagens das câmeras de segurança e encontrar George. De repente, fiquei com medo de que pudessem ir atrás dele.

– Peguei um ônibus da Croácia para a Eslovênia e depois um ônibus noturno até a França.

– Como chegou a Southampton? Você não viajou num navio comercial – o homem parado ao meu lado com o contrato disse.

— Seria bom saber com *quem* estou falando — falei, olhando para o homem. Ele era bonito, mas havia uma certa oleosidade nele.

Ele alisou a gravata e abriu um sorriso jocoso.

— Pode me chamar de tio Bob. — O sorriso desapareceu de seu rosto, e vi um brilho assustador em seu olho. — Agora diga: como você atravessou o canal?

— Atravessei clandestinamente.

— Não acredito em você.

— Conheci um marinheiro num bar, um dos caras do navio. Dormi com ele em troca de uma carona — eu disse.

— Como era o nome dele?

Fiquei surpresa por ele considerar a história plausível.

— Não sei.

Daisy se levantou, ajeitou a saia e veio até mim. O homem se colocou entre nós.

— Maggie, o documento na sua frente afirma que você nunca vai comentar nada sobre o que viu no pendrive e nos certificados que encontrou na sua propriedade na Croácia.

— Então querem que eu encubra suas sujeiras? E a morte de Will?

— Foi um suicídio trágico.

— E a de Eric?

— Um acidente trágico. Está tudo detalhado no acordo.

Fiquei olhando para o documento, percorrendo o texto. No topo estava escrito *Lei de Segredos Oficiais*.

— Então é pra isso que a Lei de Segredos Oficiais foi projetada? Para proteger putas sujas e corruptas como você?

Mais uma vez, foi bom xingá-la.

— Se quebrar a Lei de Segredos Oficiais depois de assiná-la, será um crime grave contra o Estado — o homem parado ao meu lado disse. — E você vai ficar presa por muito tempo. Por um tempo terrível.

— Assine, Maggie, e poderá voltar para sua vida. Vai poder sair daqui como uma pessoa saudável. Vai poder manter seu emprego. E o bebê. O Estado pode ser bastante negligente com bebês, caso você não saiba. E poderá caminhar pela rua sem ter que ficar olhando para trás — Daisy falou.

— Foi isso o que Will pensou, quando você o pegou? Que ele poderia caminhar pela rua sem ter que olhar para trás?

— Ele poderia.

– Por que o deixou viver por seis anos?

– Ele cometeu o erro de pensar que eu misturaria política com amizade, Maggie. Ele quis mais dinheiro.

– Mais dinheiro?

– Sim. Foi bem fácil comprá-lo da primeira vez.

Sempre que ouvia as pessoas usando a expressão "soco no estômago", eu achava que estavam sendo dramáticas demais. Mas essa revelação me machucou fisicamente, e tive dificuldade para respirar.

– Sinto muito. Pensei que já soubesse disso, depois de juntar todas as peças.

– Não – respondi, tentando recuperar o fôlego. – Você o subornou pra que ele alterasse a certidão de óbito de Jeffery Patrick?

– "Suborno" é a palavra errada. Foi mais como um investimento mútuo. Jeffery Patrick parou de ser meu problema, e Will ganhou dinheiro o suficiente pra largar a medicina e seguir seu sonho. E tudo estaria ótimo, só que a segunda carreira de Will não era tão lucrativa quanto o esperado. Ele estava preocupado. Ou era ganancioso. Ainda estou tentando decidir...

Will e eu sempre tivemos contas separadas. Como é que não percebi? Ou será que só não estava interessada? Daisy inclinou a cabeça, observando minha angústia. Então continuou:

– Enfim, Will pareceu pensar que nosso acordo original pudesse ser refeito. Renegociado. E, quando recusei, ele deixou escapar que tinha provas. Que tinha guardado a certidão de óbito original de Jeffery Patrick. Naquela época, eu não sabia, mas agora sabemos, graças a você, que encontrou um pendrive no estômago dele.

– Quanto Will pediu? – Tive o terrível pressentimento de que não era muito. De que Will tinha sido facilmente comprado.

Daisy olhou para os homens.

– Não posso contar, mas nós íamos deixá-lo sozinho. Ele sabia que tinha que manter a boca fechada. Era mesmo um bom amigo, Maggie, mas, quando tentou renegociar nosso acordo, bem, ele não estava apenas me chantageando... estava chantageando o Estado.

– E minha amiga, Diane? Você teve algo a ver com o acidente dela?

– Seu celular estava sendo monitorado desde a morte de Will. Você cometeu o erro de mantar a foto da carta de Will para ela e então a mandou naquela caçada inútil na Catedral de Southwark.

– O que vai acontecer com ela?

– Depende de você, Maggie.

Fechei os olhos. Coloquei a mão na barriga e pensei na vida crescendo dentro de mim. Senti uma emoção poderosa por esse bebê. Um instinto maternal avassalador. Tantas pessoas estavam mortas ou gravemente feridas – eu já tinha perdido tanto –, e nada podia trazê-las de volta. Se não assinasse o acordo, poderia perder meu bebê, o que só me traria mais dor e sofrimento. Abri os olhos. Todos estavam olhando para mim.

– Se eu assinar, acabou? – perguntei.

– Sim – Daisy respondeu.

– E não vai atrás de mim para me pedir para falsificar uma certidão de óbito?

– Não posso lhe prometer isso, Maggie, mas vou fazer o meu melhor – ela respondeu com um sorrisinho.

– E se alguém falar algo? Diane está melhorando – falei.

– Destruímos todos os arquivos do pendrive e as certidões também. Se Diane for esperta, vai esquecer aquela carta estranha que Will lhe deixou.

– E se Will tiver feito cópias? Ou se alguém falar com a imprensa e eu levar a culpa?

Daisy apontou para a pasta na minha frente.

– Maggie, tudo isto está coberto pela Lei de Segredos Oficiais. Se algum jornalista tentar escrever algo, será impedido. É por isso que chamamos de Lei de Segredos Oficiais. Sua assinatura vai encerrar o caso para sempre – ela disse.

– Por que não fez Will assinar isso?

– Ele assinou.

Daisy me deixou processando a informação. Pensei em Will sendo confrontado com os mesmos documentos que eu.

– Temos um acordo? – o homem com a pasta me perguntou, enfiando a mão dentro do paletó e tirando uma caneta-tinteiro, como um vendedor particularmente habilidoso.

Fechei os olhos de novo, me sentindo enjoada e exausta de pensar que Daisy De Costa se safaria de tudo. Mas eu queria proteger meu bebê. Não tinha mais energia.

– Sim, temos um acordo – respondi, pegando a caneta.

Antes que eu pudesse mudar de ideia, assinei o documento.

54

As coisas aconteceram rápido depois que assinei o documento. Daisy e seus capangas saíram sem falar mais nada, fui levada de volta ao quarto e me mandaram arrumar minhas coisas, pois eu estava dispensada. Não reconheci nenhuma das enfermeiras. Pedi para tomar um banho, e um assistente me deu roupas limpas.

Quando saí do chuveiro, molhada, fiquei me olhando no espelho por um longo tempo. O que eu fizera? Eu tinha perdido, mas foi para manter meu bebê a salvo. O bebê de Will. Não dava para ver se minha barriga já estava saliente, mas os hormônios da gravidez deviam estar correndo pelo meu corpo, porque meus ferimentos estavam se curando. Eu me observei com toda a atenção e vi que meu rosto estava quase normal. Era como se nada tivesse acontecido. A cicatriz acima do meu olho seria meu único lembrete.

Deixei o hospital naquela noite sem nem ter que ver um médico. E, sem a menor cerimônia, fui levada para Londres de táxi. A viagem levou apenas duas horas, e, enquanto observava as casas e os carros passando, as pessoas vivendo suas vidas, não conseguia acreditar que estava livre. Eu tinha vendido minha alma para o diabo. Nunca poderia falar sobre isso. Sobre nada. Sobre a morte de Jeffery Patrick. E a de Will. E o que eles tinham descoberto sobre Daisy De Costa.

Havia árvores de Natal e luzinhas nas vitrines das lojas, e, quando passamos pelo Borough Market, vi decorações natalinas reluzindo nas estantes. As pessoas estavam ocupadas com suas vidas: bebendo vinho quente, batendo papo com os amigos, comendo e dando risada. É como se eu tivesse caído de paraquedas em um mundo do qual eu *deveria* me sentir parte, mas tudo me parecia falso. Ou seria eu a falsificação?

Quando o carro entrou na minha rua no Thames Embankment, as rodas zumbiram sob os paralelepípedos. Mais adiante, a porta da minha casa se abriu e vi Marelle me esperando.

Nossos olhares se cruzaram através da janela. O carro parou bem na frente dos degraus que levavam à porta. Desci do carro, sentindo uma brisa fria soprando do Tâmisa. Marelle parecia exausta.

– Oi, Maggie. Bem-vinda. – Ela parecia menor, quase desbotada, ainda de preto. Ela esticou o braço e esfregou meu ombro. – Tem mais alguma coisa? – ela perguntou, olhando para a mochila surrada com a qual eu partira de Tišina.

– Não.

– Estava aqui arrumando as coisas. Alguém invadiu a casa... – Marelle me olhou, esperando uma explicação.

– Deixe eu adivinhar: pegaram umas fotos? – perguntei.

– Não sei. Estava tudo de cabeça pra baixo. – Ela suspirou, e notei que seus olhos estavam vermelhos de tanto chorar. – Por favor, Maggie, entre. Está frio.

Obedeci, e ela fechou a porta. Olhei para a minha casa. Senti o aroma da vela de baunilha que eu adorava, misturado ao verniz de cera de abelha que usava no corrimão de madeira.

– Você está bem? – ela quis saber, descruzando os braços, sem saber o que fazer. Era a primeira vez que eu a via assim constrangida.

– Sei lá. Vou ficar. O que você sabe?

Ela se encolheu um pouco.

– Sei que você... Sei que não estava bem e que passou por uma experiência terrível ao ver o barco de Eric explodir daquele jeito quando ainda estava tão sensível.

– Você falou com a imprensa?

– Não. Não sei como isso foi acontecer. Talvez tenha sido alguém do trabalho?

– Eu só voltaria ao trabalho daqui a várias semanas.

– Sei que você tem amigos importantes. Daisy De Costa ligou e disse que ela foi essencial para trazê-la de volta – Marelle disse. – E ela me contou que eu vou ser avó. – Ela esticou o braço timidamente para tocar minha barriga. Apesar de tudo, me pareceu crueldade demais negar isso a ela, então a deixei.

– Daisy lhe contou que estou grávida? – perguntei. *Como ela ousou?*, pensei.

Marelle percebeu meu tom.

– Bem, sim. Foi por isso que conseguiu trazê-la para casa. Você estava grávida e vulnerável.

Fiquei encarando-a, sem saber se acreditava no que tinham lhe falado. Abaixei a mochila.

– Estou com o ultrassom. – Peguei o exame no bolso e o ofereci a ela.

– Oh – ela disse, levando a mão à boca. – Nunca tive um desses.

Atravessei a sala e parei na frente do escritório do Will. Tudo estava como eu tinha deixado. Limpo e organizado, como se nada tivesse acontecido. Lembrei-me das fotos da cena do crime que eu tinha visto dele deitado na cadeira, de olhos fechados, com manchas de sangue pelas paredes.

– Oh, olhe só isso... – Marelle falou, olhando para a imagem em preto e branco. – Venha, Maggie... Eu fiz chá.

Ela se inclinou e fechou a porta do escritório, e eu a segui até a cozinha e me sentei.

Marelle puxou uma cadeira. Vi duas xícaras sujas na mesa. Uma tinha uma marca de batom vermelho na borda. Ela seguiu meu olhar. Felicity não usaria um batom tão forte. Nem as amigas de Marelle.

– Quem esteve aqui?

– Daisy... De Costa – ela disse.

– O que ela estava fazendo aqui?

– Ajudando.

Fiquei observando Marelle se sentar na mesa da cozinha. Ela parecia destruída, como se fosse uma casca vazia de si mesma.

– Você acha que Daisy estava ajudando?

– Ela é membro do governo britânico, Maggie. Temos sorte por ter esse contato. Quantas famílias têm uma deputada como amiga? – Marelle abaixou a cabeça e fechou os olhos.

Fui até ela e coloquei o braço sobre seu ombro. Pela primeira vez, minha sogra me deixou fazer isso.

– Está tudo bem – eu disse. – Vai ficar tudo bem.

– Sim – ela falou. – Sim.

Ela esticou a coluna e se recompôs. Olhou para o ultrassom mais uma vez.

– Vou precisar de ajuda pra escolher um nome quando soubermos se é menino ou menina.

Ela me encarou e enxugou os olhos.

– Está falando sério?

– Sim.

Peguei a xícara com a marca de batom e fui até a pia. Lavei-a com a bucha e fiquei observando a espuma cor-de-rosa se desvanecer na pia. Preparei mais chá para nós e, quando voltei para a mesa, vi um envelope branco apoiado na fruteira.

– Chegou isto para você esta manhã – Marelle contou. Era o convite para o funeral de Eric. Seria na próxima semana, na Catedral de Southwark.

– Também recebi um convite. O caixão vai ser lacrado. Ele vai ser enterrado no jazigo da família. Como Eric estava antes do acidente?

– Ele estava bem, era um bom amigo. Conseguimos passar um tempo juntos, o que é o mais importante.

O mais importante?, uma voz perguntou na minha cabeça. *Você vai ter que mentir sobre isso pelo resto da sua vida, não é?*

– Que bom que você está de volta, Maggie – Marelle disse. – Não tenho como saber pelo que você passou, mas estou aqui.

55

Uma semana se passou. Tentei agir com normalidade e falhei. Fui visitar Diane que, aos poucos, estava melhorando. Leon não estava lá e minha amiga não podia falar, mas segurei a mão dela e disse que a amava muito. Eu não sabia se estava consciente, mas era incrível saber que iria sobreviver. A enfermeira de plantão falou que eles ainda não tinham encontrado a pessoa que a atropelara. Eu disse que estava torcendo para que a polícia não desistisse e fiquei aliviada ao ouvir meu tom convincente.

Alguns dias depois, foi o funeral de Eric. Eu estava tendo enjoos matinais, que se prolongavam pela maior parte do dia, então consegui arrumar uma desculpa para não ir. Não fazia ideia do que dizer para a família dele.

O dia estava agradável, claro e frio e, no fim da tarde, já me sentia melhor, então saí para caminhar em torno do rio. O Borough Market estava cheio. Luzes coloridas enfeitavam os estandes, e o cheiro de carne cozida e vinho quente pairava no ar. O Natal costuma ser uma época cheia de esperança, mas eu sentia como se estivesse olhando para o vazio incerto.

Uma névoa fina se formava sobre o rio Tâmisa enquanto eu caminhava de volta pela orla, e cheguei em casa tremendo. Antes de colocar a chave na fechadura, a porta ao lado se abriu e minha vizinha, a sra. Rust, enfiou a cabeça para fora. Foi ela quem ouvira o tiro e chamara a emergência.

– Oi, Maggie, querida. Que bom que a peguei – ela disse. Era uma mulherzinha enrugada com uma barba rala. – O carteiro deixou um pacote para você. Espere aí.

Minha vizinha desapareceu e ressurgiu com um pacote do tamanho de uma caixa de sapatos.

– Obrigada – falei.

– Como está lidando com tudo? – Ela vasculhou meu rosto com uma mistura de curiosidade e pena nos olhos. Devia ter lido as matérias sobre eu estar desaparecida.

– Estou indo...

– Está trabalhando?

– Ainda não.

– Os dias bons vão voltar. Pode não parecer, mas acredite – ela disse, com um sorriso bondoso. – Enfim, *brrr*, está um pouco frio. Você vai ter que aparecer em algum momento para comer umas tortas de carne com vinho.

– Seria ótimo.

O pacote era pesado. Entrei e fui para a cozinha, rasgando o papel pardo. Era uma caixa de sapato bem surrada do dr. Martens. Na tampa, havia uma carta escrita à mão pelo advogado de Eric.

Eric deixou isto para William. Como herdeira de seu marido, agora vai para você.

A caixa estava cheia de fotos de festas e férias de Eric e Will adolescentes. A velha gravata da escola St Dunstan's estava embrulhada em um saco plástico, debaixo de algumas fitas cassete, e na lateral havia uma fita VHS com a etiqueta: apresentação de fim de ano da at de st dunstan's 1989.

Eu sabia que AT era a abreviação Associação de Teatro. Will e Eric deveriam ter 18 anos no fim de 1989.

Peguei a fita e fui até a sala, mas não tínhamos mais videocassete. Fui até o escritório de Will e encontrei a velha TV portátil com videocassete embutido. Liguei, fiz um chá e coloquei a fita no aparelho.

O vídeo começava com as cortinas castanho-avermelhadas fechadas. Em seguida, ouvia-se aplausos e um jovem de terno e gravata borboleta aparecia para apresentar a peça. O primeiro ato era uma jovem tocando piano – lindamente, devo acrescentar –, mas acelerei até Will e Eric surgirem, lá para o meio do espetáculo. Eles estavam vestidos de mímicos, com os rostos pintados de branco e boinas, e dei risada quando começaram a fazer seu número, que na verdade era bem bobo – e também engraçado. Lágrimas brotaram nos meus olhos enquanto eu os assistia aos 18 anos de idade, tendo toda a vida pela frente. Ao final, a plateia aplaudiu e os dois fizeram uma reverência.

Acelerei o vídeo, passando por mais dois números e estava prestes a pausar e tirar a fita quando a imagem mudou, mostrando a festa de fim de ano em um pub. O cinegrafista filmava várias pessoas, até chegar a Will e Eric, com as maquiagens brancas um pouco borradas, sentados ao lado de um piano cheio de bebidas. Todos estavam falando muito alto e pareciam acabados.

– Ei, caras, como se sentem ganhando a copa AT de 1989?

– Eu gostaria de agradecer a todos, a minha família, ao vizinho e seu cachorro – Will disse, segurando uma pequena taça de prata como se fosse um Oscar.

Eric se inclinou para a frente e sorriu.

– E eu gostaria de agradecer à primeira mulher que me bateu: minha obstetra, Bessie.

Todos riram, incluindo o cinegrafista, que riu bastante. Então uma jovem com cabelo preto e comprido e olhos pesados de maquiagem apareceu em cena, segurando três canecas de cerveja nas mãos.

– Aqui está, garotos. Aos vencedores! – ela disse.

Era Daisy De Costa. Ela já era linda, e me lembrei de como seus dentes eram tortos antes de ela arrumá-los.

– Onde está a minha bebida, Daisy? – o cinegrafista reclamou.

– Querido, você é um criado, está a serviço. – Ela ficou olhando para a câmera, que focou nela por um instante, sutilmente dando um zoom para mostrar uma mancha branca no canto de sua narina esquerda.

– Então nada de Coca pra mim? – ele questionou.

– O bar é logo ali, querido – Daisy respondeu, sem entender a piada.

Ele se afastou e murmurou:

– Daisy De Costa mal chegou e já está no pó.

Ele deu uma volta pelo bar lotado e depois voltou para o grupo de Will, Eric e Daisy no piano. A câmera filmou Daisy brincando com eles e os elogiando, e os garotos respondendo com uma alegria genuína. Eles pareciam um grupo tão unido que o vídeo irradiava a solidão do cinegrafista.

Até que a voz de uma mulher o interrompeu:

– Ei, Chris. – A câmera se virou para uma mulher negra, linda e alta de vestido azul, segurando um cigarro comprido. Estava parada na ponta do bar, sorrindo. Seu sorriso caloroso dissolvia a primeira impressão de pessoa severa. – Vou lhe pagar uma bebida.

A câmera focou o chão, e depois mostrou alunos que eu não conhecia. A mulher de azul me parecia familiar. Acelerei o vídeo, percorrendo o resto da noite, enquanto vários jovens falavam com o cinegrafista em vários estados de embriaguez.

— Asha — Chris, o cinegrafista, falou. Ele estava de novo com a mulher de vestido azul. — Você não está bebendo?

— Estou fumando. Fumando muito — ela disse, exalando e soprando anéis de fumaça.

O vídeo era longo. Verifiquei o videocassete e vi que tinha duas horas de duração. Acelerei de novo até quando o bar ficou meio vazio. Apertei o play quando vi Will e Eric conversando com Asha, a mulher de vestido azul, no bar. Os garotos estavam bêbados, flertando descaradamente, mas ela estava numa boa, dando risada com eles.

— Espiando de novo, hein, Chris? — disse uma voz perto da câmera. Era Daisy De Costa. A imagem ficou borrada quando a câmera focou em seu rosto na lateral do quadro. — Asha é linda... mas por que é que não volta para o lugar de onde veio? — Daisy falou.

A câmera recuou um pouco, enquadrando Daisy e Eric e Will conversando com Asha ao fundo.

— Asha deve ter vindo de um lugar cheio de cabanas de barro e banheiros ao ar livre... então uma noite com vasos sanitários e descarga deve ser novidade para ela.

Chris, o cinegrafista, soltou um som evasivo.

— Eu não consigo acreditar que ela já recebeu uma oferta de Cambridge para estudar Direito... O resto de nós, mortais, tem que esperar o resultado dos nossos exames. Parece que a pele preta e o passado de pobreza são muito úteis hoje em dia, e foda-se quem trabalha de verdade.

Pausei o vídeo e fiquei sentada ali em silêncio por um tempo, ouvindo o relógio marcar os segundos. Era tão repugnante ver Daisy dizendo aquelas coisas. Ver sua confiança em ser tão desprezível. Em 1989! Que tipo de família a tinha criado e que tipo de ambiente escolar lhe dera a permissão para ser tão abertamente racista?

Asha. O nome *Asha Abebe* surgiu na minha mente. Peguei meu laptop e abri o Google.

Voltei o vídeo para a parte em que Asha falava com Chris. Sim, era ela, a excelentíssima Asha Abebe, deputada do Conselho da Rainha, membro do Parlamento, assim como Daisy. Asha também era a atual procuradora-geral do Reino Unido.

Assisti de novo o surto de Daisy.

— Minha nossa — falei.

56

No dia seguinte, vi George pela primeira vez desde que nos encontramos na França. Já tínhamos conversado por telefone, mas esta era a primeira vez que ele via minha casa, que vinha passar uns dias.

Ele chegou daquele jeito de sempre, com uma sacola plástica cheia de roupas. Nós nos abraçamos no corredor por um longo tempo, então George colocou a mão na minha barriga.

– Um bebê! Parabéns. Estou tão feliz.

– Espero tê-lo por perto. Meu bebê precisa de um avô como você.

Ele ficou surpreso com as palavras e enxugou os olhos.

– Claro que sim. Com certeza.

Mostrei a casa para ele. Depois que se acomodou, levei-o até o escritório para lhe mostrar o vídeo de Daisy De Costa sendo racista com Asha Abebe.

– Bem, não estou surpreso... As pessoas não me surpreendem – ele falou após ver o vídeo. – Só não entendo por que precisam fazer isso... Não gosto de políticos, mas tenho a impressão de que Asha Abebe é uma força do bem no governo.

Ficamos em silêncio por um tempo.

– O que você vai fazer? – ele perguntou.

– Não sei.

– Não acredito em você... – Ele olhou para o escritório. Estávamos sentados no sofazinho do canto, de frente para a escrivaninha e para o arquivo. – Foi aqui que...

– Foi.

– E essa mulher, Daisy, foi a responsável.

– Sim.

– Então o que lhe impede de mandar o vídeo pra imprensa? Mags, você assinou aquela maldita Lei de Segredos Oficiais sobre a morte de

Will, a morte daquele jornalista, a morte de Eric... o acidente da sua amiga Diane... e a fraude com os russos. Mas não assinou nada que diga que não pode mandar pra imprensa um vídeo dela sendo racista.

– E se ela puder impedir isso? E se fizer mal à Asha? E você, George? Você não assinou nada.

– Eles sabem sobre a França? Sabem que fui ajudá-la?

– Não.

– Então estou fora do radar. É muito nobre se preocupar comigo, mas posso cuidar de mim. Você devia se preocupar é com Daisy De Costa. Ela está crescendo cada vez mais na política, e é uma assassina, porra. Você quer que o seu bebezinho, o nosso bebezinho, cresça num mundo onde pessoas como Daisy De Costa se safam de tudo?

– Claro que não.

– Sabe quanto tempo fiquei esperando por você naquela Starbucks de Southampton? Para então ouvir que tinham a levado? Você podia ter desaparecido, acontece com várias pessoas. Guarde minhas palavras: ela não vai deixá-la em paz se isso continuar.

Ele se levantou e foi até o videocassete. Ele ejetou a fita e voltou para mim.

– Parece que seu amigo Eric ficou com a palavra final.

Estiquei o braço e peguei a fita.

– Certo. Se vou mesmo fazer isso...

– Estou aqui pra ajudar. Vou fazer tudo o que puder, se é que vale alguma coisa – George disse.

No dia seguinte, à tarde, peguei o cartão que Daisy me deu no funeral de Will e liguei para ela. Falei com sua secretária e pedi para avisar quem eu era e que precisava vê-la pessoalmente para conversar sobre uma garrafa prata.

Daisy retornou minha ligação vinte minutos depois, muito brava.

– Maggie, espero que entenda a seriedade do que discutimos e do que você assinou – ela disse.

– Sim, eu sei. Você pode vir em casa hoje à noite?

Ela hesitou.

– Por quê?

– Surgiu uma coisa sobre os conteúdos da garrafa. É urgente, não posso falar pelo telefone.

Houve uma longa pausa. Senti um calafrio percorrer minha espinha, mas mantive a calma.

– Quinze pras sete, Maggie. Consigo vê-la rapidinho antes de um jantar muito importante. É bom que não seja perda de tempo, ou vai haver consequências... – Ela interrompeu a frase no meio, sem querer falar muito. Ouvi um clique quando desligou.

Passei as próximas horas trabalhando com George em um estado de terror. Pouco antes das 7 horas da noite, um carro parou na frente de casa e Daisy desceu. Ela estava usando um casaco preto e comprido, maquiagem pesada nos olhos e seu clássico batom vermelho. Só de vê-la já fiquei apavorada.

– Está tudo bem, você vai conseguir – George falou. – Vou ficar lá em cima, grite se precisar de mim.

Vi sua segurança oficial saindo no carro com ela, aquela mesma mulher que esperava do lado de fora do banheiro no velório.

– Aquela mulher está armada – comentei.

George ficou pálido.

– Vai ficar tudo bem. Pergunte se ela pode esperar lá fora.

Elas subiram os degraus e tocaram a campainha. George subiu correndo. Respirei fundo e abri a porta.

– Espere aqui, não vou demorar muito – Daisy falou para a segurança. A mulher assentiu e me encarou. Será que me reconheceu?

Daisy entrou e fechou a porta.

– O que foi? Você parece preocupada. – Ela seguiu meu olhar até a porta. – Ela só vai entrar se me atacar. Você vai me atacar? – Percebi que ela estava um pouco bêbada, e seu hálito fedia a cigarro.

– Claro que não. Vamos para o meu escritório – falei.

– Seu escritório? – Daisy perguntou, arqueando uma sobrancelha.

Seus saltos ressoaram pelo piso de madeira enquanto ela me seguia. Eu tinha deixado o videocassete preparado na escrivaninha.

Daisy olhou em volta, reparando nas estantes e nos móveis.

– Ouvi dizer que você não foi ao funeral de Eric – eu disse.

Ela revirou os olhos.

– Nossa, é sobre isso que queria falar? Eu estava ocupada. Marcaram em dia de semana.

– Eric me deixou uma coisa. – Fui até a escrivaninha e peguei a fita VHS. Minhas mãos estavam tremendo. Daisy pareceu confusa enquanto eu a colocava no videocassete. Ela cruzou os braços. – É a apresentação de fim de ano do St Dunstan de 1989 – expliquei. Vi um lampejo de algo cintilar nos olhos dela.

Empurrei a fita no aparelho, que começou a tocar no ponto que eu tinha planejado. Vi a cor se esvair do rosto de Daisy enquanto assistia ao seu próprio discurso sobre Asha Abebe. Até que ela perdeu a paciência e avançou pela sala.

Eu me coloquei entre ela e a televisão, e, antes que percebesse o que estava acontecendo, a raiva explodiu e a agarrei pelo pescoço. Prensei-a contra a parede, batendo suas costas contra o gesso.

Daisy arregalou os olhos.

– Você está morta, Maggie. Você assinou... – ela disse.

– Não, Daisy – retruquei, ainda apertando seu pescoço e jogando-a contra a parede mais uma vez. – Aquele documento não tinha *nada* a ver com isto. Como seu partido vai lidar não só com o seu racismo, mas com o seu racismo contra a procuradora-geral, outra membra do partido?

Eu me dei conta da força com que segurava a garganta dela. Foi difícil, mas soltei a mão e dei um passo para trás, tremendo.

– Dá essa fita pra mim. *Agora!* – Daisy falou em uma voz perigosamente baixa. – Podemos negociar.

– Então a Lei de Segredos Oficiais pode ser renegociada?

Ela sorriu e se aproximou de mim.

– Se eu gritar por ajuda, minha segurança tem o direito legal de entrar aqui e atirar à queima-roupa. E ela seria brutal.

Fui até o videocassete e ejetei a fita, que entreguei a ela.

– Pegue.

Ela a arrancou das minhas mãos.

– Está sendo esperta ou burra?

– Esperta. Já digitalizei a fita e mandei cópias para todos os jornais e sites que consegui me lembrar.

Ela engoliu em seco.

– O quê?

Verifiquei meu relógio.

– O Channel 4 News vai divulgar. Então não faz diferença você ter a fita ou não. – Levantei o pulso. – Olha só que horas são. O jornal já vai começar. Isso não vai trazer de volta meu marido, nem Eric, nem Jeffery Patrick nem todas as outras pessoas que você destruiu. E, claro, nunca vou poder falar sobre o que aconteceu de verdade com eles. Mas o que disse naquela fita... é você todinha. Se ainda quiser chamar sua escolta, eu gravei você me ameaçando.

Ouvimos um rangido no corredor, e George, que estava filmando tudo, surgiu na porta segurando meu celular.

– Quem é esse?

– Só um cidadão preocupado – ele falou.

Daisy não teve chance de reagir, porque seu celular começou a tocar. Ela o pegou com uma expressão de horror.

– É do escritório do Partido Conservador – ela disse.

– Eles devem querer saber o seu lado da história. Embora haja apenas um lado, no que diz respeito ao racismo. A história vai imprimir...

Ela não estava me ouvindo. Tinha atendido a ligação e estava falando rápido com a pessoa do outro lado da linha.

– Não, é... sim, é um vídeo, *sim*, sou eu, mas é uma bobagem. Era uma apresentação escolar. Eu tinha 18 anos... Não, claro que *não*, bobagem...

Conduzimos Daisy até a porta da frente, mas ela não estava prestando atenção ao mundo à sua volta, chorando e implorando no telefone.

Sua segurança ficou observando Daisy entrar no carro, apressada.

– Venha! – ela gritou.

– Está tudo bem? – a mulher perguntou.

– Veja as notícias – respondi, batendo a porta.

George estava me esperando do outro lado e me entregou meu celular com o vídeo. Ligamos a televisão no Channel 4 News enquanto as manchetes eram anunciadas e a filmagem de 1989 aparecia na tela. Tinham colocado uma legenda na fala dela, e ficamos assistindo a Daisy De Costa ser exposta como racista.

– Como se sente? – George perguntou.

– Não sei o que sentir. Não sei mesmo – respondi.

Epílogo
Nove meses depois

Eram só 10 horas da manhã, mas o dia já anunciava que seria quente. Fiquei grata pela brisa e pela maresia vindas do mar. Olhei para o meu bebezinho, dormindo no sling em volta da minha cintura. Ele parecia tão tranquilo de olhinhos fechados e a mãozinha minúscula fechada.

– Como vai o pequeno Will? – Diane perguntou. – É a primeira vez dele em um barco e um avião no mesmo dia.

Ela estava apoiada ao meu lado no corrimão e fez carinho na cabeça dele, onde havia uma fina camada de cabelo loiro.

– Não o acorde. Pensei que fossem nos atirar para fora do avião quando ele não parou de chorar. – Diane apoiou-se em sua bengala e recuou, sorrindo. – O que foi?

– Olhe só pra você, toda mãe. Se me perguntasse um ano atrás, eu diria que existiam mais chances de se tornar testemunha de Jeová do que mãe.

George veio subindo as escadas carregando três latinhas de Coca.

– Aqui está, não tinham café – ele disse.

– Obrigada, querido – Diane falou.

Ela tentou abrir a latinha, mas não conseguiu, segurando a bengala. George a pegou e a abriu para ela. Percebi sua frustração quando ele lhe devolveu a bebida, mas ela sorriu e agradeceu.

– Olhe – falei, apontando para algo além do ombro dele.

Nó nos viramos e avistamos Tišina surgindo no horizonte.

– Você está bem de voltar? – Diane perguntou.

– Pergunte de novo quando estivermos em terra firme.

– Quer se sentar? – George falou para Diane.

– Não quero, caramba. Vou falar quando quiser me sentar. Não preciso de cuidador nenhum. Vamos tomar conta uns dos outros, não é?

Sorri e assenti; essa era a quarta vez que ouvíamos esse discurso. George também assentiu. Esta era a primeira viagem de Diane desde o acidente. Ela provavelmente teria que usar bengala para o resto da vida, mas estava determinada a viver, e estava planejando voltar ao trabalho depois do Ano-Novo.

Ficamos observando a ilha se aproximar no horizonte. Senti bastante medo e inquietação de voltar, mas as coisas estavam diferentes. A balsa estava lotada de turistas conversando e rindo. O sol brilhava, aquecendo minha pele e me preenchendo de felicidade. Meu bebezinho perfeito estava dormindo no sling com o rosto colado ao meu peito.

– Dá para ver sua casa daqui? É aquela? – Diane perguntou, protegendo os olhos do sol refletido na água com a mão.

– Não, aquele é o hotel.

– Você disse que a casa era grande.

– Sim, mas aquele é o hotel. A casa fica do outro lado da ilha.

– Não trouxe os óculos, e a lente é só de leitura. Está vendo, George? – Diane perguntou.

– Claro – ele falou, estreitando os olhos.

Eu sabia que ele estava mentindo. Sua visão era terrível, mas ele se recusava a ver um oftalmologista. George era tão péssimo quanto Diane no quesito envelhecer e precisar de ajuda. Ele insistiu para que Will Júnior o chamasse de George, e não vovô.

Ficamos observando em silêncio Tišina se aproximar. Vi que a piscina do hotel no topo do penhasco estava lotada de pessoas no sol e nadando, e sons de gritos e risadas flutuaram até nós quando a balsa chegou ao cais. Era o final do verão e, em algumas semanas, a ilha voltaria a ser uma cidade fantasma no final de setembro. Estremeci com o pensamento e o tirei da cabeça.

– Este lugar é maravilhoso. Você deve estar triste por ter vendido a casa – Diane comentou, olhando para mim.

– Você devia ver a grana que ela ganhou – George comentou.

– Vou sentir saudade da sensação de chegar na casa, antes de tudo o que aconteceu – eu disse.

Era assim que falávamos sobre os eventos dos últimos meses: "tudo o que aconteceu".

As consequências do vídeo foram catastróficas para Daisy De Costa. A história consumiu toda a imprensa por semanas até o Natal. Ela havia sido destituída do cargo de secretária de desenvolvimento internacional, o que a levou a perder o cargo de deputada. Houve uma eleição suplementar na primavera para substituí-la no Parlamento. Eu continuava temerosa sobre o que aconteceria a seguir. Daisy não era mais deputada, mas ainda era uma pessoa livre. O pendrive e todo o seu conteúdo provavelmente tinham sido destruídos. Eu estava vendo uma conselheira e esperava poder voltar a trabalhar com Diane após a licença-maternidade, mas as coisas ainda estavam instáveis.

Pouco após Natal, Branko foi encontrado morto, pendurado em uma viga na garagem de sua casa no continente. Algumas semanas depois que voltei para Londres, Dragan me mandou um obituário de jornal com uma tradução anexa. O texto o descrevia como um herói de guerra condecorado e dizia que sua esposa Mila estava arrasada. Ela disse que Branko não parecia ser suicida. Pensei em entrar em contato com ela, mas Dragan me convenceu a não fazer isso. Será que Branko tinha mesmo se matado? Eu não queria saber a resposta. Que diferença faria?

Fui arrancada de meus pensamentos por um estrondo alto e uma sacudida quando a balsa alcançou o cais, e ficamos para trás enquanto a multidão corria para os degraus que davam para o convés dos carros.

Descemos da balsa, e vi que tudo estava diferente. O hotel Sun-Inn parecia imaculado e novo e até os campos estavam exuberantes e esverdeados. Abaixamos as janelas do carro, e os bares e restaurantes estavam lotados de pessoas se espalhando pelas mesas na calçada.

Quando chegamos em casa, uma jovem nos esperava do lado de fora do portão. Era Dawn, a nova zeladora da ilha, empregada direta do hotel. Notei seu olhar de apreço direcionado para George, e de confusão direcionado para Diane e meu bebê. Dava para ver que estava tentando entender. Dragan e Luka tinham deixado a ilha antes do verão para morar de novo em Zagreb.

– Não quero passar muito tempo dentro de casa – falei. – Só quero que deem uma olhadinha, eu mesma quero ver pela última vez, e depois vamos para o hotel. – Estávamos planejando passar alguns dias na ilha.

A casa não tinha mais nenhuma cicatriz de dez meses atrás. A cobertura da piscina tinha sido substituída, assim como a porta do banheiro, mas mesmo assim senti uma escuridão pairando ali. Fechei os olhos e vi Branko assomando sobre mim enquanto eu jazia no chão.

Comecei a balançar Will e dar batidinhas ritmadas no meu peito, contando devagar um, dois, três. Era uma técnica que eu aprendera na terapia para desacelerar o coração e clarear a mente.

– Foi ali que aconteceu? – Diane perguntou baixinho quando estávamos no terraço olhando para a praia.

A água estava límpida e idílica. Fechei os olhos de novo e lembrei-me do *Dionísio* explodindo com Eric. Abri os olhos. Os raios solares cintilavam na tranquilidade do mar.

– Sim, foi ali.

Eu não sabia o que mais dizer. Eric estava descansando. Continuei dando batidinhas no peito. *Um, dois, três, um, dois, três*. Meu coração foi se acalmando.

Diane se aproximou e me envolveu com o braço.

– É uma casa maravilhosa. Desculpe por ter mencionado isso depois do que aconteceu – ela disse. – Será que foi uma boa ideia voltar?

Eu me virei e olhei para a casa.

– Eu precisava voltar para mostrar que estou viva e não tenho mais medo daqui. Não posso mais ter medo. Ela precisa pertencer a alguém que vai curtir esse lugar. E eu preciso de um encerramento.

– Foi muita generosidade sua dar uma parte do dinheiro praquele cara, Dragan – disse George. – Muito mais que os 20 mil que você prometeu.

– Eu não estaria aqui se não fosse a ajuda dele para me tirar da ilha... E... – Lembrei-me de Branko de novo. Segui batendo no peito. – Dragan e Luka vão poder ter uma vida bem melhor no continente. Ele vai usar o dinheiro para comprar um apartamento e reabrir sua livraria.

– Você fez bem. Fez algo bom diante de tudo.

Ficamos parados ali por um tempo. Meu coração desacelerou e parei de bater no meu peito.

– George, estou tão feliz por vocês terem se reaproximado. É bom Maggie ter você de volta – Diane disse.

Ele enxugou os olhos e se virou.

– Querem tomar um drinque no hotel antes de fazermos o check-in? Temos um bom motivo para comemorar. Você está viva, Maggie. E Diane voltou do mundo dos mortos.

– Sim, eu adoraria... – comecei, mas parei no meio. O que é que eu queria dizer? *Vamos comemorar, nos embebedar e afogar as mágoas?* – Um drinque seria bom – terminei.

O bar do hotel estava quase vazio; todos estavam lá fora no terraço da piscina, mas decidimos ficar lá dentro para nos refrescar sob o ar-condicionado. O lugar era aconchegante, com móveis vermelhos e luz baixa. Encontramos algumas cadeiras no canto e nos sentamos. Um garçom alto, vestido de smoking, veio trazer o cardápio.

– Eu vou querer um uísque duplo com gelo – Diane pediu.

– Vocês têm chope Guinness? – George perguntou, colocando nossas malas no canto.

– Sim, senhor.

– Uma caneca para mim e meia para ela. Ela está amamentando.

– Claro – o garçom disse, sorrindo. Em seguida, assentiu e saiu na direção do bar.

– Dizem que um pouquinho de chope escuro é bom para amamentação – ele falou.

– Sim, tem artigos sobre isso em algumas publicações médicas – eu disse, movendo o bebê dorminhoco de um joelho para o outro.

– Eu acho que você devia dar logo um chopinho para ele no voo de volta – Diane brincou, com um sorriso zombeteiro. – Minha mãe disse que, na época dela, esfregava minhas gengivas com gim de vez em quando.

– Minha mãe dizia o mesmo, sabia? – George zombou.

Dei risada, olhando para o meu bebê. E me perguntei pela milionésima vez se ele ficaria parecido com o pai.

– Você costumava vir aqui com Will? – Diane perguntou.

– Às vezes – respondi, olhando para o bar meio vazio. – Mas eu passava a maior parte do tempo na praia.

Fechei os olhos, me lembrando da praia. Vi a mistura de medo e confusão no rosto de Eric, quando o *Dionísio* estava prestes a virar uma bola de fogo. Fui trazida de volta para o presente quando o garçom trouxe nossos drinques e os serviu na mesa com um floreio.

– Saúde – Diane falou. – Vamos fazer um brinde a...

– A uma vida feliz e tranquila – completei.

Brindamos e bebemos um longo gole. O chope gelado estava uma delícia. Diane sorriu e esfregou os olhos.

– Ei, onde é o banheiro?

– Nos fundos, à esquerda – falei, apontando.

– Vou tirar essas lentes, estão me matando. Acha que vou ficar bem com meus óculos de nerd e essa bengala? Não quero parecer uma velha coroca.

– Estamos de férias, ninguém liga, e você não parece uma velha coroca. Longe disso – respondi.

Fiquei olhando-a se afastar devagar, feliz por minha amiga estar melhorando e por ainda estar aqui. O garçom tinha desaparecido atrás do bar. George tinha pegado o bebê Will e eu me recostei no assento, curtindo o ar fresco.

Meu celular tocou e o peguei.

– É Hugo, o irmão de Will – falei, vendo seu nome na tela. Eu estava mais próxima da família de Will desde o nascimento do bebê, mas não era comum ele me ligar.

– Mags, oi. Ouça. Tenho notícias – Hugo falou.

– Sim? – eu disse, ouvindo alarmes nos ouvidos.

– Calma, são boas notícias. Acabei de ser contatado por um oficial superior da polícia. Acontece que Maxim Stepanov... sabe, aquele russo que estava envolvido nos negócios de Daisy De Costa...

– Eram mais que "negócios", Hugo.

– Claro. Enfim, ouça. Maxim Stepanov foi preso alguns dias atrás. A polícia o pegou por tráfico de drogas em grande escala. A boa notícia é que Maxim está disposto a contar tudo sobre Daisy De Costa em troca de imunidade.

– Tudo o quê? – perguntei. Eu não sabia o quanto Hugo sabia.

– O acordo vai sobrar para os seus colegas traficantes e pra Daisy De Costa, por ela ter ajudado na obtenção de vistos e passaportes britânicos para os familiares dos russos. A polícia também está dizendo que uma nova prova veio à tona. Parece que encontraram uns arquivos que ligam Daisy De Costa à morte de um jornalista que tentou denunciá-la. Também estão reabrindo o caso sobre as circunstâncias da morte de Will.

Fiquei em silêncio por um longo tempo.

– Está aí, Mags?

– Sim. Você sabe de onde vieram essas informações?

– Não. Mas sabe como essas coisas funcionam. Os poderosos sempre sabem alguma sujeira sobre políticos. Fica mais fácil controlá-los. Enfim. As coisas não vão bem pra Daisy De Costa. Ela está sob custódia da polícia. E estou esperando para saber mais sobre Will. Espero que remexer esse caso não seja doloroso demais pra você e pra mamãe.

– Obrigada, Hugo.

Estava enxugando as lágrimas dos olhos quando Diane voltou do banheiro.

– Nossa, Mags, o que aconteceu? – ela perguntou.
– Boas notícias. São lágrimas de felicidade, não são? – George disse. – Sabe o que isso significa, Mags? Logo tudo isso pode acabar, e você vai poder parar de olhar para trás.

Olhei para o meu bebê, beijei sua cabeça e senti um amor incondicional pelo meu menino milagroso.

Nota do autor

Um enorme obrigado para as pessoas mais importantes: vocês, meus leitores. Obrigado por escolherem este livro e por divulgarem meu trabalho para os seus amigos e familiares. *Medo do silêncio* é meu primeiro thriller policial de volume único, e espero que tenha gostado de ler. Ele foi parcialmente inspirado pelo tempo que passei na Croácia – tempos felizes, acrescento logo!

Visitei a Croácia pela primeira vez em 2012, durante as férias de verão. Em Baška, na ilha Krk, me apaixonei pela fantástica comida e pelas paisagens e praias de tirar o fôlego. Ficamos em um lindo apartamento perto da praia e nos tornamos amigos da proprietária, uma simpática senhora chamada Nada, que nos convidou para tomar um café na casa dela e nos apresentou a Rakija. Ela também era muito querida pelos nossos cachorros, Riky e Lola, pois sempre tinha uma panela de ensopado de cordeiro no fogão e sempre ia para o jardim para alimentá-los com as sobras. Voltamos a Baška em 2013 e passamos um inverno emocionante e ventoso lá, onde escrevi meu livro de comédia romântica, *Miss Wrong and Mr Right*.

Foi então que fiquei viciado na Croácia. Desde então, já estive em Zagreb, Krk, Rab e Primošten. Conheci várias ilhas e cidades lindas, várias pessoas incríveis e passei o último inverno em Dubrovnik, o que foi um verdadeiro deleite. Eu nunca vou me passar por croata, mas espero que vejam que pesquisei bastante antes de escrever sobre seu país. No entanto, antes que saiam procurando a casa de Maggie no Airbnb, quero esclarecer que a ilha de Tišina é fictícia. A casa de Maggie foi inspirada em uma casa autossustentável que alugamos perto da cidade de Krk em 2015. A estrada de terra que levava à casa estava repleta de carcaças de ovelhas, com enormes corvos negros voando acima. A vista para o mar era exuberante, e eu sabia que tinha que escrever sobre isso.

Agradeço a Henry Steadman por mais uma capa incrível. Agradeço aos meus maravilhosos editores: Haley Miller Swann, Kellie Osborne e Tara Whitaker, e obrigado aos habilidosos editores e tradutores de todo o mundo que dão vida ao meu trabalho. Agradeço à minha primeira leitora, Janeken-Skywalker, e ao restante da equipe Bryndza/Raven Street Publishing; Maminko Vierka, Riky e Lola. Amo muito todos vocês e obrigado por me incentivarem com seu amor e apoio!

Dediquei este livro à minha professora de teatro, Sally Humphreys. Tive a sorte de ter uma professora inspiradora que apareceu durante um período muito difícil da minha vida e me colocou no caminho da criatividade, que sigo até hoje. Obrigado.

Se você gostou de *Medo do silêncio*, conte para os seus amigos e familiares. O boca a boca é a melhor maneira de novos leitores encontrarem meus livros. Há muitos outros livros por vir, e espero que permaneça comigo nessa jornada – o próximo é o oitavo Erika Foster.

Rob

Este livro foi composto com tipografia Electra Std e impresso
em papel Off-White 70 g/m² na Formato Artes Gráficas.